U0858491

用鱼的方式爱你八秒

卓越泡沫
////////////作品

四川文艺出版社

目录

Contents

1 如果你数学足够好，帮我算一算，八年，是多少个须臾

○ ● ● ●

一刹那为一念。

二十念为一瞬。

二十瞬为一弹指。

二十弹指为一罗预。

二十罗预为一须臾。

一日一夜为三十须臾。

“而一昼夜有86400秒，由此可推算出，一‘须臾’等于2880秒；一‘弹指’等于7.2秒；一‘瞬间’等于0.36秒；而一‘刹那’最短，却只有0.018秒。”对面那个叫骆俊生的男人笑嘻嘻地说，侃侃而谈。他端着可乐坐在我面前，微微眯起眼睛，灯光之下深不可测。

我正犹自厘清这些时间单位的时候，他已经用眼神把玩了我半天了。

“其实我只用了一刹那，也就是0.018秒，就发现你是我理想中的女生。今天遇见你，不虚此行啊。”他说。

骆俊生是这个月我在麦当劳里相亲相到的第二个男人，同事介绍的。单单听这个名字我就有种莫名的好感。我行将二十六岁，还只身带了个孩子，“男人”的意义对我来讲就是下雨时的屋檐、起风时的港湾、饿着肚子而又不肯屈尊咬面包时的麦辣鸡腿汉堡。有时做梦梦见男人我都会生出种如狼似虎的美丽狂想，更何况，这个男人，是个俊生，英俊的，小后生……

我的虎狼之心在见到骆俊生的那一刻受了不小的挫伤。

我忘了“俊生”的“生”可以是后生，也可以是先生，不一定是小生，也可能是老生，而且我对“俊”的理解比照那张脸上的注释也有着或多或少的出入。我对“粉蒸肉”并不抱有抵触情绪，可前提需要肥而不腻才行。

在他点餐的时候，我偷偷问身边的伊恋：“你觉得这个‘蜀黍’怎么样？”

她噘着小嘴说：“看见他，我想到了插着两根竹签的棉花糖。”

呃……

我说：“其实‘蜀黍’也还蛮不错啦，你看他那么卖力地排队给你买汉堡。”

“排个队而已，那么卖力干吗？”伊恋似乎不领情。

我们放眼望去，看见他吁吁带喘地挤进人群，又气喘吁吁地从人群里挤出，远远地冲我们挥手，露出一张真诚的汗津津的脸。

我哀思如潮，心如刀绞。

他一边擦汗一边说：“周末麦当劳里的人就是多啊，早知道就不来这个破地方，去肯德基好了。”

我说：“其实也不完全是周末的原因啦，今天西方人过节，感恩节。”

“什么节？”他问。

“感，恩，节，”我一字一句地说，“Thanks Giving Day。”

“哦——”他长长舒了一口气，“我知道的，我知道的，感恩节，Sex Giving Day嘛。”

他说：“你不晓得，早在十几年前我也是名牌大学的高才生，一般的英语我还是能说几句的——哎，你说，这个感恩节，是个什么由来？”

我刚想说，这个问题要追溯到美国历史的发端，具体到1640年……听见他又特认真地补充了一句。他说：“到底是因为感恩而SexGiving啊，还是因为Giving了Sex才感恩啊？”

我就没追溯上来。

“其实你真的不像二十五岁，”他说，“看你的皮肤也就二十二三岁，白皙透亮，简直……”说了一半，他肥厚的手掌灵活地绕过我搅动咖啡的汤匙，很自然地在我的手背上抚了一把，“瓷器一样。”

呃……我缩了一下手，没说话。

说完了“瓷器”两个字，他眉飞色舞地哼着歌，周杰伦的，谁能用什么什么弹一曲东风破什么的。一阵酥麻拂过我的手背。

我身边的伊恋紧张地瞥了他一眼，又看了看我。我赶紧顺势拈起一张餐巾纸，揩掉她嘴角的番茄酱。

“小妹妹，你多大年纪？”他问。

伊恋没说话，埋头把汉堡咬得虎虎有声。

“她今年七岁。”我赶紧笑着打圆场。

“你父母多大年纪？”他问了这样一句。

我说：“如果爸妈还在世的话，应该五十岁有余了。”

“孤儿啊，你？”他说。

惊愕的眼神里似乎还流露着某种和欣喜沾亲带故的光芒。我要是他的话我也会欣喜，娶一个孤苦伶仃没人撑腰的女孩多美啊！没有了高堂大人，连彩礼钱都是羊毛出在羊身上，纺成羊毛衫，再套给羊穿。

我咽了口可乐回答他：“算是吧。”

“这么说，你没有亲人？”他眼睛里的欣喜呼之欲出。

我指了指旁边的伊恋：“只有她一个。”

骆俊生瞅了瞅她，笑了：“这孩子真讨人喜欢，我要是能有个这样乖的小妹妹，我也喜欢把她带出来。”

我的眼睛笑成一条线：“是吗？我也觉得她明理又可爱呢。”

“只是——”他又说，“她七岁，你父母五十有余，莫非是老来得女？”

我轻咳了一声，咳掉了我的惴惴不安。我一语戳中要害：“嗯，她不是我妈妈生的，她是我生的。”

我看见男人含着可乐的嗓子眼猛地一紧，吸管里向上攒动的液体开始回流，还有几滴顺着嘴角溢出来。他呛着了。

“你你你别吓我，”吸管从骆俊生嘴里跳了出来，他一边擦一边惊愕地指着我们母女，“你，是她妈妈？她，是你女儿？”

“对啊。”我们娘俩异口同声。

“你今年二十六还不到，可她都七岁了……”

我脸上流露出抱歉，眼睛里却是毋庸置疑的笑意。我说：“没错，我十九岁那年把她生了下来。”

费了好大劲，我终于让骆俊生相信了这个事实。我是个身世奇特的女子，我无父无母，从小被富人收养，十八岁那年，富人的儿子让我怀了孕。

“孩子的爸爸在哪里？”他的脸一下子变得惨白，就像失去弹性的旧橡皮筋。

我盘算了一下：“六成可能在美国，三成可能在欧洲，还有一成可能就在这座城市里。”

“那你来这儿做什么？”

“当然是来相亲啊！”

骆俊生把可乐杯一蹾：“伊冉小姐，大家都是成年人，没必要把玩笑开这么大吧？”

我吐了吐舌头，努力地做出一副愧疚的样子：“我没开玩笑，我说的都是实情啊。”

“可咱们俩坐在相亲桌上，这本身就是个天大的玩笑！”他把蹾在桌上的可乐杯又蹾了一次，“哥哥我要找的是黄花姑娘，你一个昨日黄花的单身妈妈跑这儿来凑什么热闹？简直是浪费感情、浪费时间，还有——”他指了下桌子上不算多的快餐盒，“浪费金钱！”

我咬了咬嘴唇，鸡块和氢化油的味道让我疲于思考。我慢腾腾地说：“你方才用错了一个成语，不是昨日黄花，是明日黄花。”

他一挥手：“别跟我玩咬文嚼字那一套！十几年前我也是名牌大学的高才生。”

我一下子站了起来：“不光是咬文嚼字，即便是实话实说，我也是明日黄花，我还很年轻！”

“你孩子都能打酱油了还装什么嫩！”

麦当劳里依旧灯火通明，无处不在的莹白灯光，把男人的羞辱和我的忍让定格在画面里。邻座的太太一边扳过小儿子的脸一边把自己的耳朵竖得老长。

我把一副拳头攥得紧紧的，没错，我是生过孩子，可我还没嫁人。我有足够的自知之明。若非如此，我一个二十五岁的丫头会心平气和跟一个年近四十的大叔坐在一起？若非如此，我会在感恩节这么冷的天气里一狠心穿了件短裙搭配了那么多白花花的精美鲜肉？若非如此，我会允许那只猪意淫了我瓷器一样的皮肤又亲手弹了一把？

可我什么都没说。发脾气是小姑娘们才有的特权，而我这个孩子妈已经习惯看别人把一池静水吹得皱巴巴，自己却生不出半点波澜。

我说：“对不起，骆先生，我以为您能有这方面的准备或是预感。”

“你什么意思啊？你是说我很差劲，我只能找个不检点的女人？还是在变相夸你优秀，你带着个孩子都能配上我这钻石王老五？”

我低头，垂眸：“我没意思。”

“我看你也挺没意思的！”男人丢下这么一句，愤愤离开。

“吓死为娘了。”我抚了抚胸口，和我身边的伊恋对视了一眼。下一秒钟，我们娘俩的目光齐刷刷地落在那男人的汉堡上。

我们打量良久，确定这个是新品上市的、新鲜出炉的，用优惠券买都要十二块五一个的，板烧鸡腿堡。

我的工资折合到每天不过才五十元，上次我带伊恋来这里消费还是她农历七岁生日的那天。当我们娘俩确认那个汉堡尚未拆封的时候，那种激动，就像老板平白无故给了我两个小时有薪假，就像伊恋又过了次阳历生日一样。

我刚把我的魔爪从桌子下面挪上去，那个男人又回来了。他忘了拿手机。

我的四根手指保持了一个“弯的four”的造型，停在那个汉堡的前面。我紧紧抿着嘴唇抵抗着内心的尴尬，并且没敢动。

男人好像看出了端倪。他把手机揣进了兜里，轻薄的眼神像刀子一样划开了我的自尊心。他说：“我第一次见女孩穿毛衣配短裙，你这什么牌子的毛衣？自己织的吗？上面还粘着块白糖呢。”

说完，拈起那个汉堡，拆开包装咬了一小口，又若无其事地放回到我手边。

扬长而去。

我这件火红的毛衣是八年前买的，八年前的班尼路还是绝对知名的牌子。那天我站在店门口，很拘谨地看着他把小牛皮纸口袋塞进我的怀里。

“穿这个吧，”他说，“我不喜欢你穿冷色调的衣服。”

我推托着说：“啊不了，谢谢你谭少宇同学，我……其实……有红颜色的衣裳。”

他的脸色冷了下来，在鹅黄色的灯光下，不怒自威。

“我不想看见你抱着肩膀打哆嗦的穷酸相，穿上它至少暖和些。”

我有多久没有回忆起这样的对白？八年的时间太长，长到我记不起他每一个细微的皱眉和顿挫的语气，长得贯穿了我最好的年华。从我认知了恋爱的温暖到我走完青春的炎凉，他在我的记忆里留下的痕迹太过深刻，那是我怎么抹都抹不平的东西。

穿上它，至少会暖和些。

可现在的我，只能感觉到冷。

蓦地，眼帘上沾染了东西。

我一边努力眨着眼一边将那个汉堡罩在了我的“弯的four”里。

伊恋悄悄地拉了我一下。她说：“妈，我不想吃了。”

令我吃惊的是，她居然没说“我嫌他咬过了”，而是说“那个汉堡不带沙拉酱，我不喜欢”。在安慰人方面，这孩子从小就天赋异禀。我白了她一眼，有种你别眼巴巴地看着它，一副禁情割欲的样子。你妈我连八年前的毛衣都还穿在身上，哪有钱去给你买这种东西？

“服务员——”我把汉堡掰下一块，咬过的扔到餐盘里，挥动着完好的一半唤来了侍者，“给我加点沙拉酱！”

那小姑娘诚惶诚恐地看了我一眼："顾客……是这样……这个汉堡您都吃了一半了……我们……"

"你没看见我是掰下来的吗？"我说，"给我加点沙拉酱！"

小姑娘很不情愿地照办了。我得意地看了眼伊恋，还是妈妈道高一丈吧。

我和伊恋都笑了，肩膀耸动，眼睛笑成了一条细线，默契得就像《麦兜故事》里的麦太太和她的宝宝麦兜。我给伊恋系好了围巾，感觉身后众多张惊愕的脸凋谢成同一个讥笑的表情，我们大步流星出了麦当劳的大门。

我弯腰抱起了伊恋。低头的一瞬间冷风灌进了我的眼睛，眼泪一下子就涌了出来。伊恋已经七岁了，不知不觉又重了许多。高跟鞋艰难地支撑在地砖上，我突然觉得这样的分量对于瘦弱的我太过沉重。

伊恋一边抹去了我的眼泪一边也哭了。"妈妈，"她奶声奶气的嗓音里还带着几分怯懦，"我再也不要汉堡了……妈妈别哭……"

可想而知，听了她的劝慰，我的眼泪在凛冽的风里流速加快，简直不可遏制。我终于把她放下来，拥进我的怀里，只想拿一切的不快换一场抱头痛哭。

哭够了，我把她放开，问道："你什么时候把我的毛衣蹭上了白糖？"

她摇着头："不是我，是你自己蹭上的好不啦？"

"胡说！白糖从来都是你的最爱，你嘴里的虫牙就是最好的证据。"

"哦，"她想了想，嘟着粉脸，"就算是我好了，和自己女儿争吵也要面子，唉，搞不懂你们大人啊。"

我的小女儿真是聪明伶俐，刚满七岁就能把老妈挤对得翻白眼。这一特质应该是得益于她爸爸的遗传。

我把她的小脸蛋捏成一朵花："你要是再这么抢白妈妈，信不信我给你转班？”

这一下她应该害怕了。她所在的班里有个叫张嘉昊的小男生，伊恋做梦时喊过他的名字，脸上还带着抹不开的温柔。

真不知道该把伊恋的这种表现定义成害羞还是不害羞，也不知道这一特质是得益于谁的真传。如何教育小孩子是当今社会一大焦点问题，昨天就有一位大姐把传单塞到我手里，说一看我就是个知识分子，跟那些轻佻媚俗的小姑娘气质不同，末了让我参加她们的育婴函授课程，有助于我妹妹更健康地成长。

我说，这不是我妹妹，是我女儿。您这传单发晚了，若是七八年前，您的函授课不光能育婴，兴许还能挽救一个失足女青年。

大姐一副痛心疾首的表情。

我就这样背着女儿回了家。天近傍晚，路过那一大片奢侈品店的时候，那些光滑的落地窗在满天星样的灯光映照下，璀璨得几乎灼了我们的眼睛。伊恋在我的后背上动了动，半梦半醒间，她喃喃呓语。

“妈妈，你不是说，搬到这里就可以找到爸爸了？”

我说：“啊，对。”

“可你方才不是这么说的，你方才说的是可能啊。”

“可以和可能，有什么不一样吗？”我决定和七岁的小孩子玩一点文字游戏。

伊恋冥思苦想了半天：“我可以拥有一套六件衣服和一根仙妮棒的芭比娃娃礼盒和我可能拥有一套六件衣服和一根仙妮棒的芭比娃娃礼盒，这一样吗？妈妈每次都说可能，可我到现在都还没有……”

伊恋的断句不怎么好，说长句子的时候，她总是扁着小嘴儿一口气说完，搞得自己气喘吁吁的。

我说：“你不要借助一切机会来向妈妈展示你想拥有一套芭比娃娃

礼盒这样的愿望。”

“这次不是啦，”她说，“这次，我只是想要爸爸。”

真真切切的童声，让我心头狠狠一沉，如同噩梦在睡到渐醒时轻巧地翻了个身。

我愤愤地想，我为什么不早一点去百度上查查母系氏族社会的女人们是怎么回答小孩子诸如“我爸爸在哪儿”这样的问题？我还有一个更愤愤的想法，那就是母系氏族社会的小朋友一辈子都不曾想过的问题，为什么到了伊恋这里就变得兴致盎然？可见孩子进化得太彻底也是件伤脑筋的事。

我说过的，他有六成可能在美国，八年前他几乎被父母绑起来打包塞到了去美国的飞机上，从女儿的智商来推断，她爸爸拿几个美国学位甚至娶个原装的外国老婆应该都不成问题；至于三成可能在欧洲，那就是纯粹的臆断了，因为欧洲有巴黎、有米兰、有多瑙河跟普罗旺斯，有一切与他高贵的血统惺惺相惜的东西；而一成可能在这里，说实话，这种猜测的成分比臆断还要纯粹，只因为，当年我们在这里走失。

可我又算得了什么？一个不过中人之姿的女生，除了皮肤还算白净、身段还算挺拔，其余不值一提。何况，他走的时候根本不知道我有了孩子，更何况，我还利用这个孩子向他妈妈狠狠敲诈了一笔钱。

这一成的可能，是我抛开了全部自知之明又攒足了所有人品才敢奢望的一个比例，若是用逻辑学焯掉其中的水分，可能性微乎其微，形同一粒娇揉在心头的细沙。

所以我才开始相亲，因为沙粒儿大小的指望根本就是可以忽略不计的。

自从搬回到这座城市里，我时常失眠，睡不着的寒夜，我便立在阳台上看对面街上绚烂的光。光影是个好东西，它能给你错觉，以为身边还有一个人，下一秒就能轻手轻脚地把衣服披在你肩上。

回到家，央视六套的《佳片有约》栏目正准备播放美国大片《珍珠港》。美女主持经纬笑靥如花地介绍说，这部片子在七年前热映的时候，曾经获得过bulabulabula个年度大奖。

我一本正经地指着银屏告诉伊恋：“刚刚她有一次口误，这部片子你妈看过，那是八年前的事，绝非七年。”

伊恋努了努嘴，表示对我的博学多闻毫无兴趣。

我把她抱在腿上，哄着她说：“好啦好啦，我不是正在给你找爸爸吗？不然你以为我带着你满世界跟男人相亲是为了什么？乖宝贝，给妈香一个！”

2 磐石方且厚，可以卒千年；蒲苇一时纫，便作旦夕间

○ ● ● ●

高高大大英俊潇洒，时而活力四射，时而又情深款款的本·阿弗莱克刚刚露面的时候，伊恋已经睡着了。我不断地看表，23：20，我捏着遥控器使了半天劲才发现这东西不能快进。我只想看看另一个帅哥男主角丹尼与女主角伊芙琳在帐篷里的那场床戏。时间告诉我如果他再不把她推倒的话，我的睡眠将严重缺乏，精力会严重不足，届时有可能在伏案打盹的时候被鸡贼的老板逮个正着。

故事慢腾腾地进行着。

丹尼对着一袭红裙的伊芙琳含情脉脉。

丹尼对伊芙琳说，你见过黄昏中的珍珠港吗？I mean，从天上。

丹尼用飞机把伊芙琳带到天上飙了一圈，下了飞机又要身体力行地继续飙她。

他用帐篷裹住了她饱满婀娜的身体。

屏幕上打出一行字幕：稍后您将收看到的是，珍珠港，中集。我尚未回过神来，画面已经从帐篷切到了脑白金。

那天晚上我好像失眠了，要么，就是我睡得太溺入。我梦见一只手不断地撩拨我的头发，修长的手指拨弄着我乌黑的发尾。那只手的主人静静地喘着气，带着一点点酒香。那是干邑和雪碧的混合味道，我记得很清楚。他用僵硬的四肢捆住我的躯干，开始了一路细碎的摩挲。我像砧板上的鱼一样挣扎着，听见他伏在我耳边含糊地说：“别动，让我抱着你，我可爱的洪水猛兽。”

我一下子就哭了。

我是被伊恋摇醒的，脸上一团冰凉冰凉的水渍。伊恋伏在我身上使劲地摇晃着：“妈妈，妈妈……”

电视早已满屏的雪花点。在微凉的夜里幽幽地闪着光。

我把电视关掉，安抚了伊恋，又重新睡下。

我没法责备她，可是伊恋，我的乖女儿，你让妈把这个梦做完该多好啊。

这直接导致我第二天起床时精神状态欠佳。我对着磨磨蹭蹭的伊恋说：“快点刷牙，不然我找老师给你转班！”伊恋立刻就去拿她的兔斯基小牙刷。

哼哼，这一招简直百试百灵。

伊恋一边挥舞着小牙刷一边说：“妈妈，谁是哈什么丹尼？”

我说：“他是丹尼，是你妈的一个偶像。”

我思索着，七岁的小孩子，充其量只认识林妙可，可我的伊恋是怎么知道“丹尼”的？

她头一歪，笑眯眯地回答说：“因为你在梦里喊了他的名字。”

这个……你妈妈居然做了这么丢脸的事？我头上冒出黑线，决定不予解释。

牙刷到一半，她又歪着头含糊地问：“妈妈，谁是谭什么少宇？”

当啷一声，我自己的牙刷掉在了地上。

呃……我说："他应该是叫谭少宇，是你妈的，你妈的，你妈的……"我掐着腰，紧紧地揪着睡衣的下摆，简直就要飙泪。

"是同学？"伊恋锲而不舍。

"对对，是同学是同学。"我忙不迭地说。

"那他也是你的一个偶像吗？"她已经刷完了牙，小小的手把牙缸涮得当当作响。

我说："他不是，他是……他是一个坏学生，他曾经把……把一只虫子放进过妈妈的……肚子里。"

"那么恐怖呀！"伊恋惊呼，"那你怎么还会喊他的名字？"

"你这孩子还有完没完？"我说，"做噩梦，不都是这个样子吗？"

"哦。"伊恋讪讪地去洗了脸，眼睛里明显是不甘。

与此同时，我满屋子去翻那张育婴函授的传单。我觉得已经晚了，我稀里糊涂就把她养这么大，这得沉积了多少糟粕流失了多少精华啊？

在送伊恋去学校的路上，我郑重地跟伊恋谈了次话，中心思想是我不会再拿调班的事要挟她。

"做几个梦，说几句梦话，这都是很正常的事，妈妈不应该凭这个怀疑你和小朋友之间纯洁的友谊。同样，你也不能拿这个来怀疑妈妈，知道吗？"

伊恋点头，表示赞同。

我如释重负地看见她小小的身影汇进小朋友当中，长长地舒了口气。看手表，8：45，距离老板那张拉长的脸还有三小格的距离，我就赶紧跑到车站，顺路买了袋小包装的蒙牛，咬开了一个三角口子，正要往嘴里含的时候，车就来了。

明明已经占据了最有利的位置，可公交车尚未停稳，一拥而上的人群将我挤得南流北淌。一不小心，手背上湿了一片。我说："别挤我啊，奶都给挤出来啦——"

我实在想不通这样平淡无奇的一句话怎么就像惊雷一样炸开了密不透风的人群，个个争先的男士们听了我的嗔怪齐刷刷撤回了身子和脚，与此同时，目光织成的大网劈头盖脸地撒了过来。我甩了甩手上的奶，低头从人缝里匆匆挤过。

我走到公交车的中段，将将伸手钩住了横梁。车体抖了几下，超载，根本动不起来，就像一个拄着拐的肺痨病人。我就在公交车的不断咳嗽中，开始了我又一天的生活。

如果时间来得及，我情愿多走一站地也不想在学校外这一站等车。主要是怕伊恋和她的小伙伴们看见我挤车时的窘相，提起这个我就严重心理不平衡，上个学而已，车接车送的比例居然就占了三成，还尽是些名车好车。尤其是冬天，我包裹得像个皮球，行动不便，好不容易费劲将伊恋鼓捣过来，远远地便看见那些别致的小轿车轧出两道美丽的雪线，一开车门，小朋友穿着羊绒衫蹦蹦跳跳就出来了。看得我们娘俩自卑不已。

不过也不尽是些自卑的事，上回我和一对夫妇一起送孩子。男的目不转睛地看了我半天，未语三分笑："您也是孩子的妈妈？"我说："嗯。"他惊呼："这么年轻的妈妈？"我拍着脸蛋儿说："年轻吗？咳，也就芸芸众生吧，我都三十二了。"

说完我还有意无意地扫了他老婆一眼，那位大姐可是如假包换的三十二啊！脸儿都绿了。大哥浑然不觉，还一个劲儿地谄媚。他的殷切和他女人的冷漠交相辉映，看得我心花怒放。

哼哼唧唧的公交车终于在一段狭窄仄陋的小巷子里抛了锚，我看了下表，目测了下地理位置，结论是非晚不可了。这条小巷是临时行车路线，宽度容不下第二辆车，它抛了锚意味着后面的车都得抛锚。司机检修的时候，一半乘客选择下车徒步，另一半坚决留守。我觉得乘车最能检验出一个人的工作性质，坐小轿车的自不必说，即便是辆公交车，乘客也分三六九等。下车徒步的是私企职员，有打卡机和守株待兔的老板；留在车上睡觉的是国企职员，无须打卡，在哪儿睡都一样。

我就和一些骂骂咧咧的私企职员们排成一行，穿过灰暗的窄巷。这是城市里有名的贫民窟，砖砌的矮房已经看不见红砖的本色，脏兮兮的积雪顺着生锈的窗棂滴滴答答地淌下。狗的吠声从巷头一直延伸到巷尾，三两个披着棉袄的男人手捧着一碗面条，蹲在自家门口埋头正吃。

带着厌嫌的乘客们锁起眉头，甚至屏着呼吸，像阿细跳月一样绕过地上的污秽。我不经意地抬头，看见一个男人正端着碗对着我看，眼神里是反感以及让人心酸的凄凉。我对这样的场景一点都不陌生，好像就在昨天，我还在这样破破烂烂的巷子里疯跑，然后看见养父冰冷的眼神，就像这男人一样，让我不知所措。

我本来不叫伊冉这个名字。听我的养父说，我姓尚，叫尚芳剑，我爸爸给我取的。

我生在东北最冷的一个山区，那里以菱镁矿石而闻名，我爸爸就是山上的矿工，妈妈在家务农，是山里的一枝花。在我刚满周岁的时候矿上出了事故，爸爸没能从矿井中爬上来。矿上的一名负责人逃逸了，跟他一起逃逸的，还有我妈妈。她随他私奔的时候，我还在摇篮里睡午觉。

于是这场事故的全部责任都推到了那个逃逸者的身上，矿山的几个投资人甚至没有拿出个像样的赔偿方案。矿工们不干了，扬言要把这件事捅给媒体，哪怕丢了饭碗也要给遇难者一个公道。存者且偷生，死者长已矣，那个所谓的“公道”，说白了，就是小女婴的赡养问题。那个年代的人还是很讲义气的，如果不是矿工们主持正义，我就会在摇篮里活活饿死。

砸死的矿工和逃逸的负责人，我到底是谁的亲生女儿？这真是个讽刺的问题。那个年代没有DNA鉴定，唯一的依据来自我养父的分析。他说，如果你不是你爸的女儿，那么你妈妈私奔的时候一定会带上你，而你妈妈私奔时没有带上你，说明你是你爸的女儿。

我感觉怪怪的，不是逻辑问题，而是我觉得，只要他揪出最后一句——你是你爸的女儿——就足以构成一个颠扑不破的真理。然而他老婆却不像他那般睿智，我的养母总是笑嘻嘻地捏着我的脸说“你爸居然真的是你爸”或者“你爸真的是你爸吗”，我一度怀疑过她的智商。

而我妈妈，那个一枝花，我试着恨她，却始终恨不起来。或者即便恨，也恨不了那么形神兼备。我的记忆里完全没有她的样子，不知道她在给我喂奶或是亲着我的脸颊时是一派多么温存的景象。我只听说她很漂亮，不怎么说话，一副胆小的模样。长大后我曾宽慰自己说，你应该原谅她，她胆子小，天崩地裂的一刻，只身一个女人，嗷嗷待哺的女婴，数十年没有希望的生活，不是所有人都有胆去扛这一切的。

我骗不了自己。说这些话的时候，脑子里总是飞快地掠过一些画面——山摇地动的敲门声，她趿拉着一只鞋给那男人开了门，几句话之后，她果断地穿了件衣服跟着他跑了。三十米开外，他们发生了一些争执，胆小的女人突然跑了回来。她奋不顾身，她义无反顾地跑了回来，并且站在门外，勇敢地看了我最后一眼。

每每想到这里，我就哭了。

磐石方且厚，可以卒千年；蒲苇一时纫，便作旦夕间。我不责怪那个女人，也不该用我狭隘的心去亵渎她选择的路。或许她和那个男人也有一段荡气回肠惊天动地的爱情故事，就像央视六套的《流金岁月》一样感人。至于我，不过是中间插播的那段广告。我一直存在着，可我被遗忘了。

我晚了八分钟到公司，电梯门在19层缓缓打开，我偷伸了下头，发现老板高瑜就守在门口，又怯生生地缩了回去。米薇不止一次告诫我，如果迟到十分钟以内，权宜之策是躲起来忍一会儿。顺便说一句，米薇是全公司，乃至全世界唯一一个知道我有小孩儿的熟人。

“老板顶多在门口坚守十分钟，可如果非让他撞见，光思想教育就不止十分钟。”米薇说，“如果我迟到，我就去顶楼吸支烟再下来；如果警报未解除，我就再吸第二支。”

“你要坚信不是每个女人生来都会吸烟。”我说。

“你要坚信每个女人生来都会吸二手烟。”米薇说，“况且你皮肤好，得天独厚，不熏点烟，化烟熏妆有欠逼真度和生动感。”

“可你的不怎么好，黝黑的，总不能一辈子只化烟熏妆吧？”我说。

“我破罐儿破摔呀。”她说。

其实米薇的皮肤非但不差，而且相当出众，即便黑了点也无损她的美。

我记起了米薇的告诫，在电梯里踌躇了三秒钟之后决定去顶楼吸上两分钟的二手烟。刚刚把手指挪到顶楼的按键上戳了一下，电梯门又开了。老板闪身进了电梯。

…………

我灵光乍现：“哎呀，领导，您不在19层坐镇，怎么来18层串门子啊？”

老板惊讶的面部肌久久不肯回位，他黑着脸说：“这就是19层，我刚刚从公司出来，正打算去顶楼吸支烟。只是伊冉小姐，你不下电梯，搞什么三过家门而不入？”

我说：“哎呀，领导，我刚刚寻思着如何提高这个月的业绩，不知不觉就坐过了站。”

老板的鱼尾纹笑得一颤一颤："你心系公司这一点很好，要发扬下去继往开来，还有，你迟到了八分钟，待会儿来我的办公室一趟。另外，你见到米薇没有？她怎么还没到？"

我说："那我帮领导打电话问问。"

一边说着一边从老板的胳肢窝下面钻出了电梯，与此同时拨通了米薇的手机。

电话刚一接通，米薇那懒洋洋的声音就飘了进来："怎么，警报这么快就解除了？"

我说："解除个屁！跟你说了你可别哭——高瑜正在往……"

我刚说了一半，就听见电话那头米薇的嗓子陡然升高了八度不止："哎呀，领导——您不在公司坐镇，怎么有兴致来顶楼啊……"

我眼前一黑，就知道来不及了。

米薇可以把那声"哎呀"恰到好处地调整到一个微妙的分贝上，何止是细声慢语，简直莺声燕语！旧社会的青楼老鸨见了腰缠万贯的肥羊也不过如此。我来公司报到的那天就发现米薇绝对是个千年妖孽，我准备收降她，收降了，她便是我的悟空。结果——结果就是我被她收降了，如今，我的身份是盘丝洞里的二当家。

我摁开了电脑的power键，小漏斗转了几下，壁纸显示出我和伊恋的合照，背景大片大片的桃花，芬芳娇艳，散发着袅袅的香气。拍照的时候我一脸骄傲地对伊恋说："瞧，这就是你妈就读的高中，全市重点，多漂亮啊，花园一样。"

伊恋就拍着手雀跃："妈妈真厉害。"

其实我就是个高中学历，因为发生了某些事，我只读到高三的六月份，连最后的毕业证都是找人代做的。这一点我不能跟伊恋说，我得给她足够的优越感让她觉得妈妈是最聪明的。事实上，我和众多产妇一样，生了孩子以后脑子就有欠灵光，这么多年，我连个电脑也没学明白。就比如我先前设置过一张壁纸，又一怒之下删了原文件，可关闭系统的时候，那张照片都会很诡异地出现在屏幕上，逗留两秒，一闪而过，然后，“啪”，屏幕归于黑暗。

这让我十分苦恼。

米薇曾像个行家一样跳过来指点江山，她说：“哎呀呀，这个留在了缓存里，你没清理干净嘛。”可究竟缓在了哪里又存在何处，米薇鼓捣了几次也没查出结果。反倒是那张一闪而过的照片抓住了她的眼球。

她指着屏幕说：“这个，这个，这个，这都是谁啊？”

我告诉她：“这个，这个，这个，这都是我的高中同学。每个年级的前三，召集在一起拍个照，就跟现在TVB台庆造势一样。”

“哟哟，就你，还前三哪？”米薇掩口而笑。

我告诉她，姐姐我是连续十四次的月考年级第一，每每营养品厂商来学校做宣传都会给我这个尖子生颁发试用品。我就像只小白鼠一样四季不间断地服用他们的产品，从DHA吃到亚油酸，深海鱼油就着口服液吃，吃完还得站在讲台上拍着良心说：某某牌营养品，这，就是我突出的奥秘！

拍着良心有点勉为其难，我总是拍着胸脯说。这样会提高可信度。说真的，那些东西的催化能力确实很强。

“我说的这些，你信吗？”我问米薇。

不知怎么，每每说起那些绚烂的往事，我就一副小心翼翼的口吻。那种感觉，仿佛并非怕对方不信，而是害怕不信之后的白眼。

好在米薇并没给我白眼，她丢了一句：“好汉不提当年勇，想当年姐姐我在高中里也是风生水起的狠人。”

“你也是考试达人？”

“那倒不是，”她说，“每每监考老师说‘请把考试无关的用品放到讲台上’，我就很想把我自己交上去。”

“等等！”米薇说，“我好像在照片里发现了一个小正太，肤如凝脂、邪肆猖狂的，你你你再让我看一遍！”

她把电脑关了又启动，启动后又关了，就为了看一眼那张照片。

“就是这个。”照片再一次闪过，她指着最右边的一个人，兴致勃勃。

都二十五岁的人了，居然还对小正太感兴趣，我对米薇的取向很不屑，可还是好耐性地回答她：“你眼力不错，那是我高中时代最红的红人，有个女生约他去打羽毛球，他同意了，结果那女生当场幸福地昏了过去。”

“人间祸害！”米薇骂了一句。

我觉得这四个字真是再靠谱不过了。

眼下，我骂自己白痴得无药可救，明明下定决心删了那张照片，结果却删成了这样一个效果。今天这个早晨，我开了五遍机又关上。我有点想念那个人。和肤如凝脂、邪肆猖狂无关，就是种单纯的想念，不择细流地汇在一起，在平淡中缓缓润过，又在热烈处倏地凝固。手指触碰到屏幕上，清晰的像素，清晰得能看见阳光下呼出的白气和微笑时嘴角上的微小绒毛。桃树的枝丫向天空伸展，二月，并非桃花季节，可我明明看见他身后的小枝杈上，有一小株，不知春秋地吐着幼嫩的芽。

谭少宇。

我孩子的爸爸……

屏幕又熄灭了。

删又删不掉，找又找不回。这真是一种煎熬。

3 感情世界的规则，和美式台球一样，前八只球，叫作爱情；而最后一只，叫婚姻

○ ● ● ●

我第六次打开电脑的时候，大当家已经从天台上下来了，本来就不怎么透彻的脸更是黑得像炭一样。

活见鬼！躲起来吸支烟都能被高瑜撞见。米薇用MSN给我飞鸽传书。

我说，你又没有女儿要送学校又没有男人要喂饭，早来十分钟会死啊！

咦？米薇敲字，你有女儿我知道，莫非，你又多了个嗷嗷待哺的男人？我上周给你介绍的那位有才有貌的俊生，你笑纳了没有？

笑纳？姐妹儿，你别开玩笑！如果这样的人都可以称作有才有貌的话，那咱们俩简直就是西施和貂蝉在世，李清照和黄道婆的合体！

不会吧？米薇打了个难以置信的表情，怪我轻信了谗言，我发小把他吹得天上地下无可挑剔。不过伊冉，是不是你偏激了？

偏激？我说，你去问问，他那张油汪汪的大脸给我们家伊恋吓成了什么样子。真难为俊生他娘，把名字取得这么南辕北辙。

米薇说，其实不怪俊生他娘。他取名的那会儿，他娘也不知道他能出落成什么样。而且名字这东西，通常有一种希冀在里头。比如他娘嫁了

个丑男人，儿子多半叫俊生；比如他娘嫁了个穷人家，儿子多半叫旺财；要是他娘连猪肉都没吃过……

我说，那怎么样？

米薇自己笑得直揉肚子，老半天她才敲上几个字：就叫“膏胰”呗。

我一下子把水喷在了显示器上。

米薇最后下结论：名字的寓意多半相反，就像世事多半都是事与愿违的一样。如果你想找个帅哥，就别找“俊生”这种名字的；如果你想嫁个大款，像什么张百万啊、李千金啊、潘十亿啊，这些统统都不能嫁。

我笑着笑着就不敢笑了。因为我发现“膏胰”不知何时站在了我身后。

然后我就被他叫到办公室去了。

我这人就这点能耐，米薇在身边的时候，我尚且能逶迤蛇行像个妖，可若是把我拽到老板面前，我就像喝了端午节的雄黄酒一样，乖乖地软了。

我垂着手，规规矩矩地说：“领导，您找我什么事啊？”

高瑜一摆手：“坐啊小伊，你别紧张嘛，不是坏事是好事。”

恕我青春烂漫，老板一说是好事，我一下子就把诸如升职加薪津贴补助这样的关键词在脑海里过了一遍。

结果，老板的一句话让我陷入了彷徨。他要给我介绍个对象。

高瑜慢慢品了口茶，清清嗓子说：“小伊啊，咱们公司的女员工里就剩你和米薇还是单身，米薇的终身大事我就不操心了，我也操不起那个心，所以还是介绍给你吧。我把我一个朋友的朋友推荐给你认识，小伙子绝对棒！我呢，也算是为公司的女员工谋点精神福利。”

我觉得老板的话很欠逻辑，尤其是那个“所以”用得很不因果——您乐不乐意给米薇操心我管不着，可不能就拿这个做由头把烫手的山芋扔给我呀？

但是我无论如何不敢拒绝——谁知道老板说的那个朋友的朋友是不是他表弟或者大侄儿什么的？我抠着指甲，不由自主地游离和纠结起来。脖颈低垂，眼神无焦，指尖的丹蔻磕掉了一层。

高瑜不但没有怜悯我，反而笑了："我可是一片好心啊，你千万别有精神负担。一个是阆苑仙葩，一个是美玉无瑕，你漂亮，小伙子也专情，这样的姻缘谁不争抢着成全？要不这么着，待会儿我传张小伙子近照给你，你说行，我就安排见面；你说不行，那我就撒手不管了。"

我嘴上说好，心里压根儿不屑一顾。

美玉无瑕？我呸！美玉早在《红楼梦》第六回就在袭人小丫头的股掌里破了清白，就连林黛玉都没捞着机会。三百年过去了，如今，但凡生得周正的男人又有几个是专情的？

一只脚踏出高瑜的办公室，我想起方才和米薇的讨论，转身又回来了。

"领导，"我坏坏地笑了一下，"我能先问问他叫什么名字不？"

"叫乐天，"高瑜眉头一展，"是位健身教练。"

中午饭的时候，米薇笑得前俯后仰，我就没那么好兴致，我把餐盘里的白菜戳得稀烂，也没胃口吃下去。

"乐天，乐天……"米薇翘动着嘴唇，"听这名字，应该是个苦大仇深的种儿。"

我幽幽地抬起脸，告饶似的看了米薇一眼："我都快恼火死了，你就别开玩笑了行吗？"

米薇把一块糖醋排骨塞进口中，在嘴里打了个滚儿，"当"的一声，骨头就干净利索地跳回到托盘上。她说："也许这是个机会呢。那个陈世美你又找不着，即便找到了，他也未必肯和秦香莲回家；想给你找个陈二世吧，你又相不中。伊恋一天天长大，你必须得有个男人。就从这个姓乐的开始吧。”

我低下头，眼圈里一发红，马上就酝酿出一个微笑来。

“米薇，”我说，“其实我已经习惯了。现在的我和你差不多，习惯了单着。”

米薇笑了，只是这次的笑容和方才的不一样，有一种苦涩在她黝黑的眸子里翻了个身，像藤蔓一样缓缓铺开。她反诘：“谁说我习惯了？”

她这么说，我又不知所措了。

米薇的容貌虽不算倾国倾城，却也绝对是不可方物的美女，双眼含波，睫毛浓密得像小蒲扇，加上一米六九的身高，不到一百斤的傲人身材，站在男人面前，那杀伤力毋庸置疑。前一段流行热裤配黑丝袜，别人穿上我没什么感觉，可是米薇穿上，我却能幻想出一些热辣的画面，譬如一只乖巧的小猫，蜷缩在你的枕畔，在耳边挠你的痒。

如果一个女人能让男人轻易联想到sex，那么这个女人的媚注定很失败，但如果一个女人可以让另一个女人联想到sex，我只能说，这个女人媚到了骨子里。

这些还不算，米薇的父母都是成功的生意人。前年生日，他们送了她一套公寓，去年又是一辆高尔夫。如今的米薇已经是非名牌不能赏其心，非奢侈品不能悦其目。无数个靡醉的夜，只要她招招手，酒吧里最红的小歌手就会丢了魂一样钻进她的车，事后多半哭着喊着想保持关系，怎么都甩不掉。阅人无数这词安在米薇的身上最是熨帖，可我从来没听说哪个有幸做了她的男朋友。一个女人、小妖，一个像米薇一样的上品，如果不是习惯了单身，那还能因为什么？

米薇游离了大半个中午，眼睛一直瞟在窗外，外面飘着零星的清雪，毛茸茸的，不偏不倚地落在窗台上，化成一摊水迹。

米薇突然开口说："伊冉，你知道吗，其实恋爱就像一局台球。不是斯诺克，是美式九球。男人们是球手，而你，就是最后的锦标。那个最炫的球手未必会得到你，他会打开你的心窗，让你爱上，他送花、送戒指，带你回家见父母，给你千千万万个不能承受的感动，甚至让你有了孩子……他将八只球逐个击落，直到他面对最后那只九号球。也许他瞄准了，努力了，却因为差了一丝力道让你留在了袋口。下一个男人登场，轻轻一个落袋，你就是他的。"

米薇说："得到你的那个人并不一定付出最多，甚至不一定是最爱你的，或是你最爱的，但是他的的确确带走了你。也许你心有不甘，但是你不能拒绝，你也不应该拒绝。这就是感情世界的规则，和美式台球一样，前八只球，叫作爱情；而最后一只，叫婚姻。"

我的一大勺白米饭哽在了舌根，只好端起了菜汤，一口一口呷下去。我这人一向没原则，或者说，我的原则就像高中时代的几何证明题，拉几条辅助线，证实了命题的成立，我就会笃信，并且奉若神明。而米薇的话就像那条起死回生的辅助线，从我阴暗的死角缓缓拉出，指向一条明亮的边。

米薇拿脚踹了我一下："怎么样？是不是挺有哲理的？"起身又去阳台上吸烟。

她用一只老旧的打火机，Zippo十年前的款，歪着头，黑发如瀑，从脸颊一侧泻下，修长的手指护一下火苗，烟雾腾起的一刻，她挺直了脖子，长发骄傲地甩了一下就安静地铺开在肩上，花影吹笙，十丈软红。直叫人看直了眼。

整个一下午，我都在勉为其难中度过。我决定勉为其难地给那个"苦大仇深"的乐天一次机会。

米薇说："我就不明白，为什么你每次相亲都要带着伊恋呢？你该不会是指望着你可爱的小女儿给你争几个印象分儿吧？"

我说："那还能怎么办？"

"单刀赴会啊，就说你是单身。你这张脸、这腰身，没有丁点儿的赘肉和黄褐斑，充单身还不是一充一个准儿？"

"招摇撞骗啊！"我说，"可纸里包不住火，我能瞒到什么时候？"

米薇说："那就瞒到整张纸都烧起来的时候，瞒到他肯为了你舍生忘死、死去活来、生死相随的时候。为了你他做什么都肯，多一个感情联络员算得了什么？"

我说："我不想爱得那么高危，我就是个有小孩儿的女人，他爱爱不爱，不爱拉倒吧。"

高瑜的头像开始闪烁，没有介绍，只有一张干净利落的照片。

我有点眩晕。但凡这张照片下配上些文字，诸如"愿意找帅哥共度良宵吗？请登录http：//***"，或者"同城交友，你也可以圆一个白马王子的梦，请拨打热线***"，我都会觉得高瑜的电脑中毒了。

因为照片中的人，太养眼了。

我觉得这样的男人不去挂在不良网站上引诱良家妇女，简直就是暴殄天物！

而我，我就怀着一颗怦怦乱跳的芳心，对着屏幕，湿了嘴角。

"美玉，无瑕……"

同样湿了嘴角的，还有米薇。

不公平啊——米薇哀号："凭什么有这等男人不想着发给近水楼台的我，倒是让你个单身妈妈捞了月亮。"

我伸手去捂她的嘴。米薇说："好心的冉冉，善良的冉冉，如果我去向这个乐天揭发：你做过别人的童养媳，你家伊恋就是诋毁不掉的铁证，你会不会认为我不仗义？”

我笑笑说：“你随便，反正这样的男人我也降不住，我随时做好拉倒的准备。”

米薇打了个响指：“说好了！你什么时候跟他拉倒，我就把他推倒。”

那天下午我心情大好，洗了两个苹果，把卖相好的那个送到了高瑜办公室，并且看着他吃下肚，就算把相亲的事儿板上钉钉了。

相亲安排在周日，周六一大早米薇这个妖精就来敲我的门。我们俩住得不远，开着她那辆高尔夫，也就十分钟的路程。

这一回她拎来一大包衣服和一大包零食。衣服是借给我的，零食是她和伊恋的。米薇很有当妖精的潜质，《西游记》里的妖精都不喜欢住富丽堂皇的金銮宝殿，她们往往偏爱那些阴暗潮湿的山窟地窖，美其名曰别有洞天。所以米薇放着漂漂亮亮的大公寓不住，经常跑到我的出租房跟我们娘俩抢地方。

伊恋已经习惯了米薇的不请自来，看见米薇春满乾坤地踱过来，伊恋从床上跳起，张开小手甜甜地喊她“薇薇阿姨”，米薇笑得花枝招展，亲了下伊恋的小脸儿，然后就蹬掉高跟鞋一步迈上我的床，伊恋很配合地腾了地方给她，两个人盘腿一坐，继而开始撕那些小食品的口袋。

我对米薇说：“你别老拿那些不健康的膨化食品来收买我不谙世故的小女儿，这很恶毒。”

米薇笑道：“相比于她那个拿蛋炒饭充当零食打发她的老妈，我觉得我很心善。”

伊恋跟着点头。

我把拳头攥紧又松开，物质社会啊，腐败啊。

然后我打开属于我的那一个包，我就也跟着腐败了。

一条香奈儿山茶花的小裙子，九成新的；一件纪梵希的学院淑女拼接连衣裙，九成新的；一件欧美复古的古驰蕾丝上衣，连标签都没拆；还有一双高筒流苏靴，商标我居然不认识！

“你就让我穿这个？”我说。

“对啊，都是深色系的，你肤白，穿这个好看。”米薇的嘴里嚼着零食，声音含糊。

“不是不是，你没理解我的意思，我是说，这些名牌服饰我从来没上过身，穿起来自然不够娴熟，保不齐我会掉上饭粒，或者一时疏忽拿衣袖揩揩嘴角什么的。”

米薇说：“那不正好嘛，拿纪梵希揩嘴角，叫个男人就能被你的大无畏气概所折服。”

“关键是，”我说，“折服了之后呢？他总得来我家吧？我总得向他袒露真实的一面吧？”

米薇咯咯地笑：“既然你想得那么周全，又是留宿又是袒露的，那我不妨建议你——日后的事，日后再说。”

“米薇！”我正色道，“别教坏小孩子。”

床上的伊恋终于发话了，一边用细嫩的小手从口袋里掏可比克，一边目不转睛地盯着电视说：“没关系妈妈，你和薇薇阿姨的对话我都听不懂。”

天啊，老的小的，让我如此抓狂。

“伊恋啊，你去厨房给薇薇阿姨洗个苹果。”我说。

等到伊恋乖乖地去了，我平复了两秒钟，一下子吼向米薇：“你是猪脑啊，就算我打扮得琳琅满目香气扑鼻，就算那个乐天乐颠乐颠地被我勾回了家，又能怎么样？难不成我让他看这个十平方米的出租屋，生锈的床头，偷隔壁信号的电视和我那些又蠢又笨的呢子大衣？”

我惨兮兮地笑了：“退一万步讲，就算——我跟他意犹未尽，忍不住擦出火花，难道你让我塞给他一个洗澡筐，然后拉着他的手跟他说‘咱们先去楼下的大众浴池洗洗吧’？”

哈，我掐着腰，兀自笑得天旋地转。

米薇没有笑，半晌，她抓住了我的肩膀，对着我的眼睛。

“伊冉，你需要一些自信了。你配得上这些衣服和鞋子，穿上它，让镜子告诉你。”

我被米薇连哄带骗地换上了那些衣裳和鞋，怯生生地站在了镜子前。我先垂下眼，然后慢慢抬头捕捉镜子里那个影像，竟然有一种奇妙的感觉从头顶油然而生。就像小孩子拆开礼物那般局促，闭起眼，偷睁一条小缝，用这样的把戏释放掉从心里蹿出来的窃喜。真是套上好衣裙，抓绒衬里柔滑如斯，也许那并非纯粹的高贵，可分明有一种骄傲从皮肤里一点一点渗进去。尤其是那双高跟的流苏靴，我从没穿过这种角度的鞋，像一双女魔鬼的手，扳着你的臀，收起你的腰，逼着你像她一样恣意挺拔。

此刻，我脸上微微的橘红已说不清到底是羞赧还是惬意。

所以接下来的一整天，米薇吃了我的蛋炒饭，留了个油渍麻花的碗，睡了个午觉，并且弄得我满床都是可比克渣子我也没有过多地表示抗议。拿了人家的手短，穿了人家的衣服，心就软。晚上的时候，米薇还把我们娘俩接到了她的公寓。因为她兴致大发非要给我的头发造个型，而我们家除了木梳之外没别的造型设备。

我和伊恋在米薇足能躺下三个人的大床上打着滚儿，看了会儿液晶电视，买来的信号就是比偷来的要清晰，就连陈道明那张食古不化的脸都显得生动有光泽。

“知道你什么地方吸引我？”米薇一边旋着开瓶器，一边问我。

我扭了扭腰肢：“难不成因为我纯洁？”

米薇手一滑差点儿把红酒摔了，她笑得肚子疼："别逗我了，十八岁就生小孩儿的女人也能把'纯洁'咬得这么字正腔圆，世风日下啊世风日下。"

"伊冉，"她说，"我特别喜欢你身上的烟火气。"

我沉思了片刻，想不出什么反驳她的话，讪讪地说了声："滚蛋，那你还不如说我庸俗算了。"

她就拽着我的胳膊执意要我参观她的厨房。

"你看看我的家，这些个橱柜和厨具，跟展厅或是广告里的一般。我每隔一天擦拭一遍，一尘不染，干净得可以当镜子用——可你知道吗？我从来就没用它们做过一顿饭，冷冰冰的，没食欲。如果一幢房子里没有烟火气，那这就不算真正意义的家，所以我宁可去你的小窝里待着，也不愿留在这里。"

"砰"的一声，软木塞被她拉开，整个卧室都浸泡在红酒的迷香里。

"那你又是否知道你什么地方吸引我？"朗格多克干红细腻地润着我的嘴唇，我轻抿了一口，徐徐问道。

"反正不是纯洁，"米薇笑了，"你说吧，我听着。"

我就哈哈大笑了起来："因为你像个妖精啊。这年月，天使一样的女人太多了，粗制滥造，反倒是像你这么精致的妖精太少太少。"

"错！"米薇纠正，"天使不多，只是装天使的人太多，而妖精也不少，只是肯于放下伪装的、浑然天成的妖精太少。究其本源——天使的门槛太低，标准太过单调。"

米薇就是这种女人，像苔藓一样，就算你断了她的阳光，她也能掺和着泥土生长。我边笑边皱眉："那你说说，天使和妖精的区分标准是什么？"

米薇说："天使的养分是爱情，而妖精的养分是暧昧。"

我说："那我也算半个妖精吧？至少没有爱情滋养我。"

米薇上一眼下一眼地打量我，撇了撇嘴："你身上哪有半点妖气？好好地历练一番，也许能成一条人精。"

那一头，伊恋不知何时打开了冰箱，继而惊呼着拉我去看。我看了一眼，也跟着她一块儿惊呼。

米薇的冰箱里贮藏了不下三十多种冰激凌，种类繁多，口味齐全，我和伊恋认识的那些品牌她这里差不多都有，整整齐齐地码了好几层。

一个小款婆的冰箱里藏了几十盒冰激凌，这个没什么大惊小怪，让我诧异的是除了那些冰激凌，冰箱里别无他物。难怪她说家里没有烟火气，我怀疑她根本就不食烟火。

米薇说："有什么好稀奇的，我有收集冰激凌的癖好行不行？"

我一边大笑说你这个癖好相当靠谱，一边挑了最像样的一盒给了伊恋。

米薇抢先夺了过去："我提醒你哦伊冉，给小孩子吃东西要先看出厂日期。这一柜冰激凌都是半年前的，早过期了。"

说完直接抛进了垃圾桶。

我们娘俩咂舌："这太浪费了吧？"

米薇听罢笑嘻嘻又打开了一个拉门，我顿时就晕了，这一柜是更多的冰激凌，规模和质量都远超上一个柜子，小砖头一样摆在我的面前，看得我心惊肉跳。

米薇拿了一款优根芙丝鲜果优格给了伊恋，我立刻就觉得方才扔的那个一点儿不浪费，该出手时就出手。

伊恋用小勺子挖了一角，乖巧地递在米薇的嘴边："薇薇阿姨，吃。"

米薇摇头，微笑："乖，阿姨不吃冰激凌。"

我说："女儿咱们甭惦记她，薇薇阿姨这么多冰激凌，她早吃腻了。"

米薇直起身子，尚未收起的笑容里略带落寞。

“伊冉，”她说，“你什么时候见我吃过冰激凌？”

我指了指冰箱，又指了指她，说了声：“啊？”

在我能回忆的范围里，真的从未有米薇吃冰激凌的画面，哪怕是热浪滚滚的夏天。

米薇挑了挑眉头：“那种味道，太甜了，怕受不了。”

如果把米薇上面那句话加上字幕的话，应该是：那种味道，太甜了，（嗓子）怕受不了——如果她说的是“太凉了”，那么括号里的注解也可以换成牙——可不知怎么，我却听出了一种别样的滋味，直觉告诉我，米薇的癖好绝非偶然。一个牙口或者嗓子不算强大的冰激凌爱好者绝不会存了两柜子冰激凌直到放过了期也不吃一口，直觉还告诉我，这一箱冰激凌关乎米薇的秘密——妖精的秘密——或者说，让妖精姑且与暧昧为伍的秘密。

一种文艺女青年的忧思向我袭来，我惴惴不安。

米薇细致地给我的头发做造型，先用修护精华液均匀涂抹发丝，再用免冲洗护发素，动作熟稔。米薇一边操作着电卷棒一边自语：“护发素用量不能太多，要均匀涂于发尾，可使头发柔顺不毛糙，增加头发亮泽度。这就是我美发的秘密。”

那么妖精的秘密呢？我兀自想到头疼。

垂至肩头的可爱卷卷就在米薇的一分、一梳、一夹、一卷下渐渐完成，造型很成功，DIY卷发扮出浪漫女人味。

“效果如何？”她问。

“相当不错！”我看着镜子，来回转了几遍身，用掌心托一托，用指尖拽两下，爱不释手。

“好，洗了吧。”

“啊？”我大惑不解地看了这妖精一眼。

她一下子笑了，瞳子一闪，亮得如黑夜锦缎：“这只是预演而已，明早晨我再给你细致地做一遍。”

那天晚上我和伊恋就窝在米薇的大床上睡了。

我睡中间，伊恋和米薇在我两边。这么安排一来是伊恋睡觉不老实，我怕影响了米薇；二来要是这妖精半夜睡不着拉着我谈心的话，方便操作。

我猜得果然没错，伊恋早已入梦多时，可另一侧的米薇却是翻来覆去睡不着。

“米薇。”我轻声喊了一句。

“嗯？”她慢慢侧过身来，手肘拄着枕头，掌心托着香腮，摆了个很撩人的pose。

“我在想，你怎么总是拿我十八岁生孩子这件事来奚落我呢？尤其是伊恋在场的时候，我会很不自在嘛。”

米薇涎兮兮地笑：“有什么呀？敢做还不敢让别人说。”

“可我觉得女人这辈子总得有一两回意气用事的时候，可能我比较倒霉，落实到我这儿就成了怀孕生小孩儿。你是不是觉得一个高三就跟人发生关系的女生特不靠谱？而你跟这样一个不靠谱的女人做朋友感觉特丢脸？没关系，你可以实话实说，我挂得住，我只是不喜欢你的讥讽，时不时吧嗒丢一句，不咸不淡的。”

米薇咳嗽了两声：“咳咳，我呢，的确觉得你不靠谱，也的确有讥笑过你。因为我有讥笑的资本啊！”

我又气又恼，差点儿把米薇踹下床去。她一边举双手告饶一边大喊：“饶了我饶了我，我真实流露我实话实说的呀……”

我说：“也好！那你老实交代，你是在哪一年被男人给吃定的？大一还是大二？再之后我可就不信了。”

米薇说：“咦？你怎么知道是男人把我给吃定了，不是我把男人吃定了？”

我说：“别岔开话题，老实交代！”

米薇说：“我比你早一年，我高二。”

“滚蛋！”我准备再次踹她下床，米薇瞪大眼睛憋住了没笑出来。

“如果，我拿我的身材发誓，”她说，“陛下你能否相信奴婢，并且收回您的无影脚？”

我想了想，觉得错不了，米薇最在乎的就是身材，本次起誓发愿绝对货真价实。

“我可以睡了不？”米薇眯着眼睛问我。

我没理由说不行。可想而知，这一次卧谈很不成功，米薇像是刻意回避什么，她侧着身，用一个很奇怪的姿势蜷着，再也不肯转过来。她有一个很婀娜的后背，侧卧在仿古的铜床上，优雅如别致的油画。女人的背，是男人的彼岸；女人的背，是自身的清潭。这么想着的时候，我开始对明天的相亲逐渐憧憬起来。

4 命运就像一朵夜来香，他坐在那儿，静静地为我开放

○ ● ● ●

我跟乐天的第一次约会是在寰球酒店十八楼一个叫“彼岸”的西餐厅。

米薇自告奋勇地陪我前往，说是要以娘家人的身份亲自把关。这姐姐一路正步踢得虎虎生风，我穿着向她借来的蕾丝上衣和山茶花小裙子一路小跑地跟在她身后，就像首长身边的勤务兵。

我们晚了十五分钟，其中五分钟归咎于我，我对十厘米高的靴子在运用上有欠纯熟，另外的十分钟归咎于西餐厅门外的迎宾员。

米薇攥着高瑜写给我的小纸条，抬头看几眼招牌，低头看几眼地址，好不容易找到了这里。她指着门口写有“Beyond”字样的大牌子问服务生：“请问这里是‘彼岸’餐厅吗？”

服务生优雅地注视着我们，微笑，摇头。

我拉着米薇艰难地踩着十厘米的高跷又在十八楼兜了一大圈，发现只有这家“Beyond”餐厅最符合纸条上的描述。

于是我们第二次问服务生：“请问这里是‘彼岸’餐厅吗？”

这一次更加优雅，他伸出一根手指，左右晃了晃，示意我们“No”。

米薇愤愤地说：“同学，你不会是连你服务的这家餐厅的名字都不知道吧？”

他耸耸肩膀，笑了：“女士，我们的餐厅真的不叫‘彼岸’，我们叫Beyond，音标叫[bi'jɔnd]]，我们这里是[bi'jɔnd]]餐厅。”

米薇听见他把好端端一句英语说得鸟语花香，低头问我：“这是哪国小靓仔？”

我说：“东南亚的吧？大马士革，贝鲁特那边的人说英语都是这个范儿。”

服务生听到了我们的谈话，笑得一脸炫耀，他诚实地说：“我呢，来自美丽的海滨城市大连就对了。”

米薇说：“大哥，那你知不知道单词‘Beyond’中的辅音‘d’是不发音的啊？”

他说：“女士，我们Beyond西餐厅迎宾员的门槛学历都是国家英语五级。”

我们如雷贯耳。

我拉着米薇的袖子说：“咱们进去吧？咱俩连四级都没过，哪有经验跟人家五级的PK？”

米薇不以为忤：“我不PK，我请教行不行？”

说完一脸坏笑地冲服务生说：“这位帅哥，我不耻下问你一个问题，‘我是Beyond餐厅的一名服务员’这句话用英语怎么说？”

他想了想：“‘服务员’那个单词我有点不会讲。”

米薇说：“没关系，可以用汉语代替。”

他沉思了片刻，自信满满：“I’m a [bi'jɔnd] 服务员。”

当然，那个辅音“d”被他咬得字正腔圆。

我刚想笑场，米薇的指甲狠狠掐在了我的手指肚上。她一拍大腿说：“对了对了！就是这么说的嘛，看来你是货真价实的英语五级！”

穿过长长的门廊，米薇笑得都快瘫了。我皱着眉头说：“你缺不缺德啊，连个服务生都不放过，竟然玩这种谐音的把戏。”米薇瞪着眼说：“活该，谁叫他耽误咱们十分钟！如果这次相亲不成，就是他给害的。”

米薇尚未讲完，我就说不出话了，因为我看见了那个“美玉无瑕”。他正坐在窗边的位子上，略带局促的目光过滤着每一个入场的女性。我一下子就把米薇推开了，米薇也聪明，方才还絮絮叨叨指指点点地跟我对话，这会儿马上扭过头，跟门口立着的一只招财猫对话去了。

米薇说：“猫咪啊猫咪，待会儿别紧张，记得要双眼含波，处变不惊，招招手，say声hi。我去一边等着你。”

我觉得但凡是个明眼人，就能看出来我跟米薇是一起的。因为所有人都用异样的目光盯着她，唯独我不忍卒听把头扭到一边，脸红到了脖子根儿。

我重色轻友，我怜香惜玉了。

我得马上撇开她奔过去。

因为乐天那可怜巴巴的小眼神儿赚到了我的恻隐。那种感觉，没有过相亲经历的人是不会理解的。我也曾像他一样端坐在位子上等待过自己的相亲对象，也像他一样目不转睛地看着门口，每每那里出现一个玉树临风的帅哥或是脑满肠肥的大叔，我就心跳加速，或欣喜或焦虑地等待着命运砸在我对面的椅子上。命运已经铿然有声地砸过我两次了，都是九十公斤以上级别的男选手，而这一次，命运就像一朵夜来香，他坐在那儿，静静地为我开放，等待我的摘采。

我跟在一个大腹便便的姐姐身后向他徐徐走去，大姐把我挡了个严实，自然吸引了他的目光，我看见那张脸上蓦地生出了一丝担忧，渐渐放大，最后心惊肉跳地闭上了眼。待他再度睁开的时候，我站在了他的面前。

“嗨。”我说。

“啊……”他笑了，“是你？”

我眉宇含烟地说：“对，是我。”

多完美的开局呀！多和谐的大姐啊！这样的相亲，我怎么可能不志在必得？

然后他就笑了，迷人的牙齿有如口中含着海贝般的洁白整齐。我书读得少，形容好看的男人我只会说什么“器宇轩昂、风度翩翩”，事实上对面的男人很低调，很收敛，即便是微笑这么单一浅显的表情都能带出一朵水莲花不胜凉风似的娇羞。我就不知道该怎么夸赞他好了。

他说：“幸会啊。”

我说：“啊……谢谢，那个……你也挺好看的。”

我觉得“好看”这两个字说得很不理想，一时间觉得失败。一边与乐天寒暄着，一边低着头用手机上了百度，输入的关键字是：形容男人好看的成语。小漏斗不停地转，我心想这男人真是幸运啊，我这么惜金如命的人，能让我不惜手机流量去夸赞的，他还是第一个。

冬日的阳光从大落地窗外透过来，灼得我眼睛和脸上好热。

“叫点东西吃吧，”他说，“点你喜欢的，别客气。”

“呃……”我说，“还是你来点吧，说实话，我很少来这种档次的餐厅。”

待到我再次垂下眼，才发现自己还披着米薇的古驰小蕾丝，吓得我一蹦，再去看他的时候，发现那双眼睛里有一闪而过的落寞。这孩子一定理解错了。

我就赶紧叫来服务生：“你们这儿有没有土豆烩茄子？秋土豆，放上点葱花那种？”

这个必然没有。

我又说：“那有没有皮蛋内酯豆腐，用小磨香油拌的？”

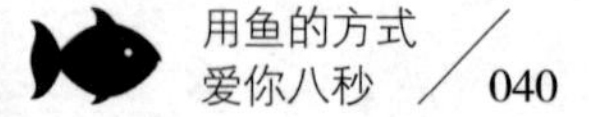

服务生目瞪口呆。

我冲乐天笑了下："你看，我要的东西都没有。"

他也笑了，从服务生手里接过菜单，眼神就像八月天晒出的棉花，蓬松而温暖。我看见他翻着菜单的手指，修长、白皙，夹克里露出一小截白衬衫的袖口，一尘不染。爱干净的男人就是上天赐给女人的福音，修剪整齐的指甲、没有头屑的头发、没有异味的脚……对乐天的印象分"嗖"地就蹿上去了。

有那么一个瞬间，我觉得他分外眼熟，尤其在他瞪大眼睛的时候。我断定曾经见过这个人。可究竟那是什么时候的事，又发生在哪里，我是真的记不起来了。乐天介绍自己说他是一名健身教练，与人接触的机会很多，没准儿我们之前就认识。可我觉得不然，对于一个为了省几块钱运费宁可把五十斤秋菜自己扛上楼的女人来说，去会馆里办卡健身基本可以算作行拂乱其所为。

乐天替我点了鲑鱼奶油意大利面、八分熟的芥蓝牛肉、加莉娜风味的磨坊主妇小龙虾、法式花椰浓汤，自己要了一份菠萝珍宝饭。我看他二指前戳，一气呵成地点了这些东西，就问他："你经常来这儿吃饭？"

乐天不好意思地搓着手笑："这是一家相亲专用西餐厅，我是第一次来。不过这里挺有名气的，据说速配率特别高——对了，你是想说，为什么我对这儿的菜谱熟悉是吧？因为来之前我百度了半个小时。我在想，如果我没办法博一个高点的印象分，那只好求助于这里的菜肴了。"

这个说法够睿智，够坦率。

印象和吃的挂了钩，那岂不是应了那句"秀色可餐"？我真想告诉他，我可以什么都不点，只喝水就可以。不过一想到米薇还在远程监控呢，我也只能默不作声地看着侍者把佳肴一字排开。

米薇说了，不懂端着的女人通通不是极品。

我下意识地坐直，端紧肩膀，怎料上衣的流苏带倒了餐桌上的勃艮第红酒杯，它转了个二百七十度的弯，眼看着就要滚落在地上。我已经闭上眼，预见到那一声清脆的炸裂以及侍者冲过来要我赔钱时的嘴脸。

睁开眼的时候，乐天已经伸出胳膊，稳稳把酒杯接在了手里。

无与伦比的初印象。

我开始庆幸自己没带伊恋来赴约，庆幸穿了米薇的华贵霓裳，我有点晕了。我孩子都七岁了不假，可我怎么也算是妙龄小少妇，我见到一个温文尔雅，如同阳光下一个大蜜罐儿一样的男生，可不就是这个状态？

趁着乐天帮我切牛肉的时候，我给白素贞发了条短信。我说：恕小青道行浅薄，我真的端不住了。

米薇回给我：算了，情有可原，回头你问问这孩子用的什么睫毛膏？大老远，连我都觉得一闪一闪的。

我战战兢兢地抬头瞅了几眼，告诉她：没用睫毛膏，人家那是天然的。

米薇沉默了半晌，回复说：能降住我们姐妹的，不是许仙就是法海。你问问他什么来头，好端端一颗明珠干吗跑这儿来暗投？

我的第一反应是这个问题好，够刁钻！第二个反应是呀呀个呸——凭什么来找我相亲就是暗投啊？

我还是一字不漏地把米薇的问题问了乐天。我轻描淡写地笑了一下：“看你的样子，少不了追着你跑的女孩吧……呃，你别笑嘛，我觉得我审美还算挺正常的。我实在搞不懂怎么连你这样的花样美男也来凑相亲的热闹。”

乐天低着头哧哧地傻笑了几声，扬起脸的时候，带出男子的英气。

“别吹捧我啊，会脸红的，”他说，“上大学的时候确实被女生追过，后来嘛，也就……”

乐天脸上微微泛红："女人选男人就像男人选电脑一样，而男人选女人就像女人选电脑一样。久而久之，经济适用女和你口中的花样美男就成为业界两款积压产品。"

我听出了一点弦外之音，笑眯眯地问："那你说，你这款电脑的硬伤在哪儿？"

正得意于那个比喻句子里的乐天被我问得呆住。

我不依不饶地盯着他，眼神里带着狡黠，仿佛在替他罗列选项：花心萝卜？无业游民？债台高筑？或是，功能性ED？

也许我过分了，如果他不愿说，那必定有他的隐衷。正当我准备收回眼神的时候，看见他抿了抿嘴角，说了几个字："我是单亲。"

声音很小，几乎微不可闻。

单亲意味着什么？

没有家庭支柱，坍塌的亲属关系，一个需要赡养的老妈，还有不宽裕的家庭条件。

对于一个没见过双亲又独力把女儿抚养七年的我来说，这种程度的硬伤完全可以忽略不计。

我一下就被这个不懂张扬，甚至有点自卑的男生打动了。

这一餐我吃得很饱，乐天就笑吟吟地看着我吃。凭我的直觉，他想的应该不是"这女孩真能吃"，而是"这女孩真实在"。我天生就有一颗擅长自我安慰的心。

他还想点些甜品，被我及时制止。我不愿意让他多花冤枉钱。

我擦着嘴，打着饱嗝说："你看，我们见了面，吃了饭，聊了快两个小时的天。我们还要继续吗……嗯，我的意思是，你还想继续交往吗？"

他笑得有点紧张："为什么不呢？"

"所以——"我伸了个懒腰，"我在等着你继续约我啊。"

米薇说，人是铁，范儿是钢，一天不装憋得慌。整个上午，我只有这句话说得够范儿，绝对具有米薇的水准。

乐天如释重负，看得出，这孩子对姐姐还是很满意的。

他说："其实我早就买好了两张电影票，就一会儿的，只是在想要不要马上就约你。你知道的，太过主动反倒授人以不好的印象，我怕被拒绝，所以就……嘿嘿，犹豫了一下。"

我笑着挑了挑眉毛："这就是你的不对了，男生在女生面前主动点不应该吗？说到底还是'范儿'在作怪吧。既然咱们已经是朋友了，就放下那些所谓的'范儿'，尽量拿出些真诚来，看电影是吧？咱们走。"

我器宇轩昂地走在乐天前头，偷偷向米薇做了个V的手势。

我看见米薇叹了口气，冲我嘟囔了句什么，从口型上来看，是："Do it！"

到底我领会错了。米薇说的是：冻死你！

这是北方最冷的季节啊，呼一口白气都能冻在鼻子上。来的时候，我坐在米薇的高尔夫里浑然不觉，可出了门，刺人的寒风马上就同刮骨钢刀一样蹭得皮肤铮铮作响。可怜身上衣正单啊，我双臂抱在一起，寒颤颤地迈着婀娜的步子，不觉间夹紧了那件小蕾丝上衣。我心里不住地抱怨，你说古驰纪梵希怎么就不出一款军用雪地棉或者呢子大衣什么的呢？

乐天一见这场面，马上就要脱衣服给我披上。

我摆手连说三个不用："我我我真的能扛得住，真的，我天天都这么穿，练出来了。"

我这会儿的嘴很硬，冻的。

我直接被冻透了，《非诚勿扰》演了半个小时，我的颤抖还没结束。我和乐天的中间放了一大桶爆米花，梁笑笑扑倒在男友的怀里，用拳头捶着他的后背，一下、两下，第三下的时候我恰好把冰凉的爪子探到爆米花桶里，指尖触到了三十六度的温暖。

我和乐天愣了一下，慌忙撤回彼此的手。就这么一个小细节，搞得两个人惴惴不安。

“是不是……感觉冷？”他侧过脸，小心翼翼，“你的指尖很凉。”

“嗯。”我点头，有些不知所措。

我们继续看着银幕，彼此无言。梁笑笑的暴力转化成柔情，伏在男友的肩头梨花带雨。一双干燥而温暖的大手拢成了一个空心圆锥，攥住了我的指尖，我重重地抖了一下，没有抽开。

这就是那天相亲的全过程，我一度游离着。我很想做的两件事：一是揪住他的袖子告诉他，我是个未婚妈妈，可我喜欢你，能不能接受你给个痛快话；另一个就是极力遏制前一个想法——我被打动了，我终于明白为什么那么多男人在美色当前的情境下隐瞒了妻儿老小愣充自己是钻王。如果说无耻是一种功能反应，那么快乐就是条件反射，是不过脑子就可以拥有的好东西。不动脑子去想，我很快乐；动动脑子，我无耻并快乐着。

5 带着气泡的干邑缓缓滑过喉咙，有一种挫败的滋味。酒的味道没变，但我的心却变了

○ ● ● ●

又一个周末到来，伊恋小心翼翼地跟我商量："妈妈，我可不可以叫小朋友来家里玩？"

我说："可以，但别指望我给你们做饭。"

伊恋使劲点头："好，不用你给做饭。"

我想了想，又补充一句："更别指望我带你们出去吃。"

她说："好，也不用出去吃，他爸爸会给他带足吃的，够我们仨吃一天。"

我看了伊恋一眼："嗯，你说的这个'Ta'，是单人旁的，还是女字旁的？"

她不好意思地笑了一下："是张嘉昊啦。"

这么快就搞上手了？我惊叹，这比你妈妈早了十年，比你薇薇阿姨也早了九年不止吧！

"什么时间？用不用我回避？"

"就今天啊，"伊恋说，"不用特意回避啦，你去找薇薇阿姨逛街就好。"

呃……

我说："这个计划够水到渠成，但恐怕无法实施，因为我约了你乐天叔叔，而且我一定要带上你。"

"那我也约了嘉昊啊。"伊恋的小脸儿马上就多云转阴了。

"大人之间，爽约是很难堪的，我昨天刚约了他今天就变卦，让妈妈怎么跟人家解释？"

"那我呢？你让我怎么跟嘉昊解释？"

我觉得我有必要参与到女儿的私生活里来，至少不能让她在提起某个男生名字的时候，情不自禁地把他姓什么都给省了。

我说："你可以打电话给张嘉昊，告诉他说，我家刷漆有味道，你不能来玩了。"

伊恋马上就哭了，嘟起小嘴，声情并茂，就和油漆广告里那个小女孩一模一样。

我说："对对，就是这个效果！你保持这个哭腔去给张嘉昊打电话，可信度非常高。"

伊恋一边擦眼泪一边去给张嘉昊打电话了，我都替伊恋感到绝望——这是个什么样的妈，这是个什么样的家庭啊！

伊恋按我的意思哭诉了一半，转回头喃喃地说："嘉昊问咱家有没有那个什么牌子的净味墙面漆？"

我原地想了三秒钟，觉得没必要把谎话编得那么面面俱到，就替伊恋把电话摁了。

放下电话，伊恋回头说："我都好几个月没说谎了，可今天我就说了两次。"

"小祖宗，这才一次而已吧。"

伊恋突然勾起嘴角，做了一个冷而邪肆的笑：“哈——你不是说，待会儿见到那个叫乐天的人，只许喊你姐姐，不许喊你妈妈？”

我想了半天，说：“伊恋乖，听妈妈说，这个呢不叫说谎，叫做戏。”

她问：“这两个有什么区别？”

我想告诉她，谎话，就是别人问我“你一个女人从十八岁就带着个孩子辛不辛苦”，我反问他“怎么会呢”，而做戏就是我一边这样说，一边露出笑，要笑得天真无邪，笑得轻松自然，笑掉了牙也要往肚里咽。不然人家怎么会相信？

谎话是说给别人听的，而戏是做给自己看的。

其实，我欺骗乐天，无外乎是想证明给自己看，我还爱得起，我还有能力被爱着。

这些有力道的话，我怎么可能告诉伊恋？我只是摸了摸她的头：“这样吧，权利给你，如果你对他满意，你就喊我姐，咱们姐俩做出戏给他看；要是不满意，你就喊我妈，咱们娘俩当场吓得他屁滚尿流。”

伊恋点点头，表示同意。

那天的见面很成功，我们仨在麦当劳吃了午餐。

伊恋上一眼下一眼打量着乐天，我在一旁结结巴巴地跟乐天介绍着：“这孩子，她是，她是，是……”

我心说，女儿，你倒是快点下决定啊，是留下，还是放跑？

伊恋阴着一张小脸，冷不防抬起头：“给我拿支吸管，姐。”

“她是我妹妹。”我长出了一口气，笑靥如花地告诉乐天。

我一口气把编好的谎话讲给了乐天，这女孩子是我妹，亲妹妹！我父母在外地忙些小本生意，无暇照顾她。我看她怪可怜，就把她接到了自己身边。

"上次你不是问我，有没有亲戚替我的婚姻拿主意吗？"我笑了，"她就是了！她能做我半个主。"

乐天真不赖，半个小时之后已经和伊恋打得火热。我坐在位子上，远远地看着他扶着伊恋从儿童滑梯上一次次满足地滑下来，嬉笑声不绝于耳。七岁的孩子，到底容易满足。

我就那么懒洋洋地半伏在餐桌上，注视这一大一小两个活宝，有那么一个瞬间我甚至觉得这就是一个完美的家，一个爱笑的丈夫，一个聪敏的小女儿，还有一个很容易被满足的妻子和妈妈。所谓的琴瑟和谐。

不觉间抬起头，出其不意地，我收到了乐天的笑容。

说实话，我希望这次约会早早结束，我和伊恋刚刚把戏台搭好扮上姐妹，入戏不深，万一这孩子脱口而出一句"妈"，或者我按捺不住叫了声"女儿"，这戏台一准儿就得塌。

我只是出于礼貌地邀请了下乐天，他竟然跟我们母女一同回了我的出租屋，单单是这样也就罢了，他还在路边的市场里买了条鲤鱼，分明是做好了吃晚饭的准备。

米薇常说，我的家里有股苔藓暴晒在阳光下的味道。我觉得米薇是说这屋子潮湿，她说不然，单纯的潮湿是没有味道的，只有铺开在阳光下才会晒出霉味。我的屋子就是那样，勤于收拾但疏于日晒，发酵又没有酵母，晒又晒不干净，久而久之，就氤氲着一股沉重的旧货味儿。

我一边旋开大门，一边观察乐天的表情。一点点的反感与不适都逃不出我的眼睛。

出乎意料的是，在那张波澜不惊的脸上，我没看出丝毫厌恶的迹象。

他刚脱了鞋子就问："我能把外套也脱了吗？"

我说："你随便。"

脱了外衣，他又指了指自己的牛仔裤："我能把裤子也脱了吗？"

我说："这个……嗯，是不是太过随便了？"

他挠了挠后脑勺，指了指我的床："我是担心弄脏了你的床单……我里面有穿绒裤的。"

我这才明白，原来这家伙有跟米薇一模一样的习惯。

半分钟之后，他就脱剩了一条黑色的绒裤迈上我的床。那裤子，抓绒的、紧致的、塑形的……

我做了一次深度呼吸，把视线平移了几寸。

如果在一个时期，社会时尚以男性之美为其一支主流，在这个时期不仅少女欣赏男性之美，就连我这个少妇也目光流连，那么这个社会可以称得上是男色时代了。

故意的吧?

我暗骂了一句：我让你脱了吗……

我指了指他的背包："这里面装的什么呀？鼓鼓囊囊，叮当作响的。"

"插卡的游戏机，"乐天把背包打开，一股脑地将一部古老的任天堂游戏机、若干游戏卡倒在了床上，扬起脸对我说，"伊恋肯定喜欢玩这个。"

他看我们娘俩怔怔地旁观，又问了一句："怎么？伊恋没玩过？"

伊恋很可怜地摇了摇头。

"别告诉我你也没玩过。"他抬头看我。

我也很可怜地摇了摇头。

半个小时之后，伊恋已经能熟练地用超级玛丽踩翻五只鸭子，吃了不下一百个金币。乐天盘着腿把她抱在中间，时不时指点她，挂了之后和她一起夸张地沮丧，甚至还刮了她的鼻子。伊恋是很在乎她的鼻子的，她想要一个悬胆鼻，而现在她的鼻梁还远不够规模。我惊讶地看见乐天就那么信手拈来地刮了她几下，而这妮子竟然没有任何抵抗，并且还笑得一脸灿烂。

这绝不是个福音。

乐天抱着伊恋问："是让姐姐来陪你玩哥哥去烧菜呢，还是让哥哥来陪你玩……"

"姐姐去烧菜，你留下！"伊恋目不转睛地看着屏幕，身子跟着手柄用力，想都没想就做了决定。

乐天笑眯眯地看了我一眼，爱莫能助。

我去厨房找刮鳞的刀。

我把鱼鳞刮得沙沙作响。

我养了七年多的孩子，被一个男人用半天就给收买了。

我眼睛放在刀子上，耳朵竖起来听着屋里的动静。

伊恋只顾打游戏，没怎么说话，我暂时放心了。

敲门声就在这个时候响了起来。我有种不祥的预感，莫不是那个张嘉昊，他找上门来了？

我刀子都没放下就冲了出去。

不仅仅是张嘉昊，连他爸爸也来了，两个人手里面分别拎了一大一小两桶油漆。看得出父子俩是开车过来的，从他爸爸一丝不苟的西服和他整洁的小帽衫就能推断出来。

我把两个人让进了屋，本来就狭小的空间顿时拥挤起来。他爸爸未语三分笑："我听说家里要粉刷是吧？这个油漆可得精挑细选，特别是伊恋还在长身体，搞不好会影响孩子的健康……正好家里有些多余的，还没开封，我就寻思着给你们送过来。"

我一边应对着一边心惊肉跳。谢天谢地啊，他说的是"伊恋"，而不是“你女儿”，他说的是“你们俩”，而不是“你们娘俩”。

“您真是太客气了，屋里坐屋里坐，”我装作嗔怒地冲伊恋说，“没礼貌的，就知道跟哥哥玩，也不跟客人打个招呼。”

如果你能体会我此刻的紧张，便可以想到，这句话的重点不是寒暄不是客套，更不是怪伊恋没礼貌。

那句话的重点是——哥哥。

那个穿了条绒裤光着脚丫子盘腿坐在床上的男人，是伊恋的哥哥。

我极力地引导这对父子的思路，并且还要蒙蔽着床上那个祸害。

嘉昊的爸爸连连摆手：“不必客气，您招呼客人吧，我改天再把嘉昊送过来和伊恋玩儿。”

多好的一对父子啊，体贴入微，说话谨慎，太默契了。

我俯下身，爱抚地捏了捏嘉昊的小脸蛋：“嘉昊真乖，改天阿姨给你做好吃的。”

嘉昊恋恋不舍地跟他爸爸走了。

我捏着刀子的手心里全是汗。

乐天目不转睛地看着我关门，冷不防地说了句：“伊冉，你怎么占人家便宜啊。”

我盯着墙角那两桶净味漆，皱了下眉：“我会找时间还给人家的。”

“不是说这个，”乐天笑了，“伊恋和小男孩一般大，你让伊恋管我叫哥哥，让小男孩叫你阿姨，你什么意思啊？”

“我有那么说吗？”我盯着乐天和伊恋，眼睛瞪得老大。

他们俩齐刷刷地点头。

“没办法，老了老了，脑子不灵光。”我说，“你们不用这么盯着我看吧，说错话而已。”

乐天怔怔地说："关键是，你拎着刀的样子太凶了，不光是那父子俩，连我都受了惊吓。"

我低头看了两眼，刀子上血淋淋的，手背上沾满了鱼鳞，狼狈不堪。

"你这是……怎么了？"他笑嘻嘻地问。

"没什么，"我说，"我只想尽快把鱼做好。"

回到厨房，我刚想把手上的鳞冲掉，屋子里的伊恋打通了一关，雀跃着叫了一声："乐天叔叔你看你看你快看，我厉害吧！"

我拎着刀再次冲了出来。

乐天站起来，把手放在我额头上试了试。他看着我的眼睛说："伊冉，你到底怎么了？你很紧张。"

我咬着嘴唇说："我只想，尽快，把这条鱼，做好。"

乐天没说话，他解下我的围裙系在自己的腰上，顺势缴获了我的刀。

"你陪着妹妹吧，我去做鱼。"他说。

我坐在床沿上发了十分钟的呆，看着满手带着血污的鱼鳞，我丧失了最后一点心情。

"女儿，"我对着伊恋缓缓地说，"咱们不和他演戏了，该怎么样就怎么样。我不信找不到一个好爸爸给你！"

我在心里对自己说，十步之间，必有茂草；十室之邑，必有俊士。美丽的东西往往就在身边，没必要刻舟求剑。对不起，乐天，你不过比他们帅气了一点点罢了，我不能为了这点点帅气就丧失原则去做那个蹩脚的演员，算了，我们还是……

乐天适时地推开了厨房的门，我准备向他坦白了。

我没看见乐天的人，只看见一只大手，掌心托着一大盘糖醋鱼块，上面还浇了汁。葱花和蒜瓣点缀其间，热腾腾的香气扑面而来。

天地良心。在我准备把真相和盘托出之前，这个乐天率先将一盘近乎完美的糖醋鱼块“和盘托出”了。

我慢了一步，结果就一步慢，步步慢，那些个真挚的内心独白就咽在肚子里再也没浮上来。

我在想，上天是不是太眷顾我了？不仅流放了一个俊美无涛的货色到相亲市场上，而且这货，他他他，居然还会做鱼！

乐天一边把鱼盘放在饭桌上，一边捏着耳朵喊烫，憨态可掬的。

“伊冉，伊恋，咱们开饭吧，”他说，“让你们姐妹尝尝我的手艺。”

我和伊恋长长地对望了几秒钟，率先清醒过来的伊恋二话不说地下了床去洗手，我也就勉为其难地将那个坦白的想法顺延了。

至少我得尝一口再说。我想，如果这鱼很难吃，证明鱼如其人，徒有一副好卖相而已。

我一连尝了三口，放下筷子，我心悦诚服：“我见过男人烧菜，可烧得这么好吃的，你还是第一个，兄弟，你练过吧？”

乐天笑得有点羞赧，一边帮伊恋挑出鱼刺，一边回答我：“还行吧，忘记告诉你，我除了在健身会馆做教练之外，还报名了厨师学校，不久的将来我就是优秀的厨子一名！”

他把择了鱼刺的肉放进伊恋的饭碗里，不经意地扬起脸：“到时候，你和妹妹天天都会有美味佳肴吃。”

不知为何，我总是对那些“不经意”的承诺抱有好感，这比那些咬牙切齿如泣如诉的东西更易让人接受。你轻描淡写地说，我轻描淡写地听，彩票中奖的最高境界不是天天盼望，而是税务局找上门的时候你才想起有买过它。

乐天的一句话让我感动，就是那句再朴实不过的话——我会让你和妹妹天天有美味佳肴，它轻易叩开了我的门。

我说："好啊，既然兴致这么高，不如开瓶酒喝吧。"

我把我珍藏的一瓶轩尼诗VSOP干邑拿了出来："未来的美食家，请你鉴定下这酒怎么样，能不能配上你的这道糖醋鱼？"

乐天微微惊叹了一声，目不转睛地接过去端详了半晌，看罢还回我的手里粲然一笑："别开我玩笑了，这瓶酒没几千块绝对下不来，是我的手艺配不上这酒才对。"

乐天说得没错，几年前物价还没有腾飞，在蒜还不够狠豆还玩不转的时候，它花了我整整八百多块。这几年它就像我的一件行李，走到哪里带到哪里，它是我唯一拿得出手的奢侈品，不全是价钱，还有小女孩醉生梦死的故事。

"心情配得上！"我回过神冲他点点头，"咱们把它打开吧。"

乐天略带犹豫地拿过开瓶器，旋开瓶塞时发出"砰"的一声。他说："伊冉，咱们用什么杯子来喝这瓶干邑？"

我说："就用这喝水的搪瓷茶缸。"

乐天又问："那要不要配点什么？"

我若有所思地想了想："要是再有两罐雪碧就好了，兑着喝。"

乐天"砰"的一声又把瓶塞塞住了。

"伊冉啊，你知道干邑是怎么酿制的不？"他啼笑皆非，"必须以铜制蒸馏器双重蒸馏，并在法国橡木桶中密封酿制两年，才可称作干邑。人家蒸馏密封了整两年，你倒好，用两分钟又给人兑回去了。"

我说："知道又怎么样？工序复杂又怎么样？那还不是用来喝的？"

"低碳社会，人家高卢农民伯伯酿出点白兰地来不容易，咱就别浪费资源了，行吗？"他说。

"那你更要知道，低碳社会，说废话也是种犯罪！"我说，"少啰唆，给我打开。"

乐天见我如此强势，乖乖地跑下楼买雪碧去了。

美国名作家威廉·杨格曾说：“一串葡萄是美丽的、静止的、纯洁的，而一旦经过压榨，它就变成了一种动物。因为它在成为酒以后，就有了动物的生命。”由此看来，干邑凝练了法国最上等葡萄的精华，简直跟精灵一样。

我把雪碧哗哗地兑进我的搪瓷茶缸里，葡萄的灵魂被我浇得奄奄一息。

“来吧，干杯！”我豪爽地冲乐天和伊恋举起杯。

“干杯得有名目才行，”乐天笑，“喝酒没问题，可你得给出点说法，这一杯为什么而喝呢？”

我想了想：“就为我终于可以把它喝了。”

我诡秘地笑着，一饮而尽。乐天笑着皱了皱眉，也一饮而尽。

我明白他为什么笑——我喝酒的名目就是“我终于可以喝酒了”——这叫什么话？

但是他不明白我为什么笑——早在那一年，伊恋嗷嗷待哺，我连吃饭都成问题的时候，花光了身上所有的钱买下这瓶酒，对自己许诺说：伊冉，如果有一天你想清楚了，你把十八岁那年的事放下了，你把谭少宇三个字忘掉了，你想重新开始爱了，你就把这瓶酒打开！不然的话你就存着它，看看两年的蒸馏够不够纯净，看看它和你的那颗玻璃心哪一个先腐化掉！

带着气泡的干邑缓缓滑过喉咙，有一种挫败的滋味。酒的味道没变，但我的心却变了。

乐天说：“这酒力道还是很大的，伊冉你行不行？”

我嘿嘿笑了两声：“我喝酒的时候你还是个三好学生，不服咱们可以划两拳。”

“有件事我一直想问你，”乐天说，“见你第一面，我就觉得你特有眼缘，似乎我们在哪里见过。”

我一拍大腿：“就是就是！我也有同感。”

乐天的兴致一下上来了，把凳子向前拽了拽，凑近了探讨。他说：“我小时候住永乐公园附近，你呢？”

我笑：“我是外地的，童年在黑龙江一个大矿山度过。”

“哦，看来咱们不是小时候遇见的，得往后推算，”乐天又说，“我这几年一直住那儿，你呢？”

我继续笑：“我这几年和伊恋住在南方，前不久才回来。”

“我大学在西安读的，你呢？”

我说：“我没读过大学。”

“我高中在×中读的，市重点，就离这儿不远，你呢？”

“你呢？”半晌，他见我不语，执着地捅了我一下。

我连连摇头：“不是不是，我不是那所高中的，看来是幻觉，咱们俩压根儿不认识。”

乐天的热情骤减，眼睛里还带着沮丧。

乐天说：“你在想什么？”

我若有所思地说：“你是×中的学生，那你认不认识尚芳剑这个人？”

“当然，有谁不认识她！连续十四次月考第一名，×中有史以来最优秀的女生。不过高考临近的时候她无缘无故失踪了，闹得整个学校都沸沸扬扬……怎么，你也认识她？”

我说：“嗯……她是我，嗯……初中的……同桌，没什么来往，嗯，她上初中那会儿就疯疯癫癫的，是个异类。”

我再没了言语，埋头喝酒。

一瓶干邑白兰地很快喝掉一半。

6 有时候，唯有一场眼泪，才能彻底洗涤视线

○ ● ● ●

我很快便有了醉意。

而对面那个声称从襁褓里就被爷爷用筷子尖沾二锅头喂出来的乐天，也呈现出微醺之态。

这个男人，他喝醉了不吵不闹不喧哗，甚至连话也不多，就那么红着脸笑眯眯听我讲话，像一枚熟透的小番茄。

酒品如人品。我深信这句话。

在我们划拳的当儿，伊恋已经不堪疲倦蜷在沙发上睡了。单纯划拳没意思，我们换成了真心话大冒险。

第一局乐天赢了，考虑到他的人品，我决定选择大冒险。

他指了指床："从床头，到床尾，再到床头，爬一圈吧。"

说实话，这不怎么冒险。我跟米薇玩过最疯的一次，把吸管一端插在鼻孔里，另一端插在一碗重庆风味的火锅蘸料里，米薇一只大手严严实实地捂住我的嘴，告诉我是女人就挺过三分钟。

事实上，叫个人就得憋到窒息继而无比满足地把火锅料吸到鼻腔里。

如果对方换成米薇，甭说在床上爬一圈，就算爬十圈，就算爬得情

趣些，就算爬出个春回大地春满乾坤，我也权当是她善心大发。

可问题恰恰是，他不是米薇。

他是个男的，而且还喝了酒，这会儿正温顺地冲着我微笑。笑得脚扑朔，笑得眼迷离，你能辨得清那是笑眯眯还是色眯眯？

我说这个太有难度了，我还是选真心话吧。

“那你能不能告诉我，你上一段恋爱，历时多长时间？”想了半天，乐天这样问。

我用筷子敲了敲他脑门儿：“兄弟，你玩没玩过真心话大冒险？要问也得问个够级别的问题好吧？下次我赢了你，我是不是得问你令堂喜欢什么口味的点心啊？是水果的还是奶油的？我上门的时候拎哪一种？拜托，这种简单的问题你随时都可以问的好吧？”

“上一次你说难，这一次你又说简单……”乐天被我挤对得直翻白眼。

他说：“那自曝下你最窘的一件事吧。”

我说：“游泳的时候，误入过男更衣室。”

“那个，更衣室里面有人没有？”乐天的眼睛像火石一样打出个火花。我心里暗骂，男人，都一个德行，一听见小段子就这样。

我说：“里面有俩大学生，有点近视眼。一个见了我没说话，回头对伙伴说：我也想买件连体泳衣。伙伴回答：你省省吧，那种泳衣好贵的，鲨鱼皮，多少钱一尺知道不？那人听完有点沮丧：那我省点钱，只连上半身就行。伙伴说：没见过那样的男士泳衣，还有，你方才为什么说了个‘也’字？再之后是三秒钟的真空，谁都没言语。三秒钟之后，我们仨一同尖叫起来，我抱着头鼠窜了。”

乐天笑翻了，一不留神被我赢了第二局。

“我也选真心话吧。”

我心想算你聪明，不然我真想放你去楼下大排档，烟头和骨头随便叼一个回来。

我说：“也自曝下你最窘的一件事吧。”

乐天像模像样地思考了一分钟。他怯生生地说：“我可是实话实说呀。”

我笑了：“废话，不然还叫真心话大冒险吗。”

乐天说：“我最窘的一件事发生在八年前，大概四月份的样子，对对，她还穿了件吊带背心来着。”

我一听，顿时来了精神：“谁啊？什么吊带背心？咱们可不带吊人胃口的。”

乐天搓着手笑了个不知所措，好半天，他先看了眼沙发上的伊恋，确定她已经睡熟了，这才慢悠悠地说：“我上高二的那一年，撞见过情侣现场直播，我还看过女孩的……裸体。”

“啊？”我大笑着叫了一声。

他说：“这对鸳鸯跟我一个学校的，那女孩，发育得……呵呵，简直，女神一样。”

“啊？”我又叫。

他说：“更让你想象不到的是，他们俩居然在教室里……你知道吗，用课桌垒了一张床，教室门是锁着的，我把门旋开的时候，男的一下子从‘床’上掉下来，连滚带爬地躲在课桌后面，倒是那女的很镇静，用一小背心儿，不慌不忙地挡住要害部位。可你想啊，巴掌大的背心……于是，她在慌乱中顾此失彼，我就见到了那最窘的一幕……你说这女生也够笨的，如果换作我，我宁愿用背心挡住我的……”

眉飞色舞的乐天适时地闭住了嘴。

他用手掌在我面前晃了晃。

“你怎么不惊叫了？”他问。

我说：“你还没说完呢，如果是你，你宁愿用背心儿挡住什么地方？”

他说：“挡脸。”

“这么说，你看见那女生是谁了？”

乐天窘迫地点了点头：“我说过，咱们玩的就是实话实说嘛——那女生，是你初中同桌，就是那个叫尚芳剑的……才女。”

我没说话，抓起雪碧呷了一小口。

乐天的声音越来越小：“伊冉，你别那么严肃地看着我行吗？我都说过了我不是有意的，这件事让我很有负罪感，而且……我还告诉你一件事，尚芳剑也不是无缘无故失踪，我怎么都觉得跟我有脱不开的干系，我看见了那一幕，知道了她不为人知的秘密。那时候她才十八岁，蒙了这样的羞，她还怎么平心静气地生活？所以她离开了、她逃避了，就算她一时想不开寻了短见我都不奇怪。这么多年，每当想起来，我就心神不宁的……”

“噗——”我一个没忍住，一口雪碧喷到了地上。

我捧腹大笑：“寻短见？不至于吧？年纪轻轻就敢这么玩的女生哪一个是有脸有皮的？没脸没皮还寻什么短见？”

乐天说：“不一定，她是个很优秀的女孩。”

我把嘴角揩干净，若无其事地继续问：“那个男生呢？就是吓得屁滚尿流躲起来那个？他谁啊？”

“他啊，动作太快，我根本就没看清他的脸。不过他八成是我们班的，而且很可能跟我很熟，不然他不会有那把钥匙。忘了跟你说，我是班长，只有我，才有钥匙的执掌权……”

剩下的话我没怎么听清，事实上我根本没听。

我终于把这张似曾相识的脸和八年前那个不速之客捏合在一起。

我觉得用“冤家路窄”这样泛泛的词根本不足以描述我精致的心情。

我自认为是他口中的那个“很优秀的女孩”，至少和没脸没皮不沾边。八年前，他曾经是我的噩梦，我咬牙切齿，我彻夜难眠。八年之后，我竟然和这个噩梦正儿八经地相了亲，并且大有倒贴的趋势！我的天……

有一个瞬间，我很想拎着他的领子告诉他，那个偷配了他钥匙的男生叫谭少宇，你们肯定很熟。而我，就是那个尚芳剑！我改了名，割了双眼皮，隆了鼻子，我学会了化妆，并且有幸借助岁月的力量把面皮打磨到一个说得过去的层面上。但我的确是当年被你吓到的女生，如假包换！如果你心存愧疚，就老实告诉我谭少宇的下落，我饶你不死！

酒力开始发作了。

眼前的那张脸，宛若一朵颤动在风中的桃花。

昏黄的灯光下，他目光有点呆滞。

相见恨晚。他慢悠悠地说。

我凝视周遭，一桌子鱼骨，一对醉倒的男女，尤其是那瓶空空如也的法国干邑白兰地，连一滴都没剩。谁说那盛装了葡萄的精髓？那简直是我的灵魂！

我失魂落魄地倒在桌子上，把玩着空酒瓶，欲哭无泪。再次爬起的时候，乐天已经摇摇晃晃地把碗筷洗了。

他说：“不早了，我得走了。”

典型的吃干抹净。

“我送送你吧。”我扶着桌角站起来。

夜很冷，我的手紧紧缩在袖子里。楼梯口，我送出了十来步，然后站住，用袖子向他挥了挥手。无风的静夜，没有月亮，寥寥的星子如散碎的银两。他突然转过身，星眸低缬，更像是黑暗里溅出的光芒。他兀自笑笑说：“伊冉，你真是个奇怪的女生。你穿得好，可是用得却不好；你生活拮据，可又把那么贵重的酒当水喝。”

我不知道是该解释，还是争辩，只好无力地笑笑。

我说：“我的确比较奇怪，有些东西我不愿将就，所以我拥有的都是佳品；而有些东西可有可无，我也就不做太多奢求。”

“再见。”他说。

“嗯，再见。”我说。

他走了几步，又原路返回。

“我想问你一个问题，”他说，“那么我呢？你把我看作生命里的‘佳品’，还是你可有可无的那样东西？”

我咬着嘴唇，不知道怎么回答。

他垂头笑了：“我不喜欢你咬嘴唇的样子，它像一道锁，把我要的答案都锁住了。”

我咬得更紧了。

他突然走向前，把我揽在怀里。我尚未弄清怎么回事，他的嘴唇就覆盖了上来。我觉得我是正儿八经抵挡了一阵的，可有一种温度和质地，好像只为融化而生。就像火可以融掉冰，就像星芒可以融掉黑夜。我深锁了八年的重门，被一阵突如其来的热烈冲得零落不堪。

这一天是腊月初六，我和这个叫乐天的男生正式恋爱了。

他没有什么钱，甚至没有一份可靠的工作；他不知道我有孩子的秘密；他是我女儿爸爸的同学——我全然不顾这些，一头扎到传说中的爱情里。

我摇摆在开心与负罪之间。

我开心，因为我恋爱了；我负罪，因为这恋爱是骗来的。

米薇倒是很会开解人：“我就丝毫不怜悯这些自以为是的男人。爱情是什么？玫瑰味儿的战争，硝烟裹着的柔情。他们中了女人的招，被射了暗箭，这不是什么天灾人祸，是他自己道行不够，眼力不济，无药可医。”

她严肃地把手放在我的肩头上：“伊冉，别这样好不好，我怀疑你来到人间就为了负罪。这让我很害怕。”

我甩掉她的手，在爱情观上，我始终力主跟米薇求大同存小异。她和我不一样，她来到人间简直是为了复仇。我从来不怀疑这一点。

小年的那天，米薇在淘宝网上买了本算命的书，四百多页，铺开在腿上细细研读，不时让我报上生辰八字，星座爱好，问我一些诸如“见到刚出浴的布拉德皮特一边裸露着胸肌一边捋着头发上滴落的水，你最先想到的是什么”这样的感官问题。她把书页翻得哗哗地响，最后底气十足地告诉我来年运势，说什么受到月轨北交点和南交点的影响，爱情上二龙戏珠，生活上左右逢源。来年我到哪儿都是块香饽饽。

我笑眯眯地问她：“方才皮特那道题我怎么回答来着？”

“你回答的是，最先想到递给他一条浴巾。”

“哦，这样吧，我把浴巾改成干发帽和风筒，你再帮我算两次。”

米薇气得把书掷了过来：“你当我跟你做游戏呀？八卦成列，象在其中，立象以尽意，设卦以尽情伪。这东西很灵哒！不信你去查查店家的信誉度，都快冲五冠了！”

我一听米薇说得有鼻子有眼儿，就没敢造次。

事实证明，米薇的卦有点可信性。单单是除夕这一天，我就得到了双份的邀请。

一年三百六十五天，我最畏惧的一天就是年三十。你没法想象我和伊恋两个人对着一盘索然无味的饺子，看着更索然无味的《春晚》有多不知所措。欲笑无声，欲哭无泪，只得盯着电视里那些老少明星伸胳膊抬腿儿扮喜庆。伊恋五岁那年除夕，晚上十点多，左邻在吃火锅，右舍开了三个电暖器，家里的保险丝一下子冒了烟。

我在黑暗里抱着伊恋，等了五分钟、十分钟……窗外细细碎碎地响了几个单蹦儿的爆竹，唯恐人不够伤心。一团漆黑里，伊恋眨着亮晶晶的小眼睛问我："妈，我给你背首儿歌吧。小巴狗，上南山，吃金豆，拉金砖。你打灯，我抽烟，你放爆仗我放鞭，噼里啪啦过新年……妈，你怎么哭了？妈……"

我用伊恋的头发使劲蹭着鼻颊，我说："妈妈高兴啊，伊恋有才啊，儿歌背得好，比李白都好，妈妈真高兴……"

那年的情景终究不会再现了。乐天早早约我去他们家吃年夜饭，米薇的父母双飞海南，她自觉地留守，极力拉拢我和伊恋陪着她落单。

我分身乏术，一面是闺蜜一面是男朋友的妈，权衡利弊，我决定把伊恋留给米薇，自己跑乐天家饕餮去了。

乐天的妈妈郑春眉是个爱笑的阿姨，慈眉善目，烧得一手好菜。看得出老太太对我印象不错，频频盛汤布菜，那道板栗烧鸭刚端上桌还没放稳就先把鸭腿夹起来放在我碗里。我受宠若惊，笑不露齿，手放在膝盖上一个劲儿地装蒙娜丽莎。吃饱喝足，我开始惦记伊恋，乐天大概看出了端倪，饺子馅刚和好，他就把我送走了。

十点多的除夕夜，蠢蠢欲动，待到乐天送我上了出租车，夜空已经火树银花。

我跟司机说："师傅您能慢点开吗？"

司机笑了："这种日子，但凡坐车的都让我往快了飙，属你奇怪。"

我说："我很久没在东北过年了，看来这几年市民的生活水平见涨，烟花这么放，那得放掉多少钱啊？"

"哦，爱看烟花呀。"师傅说。

"爱看！"我点头，"从小就爱看。"

“妥！那我给你慢点开，你慢慢看。”师傅说完带了脚刹车，五档变三档。

出租车在漫天烟火中徐徐前行，我被腾空而起的一支烟花吓了一跳。抬眼望去，夜的锦缎被一道横空出世的光华割裂，流光溢彩、潋滟绝伦。我在脆生生的爆响里抖了一下，还是满足地笑了。紧接着又是第二支、第三支……绮靡华丽，梦一样浮在脸上。

烟火腾起的地方我很熟悉，×中的操场。

这个放烟火的人很有爱。我想。

我突然生出浓厚的兴趣，付了车费，我抱紧肩膀踩着厚厚的雪进了母校。

走近的时候，烟火已接近尾声。我模糊地看见了那个放烟火的人，瘦高身材，穿了一件黑色大衣，《黑客帝国》里基努·里维斯摘了墨镜的扮相。他戴好手套，默默地站了一会儿，收拾东西。

我远远地站在操场的一角，安静地呼吸。在我身后的几百米外，一颗硕大的夜明珠缓缓升空，发出淡淡的引爆声，几道华美的彩痕正从头顶安静地降下。

那支烟花吸引了他。

正在收拾东西的那个人回身看了一眼。

只一眼。

那些回忆，相干的，不相干的，泉涌一样亘在了脑海。

我曾调皮地问他：“谭少宇，我在左边喊你，你从左边回头；我在右边喊你，你还从左边回头。我站在你身后四点半位置，你非要来个135度的大转身才能看见我。你左右的平衡感这么差，老了会不会半身不遂？”

他有些讪讪地说：“我从小右耳稍稍失聪，久而久之养成了这个习惯，这跟平衡感没关系，向左转身，总会让我觉得安全。”

“失聪？”我说，“你小时候放炮仗震的吧？”

他没说话。一个月之后他告诉我，他四岁的时候故意背不出唐诗被他爸爸一个耳光打在了右耳根上。

他笑着说：“你认识爱迪生吗？估计他跟我一样，也只会从左边转身。”

眼前，在我呼出的白气里，那个人回眸一望，仰看天上的烟火。

我看不清他的脸，他也没看到我。

可我在他身后四点半的位置上看清了他的转身，不多不少，正好135度。

我对自己说，这只是巧合，天底下的暴力父亲和倒霉儿子很多，耳朵失聪的人都没有安全感，没有安全感的人只会从固定的方向转身。这不是他。这么梦幻的背景下没可能发生真实的情节。

我盯着自己的脚尖儿冷静了半分钟，胸口跳如鹿撞。直到烟火从黑绒般的背景上彻底落下，四周安静如初，我毅然扬起脸，不戴墨镜的里维斯却不见了。

我胡乱地追出学校，皮鞋踏在雪地上发出笨重的咯吱声。马路上张灯结彩，空无一人。

我大声喊谭少宇的名字。

我追进正门外的24小时便利店，问老板见没见着一个穿黑衣的瘦高男人？

老板说二十分钟之前有一个，买了个打火机。

我又追回到学校里他方才站过的地方。

我出了一身汗，跑了好几个来回，连个影子也没寻见。我活生生地让那个酷似谭少宇的男人从我眼皮底下溜走了。

时间过了十一点半，接神的爆竹声震天动地，我无助地站在路灯底下，一颗心被鞭炮声轰得发麻。

终于，我放弃了。我喘着粗气蹲下身，抱头流泪。

电话响起，乐天说："急死我了，不是说好到了就打电话的嘛。"

"我忘记了，我没事。对不起。"我抽泣着。

"你在哭？"

我说："没有，天气太冷，声音有点颤而已。"

信号不怎么好，电话里有沙沙的电流声。

"伊冉，喂，喂？你还在听吗？你说句话。"

我握紧电话："嗯，我在听。"

"我爱你。"他说。

"等春暖花开，我去拜见你的父母，然后我们就……"

电话断线了，只剩嘟嘟的忙音。

身后，头顶，无数烟花升空，空气里飘着浓烈的味道，无孔不入的硫黄硝烟把我的眼泪呛了出来，排山倒海。

他对我说过，有时候，唯有一场眼泪，才能彻底洗涤视线。如今，我证实了这句话的不靠谱。

如果眼泪里勾兑了太多无处安放的情愫，它只会愈发滂沱、模糊，而且很蜇。

7 烟花那种看得见摸不着的东西不具备幸福的普遍特征

○ ● ● ●

在除夕钟声敲响的时候，米薇最想搞清楚的两件事——黑衣男人到底是不是伊恋的爸爸，以及乐天说的一半话到底是不是“春暖花开，我跟你结婚”。

米薇把我拉到阳台，摁在凳子上，自己背着手像只兴奋的母狮踱来踱去。

“我算得果然灵验——这才新年的第一天，你先是在转角遇到旧爱，又接到新欢的求婚电话，你不仅不开心，反而半死不活地苦着一张脸，你什么意思啊？”

我说：“首先，我不确定那个穿黑衣服放烟火的就是他，身高差不多，可他在美国混迹这么多年，没理由还瘦得跟柴火似的；其次，我也不确定乐天真的被我降住了，我们刚认识一个月而已，论相貌，我没他前女友漂亮；论贤惠，我没他妈妈贤惠；论操持家务……我做的饭甚至不及他一半可口，他干吗心急火燎地要和我结婚？”

“再者，”我说，“人家就说了个‘春暖花开’而已，‘春暖花开，面朝大海’；‘春暖花开，劈柴喂马’；‘春暖花开，周游世界’……我怎么都觉得比‘春暖花开，咱俩结婚’更有诗意。我唯一确定的是，这两件事跟你的占卜没有半毛钱关系——除夕是今年的最后一天，明天才是来年呢！”

听了我的挤对，米薇头上冒了黑线。

我在阳台上凭栏而立，十八楼的高层公寓把这个城市的夜景尽收眼底。零零散散的烟花升腾在眼前。须臾绽开，刹那消逝，宛若浮生。

谭少宇唯一失信的一次，他答应我，给我放一场最好看的烟火。

我一直记得。

我唯一失信的一次——如果非要这么总结的话——那就是从来没有守信过。这个不知道他会不会耿耿于怀。

八年过去了，如今的我已经不是那个拄着脸盼望一场烟花的小女孩。烟花那种看得见摸不着、不顶饿、不在淘宝网限时抢拍的东西不具备幸福的普遍特征。

可不得不承认，我的生活在除夕夜之后还是发生了些微妙的变化。

我经常步行十多分钟，去学校外那家便利店去买柴米油盐，我关注店里的顾客多于商品本身，以至于买到过两袋过期牛奶被伊恋施以批评。那个黑衣人始终没再出现，或者他换了装我没认出也说不定。经证实，乐天在除夕夜的那句话真的是“等春暖花开，我们就结婚”。后来，春也暖了，花也开了，他的热情有点下降。责任在我，因为我对他“拜见我父母”这一程序并不感冒。我觉得没必要那么正式，更没有多余出来的钱去当地话剧团请一对演员来出演我的双亲。

我们的爱情陷入了僵局。他觉得我不够用心，而我还在苦苦地等待着他爱我爱得寻死觅活的那一天来公开我的身世。

事实上却是，我越等不到，就越难以表现出用心。而他越是觉得我不够用心，就越不会爱得我寻死觅活。

骗婚的弊端，在我和乐天认识五个月之后逐步显露出来。

进入夏天之后，那家便利店我再也没去过。热浪滚滚的八月，一进店门碰见个穿黑色大衣的男人在聚精会神地挑选一次性打火机——估计这事儿可能性不大。

米薇说，人生何处不相逢？你要相信缘分，就像除夕的晚上，你们不就无缘无故地遇见了吗？

我说："你一会儿要我'相信缘分'，一会儿又让我信奉'无缘无故'地遇见，你还能不能有点主见？"

米薇抱着肩膀咯咯地笑："好好好，你有主见，你说说，如果下一秒让你遇见谭少宇，你想对他说什么？"

米薇的一席话闹得我当夜失眠。我在心里打了个十来页的腹稿，满篇都是我和谭少宇见面时想说的话。

我不是一个合格的妈妈。

我在37摄氏度的仲夏夜里怕伊恋着凉，给她捂上了严严实实的夏凉被，下半夜又在夏凉被上盖了条毛巾被，直接导致伊恋的身上捂出了痱子，并且她热伤风了，伴有低烧。

米薇说："这也不是你的错，哪个妈妈也难保没有一点儿疏忽，你不必自责。"

我在电话里告诉她："热伤风倒不是问题，问题是，我没想到她是因为热才导致的伤风，所以我喂她吃了两片扑热息痛，又给她捂上了最厚的一床被子，结果她、她、她高烧起来了……"

米薇对着话筒大吼："你猪脑子啊！一点儿常识都没有还学人家当妈！"

一点儿不夸张，我在电话里就哭出声来。

"米薇米薇，"我说，"你在哪儿呢？你快来吧，伊恋嘴唇都烧裂了，我要带她去医院，我抱不动她，我……呜——"

我知道我把米薇的好事儿给搅了，她这几天正泡上一个三线小明星，俩人戴着墨镜自驾游说是去山里体味仙侣生活。我不知道仙侣是怎么个活法，按照“只羡鸳鸯不羡仙”的说法，我可以理解成米薇正在一个天似穹庐笼盖四野的地方跟人鬼混。

米薇当机立断：“我这就往回赶，你先叫乐天应应急！好歹你也有个男人，这时候不找乐天，要他干吗使的呀！”

“我打过了，没人接。”

米薇爆了句粗口：“我三个小时到。”

我唯唯诺诺地问了句：“还能快点不？”米薇说：“姐姐，三百公里啊，黑灯瞎火啊，荒无人烟啊。就算你把蜘蛛侠扔我这儿，没有高楼大厦他也没法飞檐走壁……”

没等她说完我就绝望地撂了电话。

伊恋烧得小脸滚烫，挣扎着爬起来说：“妈妈你别担心。你看薇薇阿姨，这么晚了，她一个人跟一个陌生叔叔在那么远的地方，回都回不来……她妈妈都不担心她，你有什么好担心伊恋的？”

我把脸贴在她红扑扑的脸颊上，眼泪一下淌了下来。

我心说：你见过铁扇公主跟红孩儿操心的道理吗？咱们孤儿寡母肉体凡胎的哪能跟人家比？你妈妈我怎么可能不担心你？

我一边擦眼泪一边说：“伊恋乖，妈妈背你去医院。咱们谁也不指望。”

我愤愤地给乐天发了条短信让他去医院跟我会合，指甲掐在按键上，像剜他的肉一样。

和每个纷繁的夜晚一样，车到用时方恨打不着。我背着伊恋走了大半段的路，遇到空车的时候已经到了医院门口。挂了急诊，我抱着伊恋坐在条凳上候诊，我一边掉着眼泪，一边哄着她。伊恋咬着牙关的样子超出七岁孩子的坚强。

乐天就在这个时候赶到了，一身酒气。

我一忍再忍，我知道这事儿不能怪他，可还是把一肚子邪火撒在了他身上。

“对不起对不起……我没听见电话。”他红着脸，顾不得擦掉的汗珠噼里啪啦地掉在地砖上。

“没关系，”我冷漠地摆摆手，“你只是我男朋友而已，我没立场跟你发脾气。但是乐天，有些事一个人应付起来真的很难，你无法理解在这样的时候帮我一把会给我多大的感动。如果我是个男人的话，我会做得比你好。”

“下不为例，”乐天吐了吐舌头，“我尽力弥补过错还不成吗？”

我暗暗地哼了一声，真是说得比唱得好听。男人是什么？男人是女人的降落伞，我坠机的时候你不出来，我五体投地眼冒金星的时候你弹出来有个屁用！

医生给我们开了五百多块钱的药，刷卡机维护，偏逢我的钱包忘在了家里，兜里只有几十块零钱，而乐天翻遍了全身只有三百多块钱。

在女人志在必得地发一场邪火的时候，睿智的男人是别给她借题发挥的机会。

在这一点上，乐天比较倒霉。

我意味深长地看了他一眼，他特不自然地垂下头去。我们就这样抱着孩子僵持在那里，不知所措。

我体会到了举目茫然的滋味。怀里的伊恋还在孜孜不倦地烧着，抿着小嘴，一言不发。五百块钱不少，何况我是那种能把钱攥出水的守财奴。可轮到掏钱来让至亲的人恢复健康，我丝毫不手软。我不愿意让伊恋幼小的心灵上蒙一层诸如这样的阴影：某年某月某个晚上，她的妈妈和她未来的爸爸唯唯诺诺去敲了医生的门，低声下气地哀求说“大夫能不能给小孩子换个便宜点的药，我们钱不够”……真的，那样会让我难过。

茫然，整个视野如同一部无焦的相机，周遭都是模糊的。我望着某个方向，眼底却没有留下东西。

那个方向，站着一个男人。

一团卡其色，衣着别致，他向我走来的时候，乐天正无比温柔地伸出手，荡掉我额头上的汗水。

直到那个男人近在咫尺，我才把视线调整到他的身上。与此同时，乐天顺着我的视线回头观望，他看清了对面的来人，木然的表情一下子变得生动。下一秒，他叫住了那个男人，他的声音让我全身为之一抖！

“谭少宇？”乐天说，“真的是你？什么时候回来的！”

谭少宇！

我的心里正经受着前所未有的躁动。人生何处不相逢——半分钟之前，我还固执地以为这种冠冕堂皇的话适合说给爱迪生那样执着而豁达的名人，失败了上千次，唯一的成果只是知道了哪些材料不宜做灯丝。而我，众里寻他，走遍了山山水水，唯一的安慰便是：我尝试了人生的这些和那些地方，都没法与谭少宇相逢。

我看清了那个俊朗的轮廓，比照八年前的他成熟有型。鹅黄色的灯光下线条优美，不要说此刻正微微带笑，即使他睡着了，睡态里也带着某种从容和优雅，对我、对审美正常的女生，具有毋庸置疑的吸引力。

我犹自不信，可那分明就是他。

他在与乐天寒暄，可眼里的焦点分明集中在我的脸上。八年了，我改了名字，整了容，我可以瞒过包括乐天在内的绝大多数人，可我瞒不过谭少宇的眼睛。

我知道。我原本就没打算瞒他。

“真的是你！什么时候回来的？”乐天迎上去，难以置信地拍了拍他的肩膀。

谭少宇神情恍惚，反应略有迟钝。“年前回来的，”他笑，“我在这边开了事务所，顺便帮老爷子打理国内的生意。”

很明显，乐天跟谭少宇是一对挚友。这对我绝不是什么好消息。

两个久别重逢的旧友在一旁拍拍打打，我把伊恋放下来，站在一边。

半晌，他笑盈盈地看着乐天，问道：“你身后这位美女是……”

“嘿，忘了给你们介绍。”乐天拉过我的手，“这是我女朋友，她叫伊冉。这位是谭少宇，我哥们儿，海归，大律师！”

我冲他点头，致意。微笑的时候，连鼻子都微微打战，我只想哭。

谭少宇笑得很安静，方才的恍惚和局促竟然一下子消失殆尽。

一切都了然于胸，而又一切都无从揣测。我熟悉这样的他，熟悉他每一个微笑的表情和细微的情绪。我和他在一起的时间很短，可我温习了八年，那样的痕迹，怎么可能抹去？

他没冲我说话，反而弯下腰，蹲在了伊恋的眼前。

“这位漂亮的小朋友，你叫什么呀？”他笑眯眯地问。

这一下可把我吓得不轻，我攥着伊恋的手，手心里全是冷汗。伊恋有点发怵，可还是奶声奶气地回答：“伊——恋。”

“这是伊冉的妹妹，我未来的小姨子。”乐天补充道。

谭少宇和伊恋，相对不过半米，甚至呼吸相闻。血缘的奇特力量会不会给他们营造一个别致的气场？这么想着的时候，我已经从一场惊喜陷入巨大的恐慌里。

最让我心惊肉跳的一幕到底发生了，伊恋扁了扁小嘴，突然对谭少宇说：“我不喜欢你！就是你……”

“伊恋！”我狠狠地捏了一下她的小手，她旋即闭了嘴。

我紧张得呼吸困难。

乐天冲谭少宇摊开双手一笑："这孩子……肯定烧糊涂了。"

谭少宇伸手在伊恋的额头上试了试温度："烫得挺厉害，有什么需要我帮忙的？"

乐天摆手："没，没什么需要你帮忙的……"

"有！"我很强硬地打断他们的对话。

我说："谭律师，我还真是有点小麻烦，医院的刷卡机坏掉了，我们来得匆忙，没带足够的现金在身上，您能不能帮我们垫付下药费？"

乐天有些变颜变色，我不以为忤，一股脑儿地说完了那些话。我好不容易才见他一面，不可能就这么轻易放他走。

他打开钱夹，拿出一沓现金。我接过来从中抽了五张，其余的放还到他手里。

"用不了这么多，五百块钱够了，既然谭律师跟我男朋友是故交，我就不客气了，改天一定奉还。"我挑了下眉毛，笑了个面若桃花。

谭少宇失笑，貌似研究地锁了下眉头："不要改天了，就明天吧。"

"怎么样？"他拍了拍乐天的肩膀，"明天，我做东，通知那几个哥们儿带上各自的美眷，对了，一定带上这位伊恋小朋友。"

告别之前，谭少宇留下了手机号。

十一位数字，我想记不住都难。

乐天捅了我一下："发什么呆，还不去划价？"

谭少宇走了一分钟，我就足足站了六十秒。这短暂的重逢就像一场迅猛的洪水。我死死地支撑直到退潮，掩饰不住的颓败感让我丧失了最后一点力气。

我只想捂着脸，蹲下去。

8

特里洛尼鸢尾婚纱安静地挂在橱窗，这么多年的精进改良，依然漂亮

○ ● ● ●

米薇赶回来的时候已经是后半夜。

伊恋输了液，沉沉睡去。

我下了楼，坐在米薇的车里吹着冷风听着电台。这个夜晚的燠热注定是挥之不去的。

我翻来覆去地摁着那十一位数字，指肚在拨打键上游来荡去，只欠最后一点落下去的勇气。

同样让我踌躇的，是几个小时后的聚会。我不得不面对一个很头疼的事实——我和谭少宇重逢了，我的身份，是他挚友的女友。

“有心事吧？”米薇说。

“嗯，”我点头，“我找到谭少宇了。”

米薇恰到好处的沉默给了我思考的氛围。我说：“我找到他了，可是我不知道该怎么办。”

米薇说：“怎么？是不是他变了？没你想象中那么意气风发？家庭败落蓄了胡子有了肚腩，完全被你家宝贝乐天比了下去？所以你又心猿意马了？”

“没关系，这太正常了，”米薇来了精神，“完美的爱恋只存在于幻想之中。我跟网友见面无数次，哪一次不是神经饱受摧残？我以为我做足了心理准备；我以为再神奇的PS也得有个说得过去的底版；我以为南辕北辙不是什么大不了的事儿，地球充其量也就三亿多杯奶茶连起来那么长。可有时你不得不承认，你的底线永远禁不起恶性挑战。”

我苦笑。

让我怎么告诉米薇？我和谭少宇分开的时候他还只是个除了帅气之外一无所有的小屁孩儿，如今他真的英姿绰约了起来，裤线笔直，革履闪亮，接管了他爸爸的生意，在没打算悬壶济世开仓放粮的情形下，Hermes钱夹里也常年堆放着几千块的现金……我真的没看走眼。

他过得很好。

他果然过得很好。

他果然在没有我的干扰下，过得很好。

我抽下鼻子，止住了想哭的欲望。我说：“米薇，明天聚会，我还会跟他见面。你借我件衣服吧，我不想太寒碜。”

米薇说：“这个没问题，可问题是你从来都没虚荣过的，对我如此、对乐天如此，没理由在面对谭少宇的时候就换了一个姿态吧？”

我笑了：“我只是想告诉他，我活得没那么糟糕。”

“可事实上你活得一塌糊涂。”

“这事儿跟他没关系。”我的声音提高了几度。

电台里飘出周蕙的歌。

忽然不想让你知道

在我心中你多重要

既然你要自由

你就得到
让你永远都记得我好
忽然不想让你知道
你的爱我已经戒不掉
就让思念淹没
我不想逃
反正你将永远不知道
…………

然后我就一头扎进米薇的怀里，把一晚上积攒的眼泪全都释放出来，蹭在她香甜的脖子上，我完全想象不到自己能哭得这样突如其来。

米薇慌了手脚，她紧张地摩挲着我的头发："伊冉，伊……你……你……唉，我就是顺口说说的，不算教唆，真的真的，我也没活出个人模狗样儿来，我只是……惺惺相惜你知道吗？"

"你别哭了，你把我妆都蹭花了……你……别哭了好不好……你丫真矫情……"

米薇鼻子一酸，大滴的眼泪也掉了下来。

我们就这么抱着哭了一刻钟。

后来我擦擦眼泪笑了，我说："其实我没生气，也不伤心，我就是寻思着这么晚了还把你从深山里叫回来，路上就耗了三个小时，如果不像模像样地哭一通，我怎么能为你营造出不虚此行的氛围呢？"

米薇甩开我的手，尚未从心有戚戚的状态中缓过来。

我终于认同了网络上疯传的那句话：同一座城市里拥有一位姐妹淘便是拥有一件价值连城的宝贝。

米薇说："我这就回家给你取衣裳，你得答应我：一、善待自己，如果你放不下那个姓谭的，就果断地拿下他；二、善待乐天，看得出这帅哥对你是认真的，你现在的处境很尴尬，你可是他正儿八经相亲相来的女朋友，你得照顾他的感受；三、善待我的伊恋宝贝儿，她已经不是任你摆布的小孩子了，她有自己的主观意愿。凭空冒出来一个爸爸，伊恋未必就会接受。”

米薇认真起来真的是个细致入微的女生，我把大脑哭得一片空白，人家可以一边抽泣一边罗列出一二三来。

我说：“你还忘了一条，我会善待你的衣裳，用完了我给你干洗。”

上了楼，伊恋还在睡梦里，呼吸均匀，无牵无挂。她无法知道过去十二小时的接下来的十二小时里发生了什么事情。她第一次和她亲生爸爸会面，他们有了第一次对话，他还蹲下身去用指肚蹭了她发烫的小脸儿。她更不知道，从这一刻起，她妈妈要为她们的幸福全力以赴了。在黑暗里背儿歌那样惨淡的除夕夜再也不会降临，因谁而产生的空白，我们就让谁来填补！

我还知道，我将经历一个痛苦的蛰伏期。我跟谭少宇是因为一场误会才导致分开的，冰释误会需要些时间；让他相信并接受自己有了女儿的事实，还需要些时间；等待DNA鉴定的结果，需要时间；向乐天交出份完美的解释，需要时间；让伊恋相信妈妈不是个轻薄女子，不是满大街逮一个帅哥就逼着她认爸爸，而这位姓谭的爸爸确是有渊源、有历史、有案可稽的——这个，最最需要时间……

我头痛欲裂。

转过天来，我穿着米薇的华贵霓裳随着乐天和他的几个朋友一起去了谭家别墅，我就不头痛欲裂了，而是，肝胆欲碎。

我见到了谭少宇的女朋友。

那个叫梅兰妮的女孩，她站在谭少宇的身后，窈窕而乖巧地立在门廊上恭候客人的光临。她美得甚至让我不敢多看一眼。

此前，我以为“美女”不过就是个泛泛的、粗制滥造的词汇。米薇是美女，我也偶尔被些不明就里的人唤作美女，但直到我看见了谭少宇的女朋友，我才意识到“美女”应该是个多么精致的用语。从身段到着装，从气质到眉间的神采，原来有一种女人，可以美得这么肆无忌惮。

金童玉女，才子佳人。

我的眼神慌乱起来，不知该把目光看在哪里，更可怜的是，我在慌乱之间把视焦投在了一个最最不该投的地方。我怯生生的眼睛掠过谭少宇的脸，他端凝淡冷的视线里没有一点温度。

什么“冰释前嫌”，什么“DNA鉴定”，我一下子模糊起来。

别墅的主人带着我们穿堂过室，欧式装修的大厅，敞开的落地窗外氤氲着花卉的芳香，烤面包的用人们放下手里的活计，娴静温婉地微笑。阳光如水倾泻在房间里，自然风与冷气交织，如此舒适怡然如名家笔下的油画。

雍容，华丽，堂皇，雅致。有钱人总是能把不可多得的溢美之物堆砌在一起，让人唏嘘。

刚刚落了座，我接了一通电话。

“你在哪儿呢？”电话里的米薇心急火燎还伴有兴奋。

我紧走几步来在阳台上，告诉她我在谭少宇的家。

米薇嘿嘿笑了两声：“我正坐在电脑前玩百度呢。”

我心说米薇也不是第一天玩百度，怎么就兴奋成这个样子？直到听她说：“你的那个谭少宇，他真的是叫谭少宇吗？他该不会真的就是那个谭少宇吧！”

我听得一头雾水，后来才弄明白，米薇在网上搜到了谭少宇这尊真神。

“我有重磅消息告诉你啊——这个谭少宇他是耶鲁大学的高才生，玖光集团总裁谭玖光的独子，自己拥有律师事务所，兼顾打理家族生意，开一辆牌照是四个6的兰博，此外他还赞助影视、赞助选秀、赞助公益，捐了好几个图书馆……还有还有，那个长相，那个眉眼……你证实一下，我搜到的这个人是他吗？你别担心，我含着救心丸呢，我挺得住……”

我阵阵眩晕，我说：“大概是吧，如果耶鲁在美国，如果没有第二个玖光集团，如果不是每个富豪的儿子都长得那么周吴郑王，我基本断定，你没有搜错。”

米薇的分贝一下子就蹿上去了，我赶紧把手机撤离了耳朵。

米薇说：“啊伊冉冉冉冉，你居然去了他的家，成了他的座上宾，你们呼吸着同一个空调里吹出来的冷气，待会儿还会吃到同一柄刀切出来的水果，天啊——”

米薇有点本末倒置了，我没提醒她最要害的一条——我还跟这个男人滚过同一铺大炕，而且还结了个七岁大的晶体。按照米薇刚刚的态势，想通这一点保不齐真的需要救心丸。

“伊冉冉冉冉……你竟然，竟然做了这个人的童养媳……如今你重温旧梦，怎么就没有一丁点儿的情绪波动呢！”

我笑了：“谁说没有？我现在就波动着呢。”

“米薇，我见到他女朋友了。”我说。

方才还插了电的米薇一下子沉默不语。

半晌，她问：“还有没有更负面的消息？”

“有，”我说，“他女朋友很标致，电视里常见的那种标致，现实里从未见过的，那种，标致。”

米薇说：“你先撤回来，咱们从长计议。”

我重新坐回到乐天的身边，低着头把玩着手机一言不发。我是个道行浅薄的人，我没法将谭少宇当作一个素不相识的路人，我更没法将梅兰妮当成电视大赛的模特，而非这所宅子的女主人。所以即便那姑娘笑靥如花拉着我的手热情得活像一对失散多年的亲姐妹，我也只能最大限度地做出个盈盈浅笑的表情。

乐天的手不失时机地覆在我的手背上，低声问我："脸色这么差，不舒服？"

我躲避着他的眼睛，沉默，摇头。

隐约间，我看见谭少宇深刻的一瞥。

或许是我自作多情，乐天每一个温存的小动作——牵手、爱抚、捋我的发梢——都逃不过谭少宇的眼睛。

我呼吸不畅。真的，别墅里那股富丽堂皇的味道压到了我头痛的神经。

我说："不好意思，我想去趟卫生间。"

除了洗手间，我实在想不出一个可以让我大声喘息、尽情沮丧，再用冷水冲掉我懦弱眼泪的地方。我必须得去卫生间。

一直若即若离的男主人站了起来。

他礼貌地点头，微笑："我引你去吧，你恐怕找不到。"

我胡乱地说："没关系，我可以按着指示牌找过去的。"

一句话，大家笑翻了："伊冉把谭少宇家当成了商场咯。"

脸上火辣辣地烧着，我逃一样地出了客厅。

谭少宇跟了出来。

"这边，"他站在我身后，不疾不徐地说。

"哦。"我低着头，转身向着反方向走。

路过他的身边，他没有让开的意思，我的脸几乎蹭到了他的衬衫领口，我紧张得大气都不敢出，可我还是嗅到了他衬衫上的味道。别致的草木型香水味道在我的心头迅速缱绻成一股狂风。

还是我熟悉的草木香。八年前，我还拿辛弃疾的《定风波》来奚落过他。

那首词的前半段：

山路风来草木香。雨余凉意到胡床。泉石膏肓吾已甚，多病，提防风月费篇章。

那时候他只是笑，听得似懂非懂，还以为是我自编的打油诗。

后半段我记不得了，也没有背给他，我语文不是太好。况且他都以为是我自编的，编得太深奥容易露馅儿。后来我们分开的时候，他在电话里骂我是个骗人的小婊子，我一边哭一边想，其实我真的很喜欢骗他，就比如那首《定风波》，我默记了好多遍才记下来的，只为纪念他身上好闻的味道。可那个骗人的小婊子就是不愿意把真相告诉他。

想起这个片段，眼泪几乎夺眶而出。

“走过前面第三个房间，右转，上楼梯。”他说。

我头也不回，隐约，我听见了尾随而来的脚步声。

终于在卫生间的门口，他拉住了我。

他稳了稳心神，拿捏了一个语气，似笑非笑：“你的新名字比你原先的名字好听，你的新容貌比你原先的好看，你的新男朋友……”

他顿了顿说：“也不错。看得出他挺宝贝你。”

我移开了他放在我肩头的手，不知所措地笑着：“不好意思，谭律师，我不知道你在说什么。”

他立刻就笑了：“你不必这样，伊冉——现在你是叫伊冉这个名字对吧——如果你在意别人了解你的过去，我可以假装什么都不知道。”

“我只想问你一句话。”他怔怔地看着我，嘴唇翕动，仿佛声音来自天上的某个地方。

“八年了，你过得好不好？”他说。

上一秒即将涌出来的眼泪奇迹般地渗了回去，我竟然笑了。你知道“由衷地发笑”是个什么感觉？就像浑身上下的每一根管辖着严肃的神经都被喂上了奇痒无比的药粉，我难以自控地笑出了声。

“你看呢？”索性，我摘下面具，双臂微擎，一身轻松地在他面前转了个圈儿。

“好吃好穿，还有一个宝贝我的男友。如果我正经八百地跟人说我过得不好，人家会不会觉得我欠抽？”我油嘴滑舌地问他。

他没有发笑，伸出右手攥住了我两个指头，把手牵在他的眼前。

我吓了一跳，旋即撤回手：“抱歉，这不是你们美国，嘬嘴儿就跟拍拍肩膀一样随便，请谭律师自重一些。”

“看来你过得也并不怎么样，”他没理我，犹自说，“我不看你的穿衣打扮，也不吃你混淆视听那一套，单单看你的手，就知道你过得不好。还记得莫泊桑的《项链》吗？珠光宝气不足为信，你手背上的光泽纹理印证着一切。”

我的左手已经偷偷放在身后，覆在右手背上，心虚地摩挲。

那双明澈的眼睛里微露星芒，他看着我，一字一句地说：“告诉我真话。”

我又笑了，我把双手都举在他的眼前：“看，看看，没什么光泽，早年冻得全是裂口，我过得不好，很糟糕，三九天的马路边我给人家擦过皮鞋，五毛钱一双——我这么回答，你满意了吧？”

那缕星芒一下子黯淡了下去。

“为什么要这样？”他说，“你能不能好好跟我说话。”

我长长地“哧”了一声，恨不得拿鼻孔照他：“谭少宇，这就是你的不对了，我说过得好，你不相信，我说过得差，你还是不信。我到底要怎么回答你才肯满意？好，或是不好，标准因人而异。在你眼里，好生活就是锦衣玉食、美酒佳人，可落实在我眼里，好生活就是活得殷实、自在，并且，从未后悔。”

我把“从未后悔”几个字咬得很重。

沉默良久，我听见了一声叹息。他呼了口气，眸光下移：“那，你想不想知道我有没有后悔？”

我笑了个花枝招展，笑罢我说：“那不关我事。”

“不好意思，如果没事的话请你先回避，我如厕的时候不习惯有人等在外面。逗留这么长时间，如果让你如花似玉的小女友起了疑，那就划不来了。”我说。

“没关系，她从不怀疑我，我们已经订婚了。”

我这才发现，有一枚戒指套在他左手的中指上，折射出璀璨的光。

“小心，”他适时地扶了我一把，“卫生间的地砖刚打过蜡，前些天我就滑过一次。”

我笑了：“谢谢，嗯，也顺便恭喜你们。好事临近的时候记得发请帖，我包个红包送你。”

我轻手轻脚地关上卫生间的门，在门缝里向他懒散地挥手，待到那扇门完全闭合，我无声无息地将身体靠在门板上，头拄着水曲柳的棱角，慢慢闭上眼。

他没有下楼，而是隔着门诵了一段词给我，那是我背不出的那一段。

孤负寻常山简醉，独自，故应知子草玄忙。湖海早知身汗漫，谁伴？只甘松竹共凄凉。

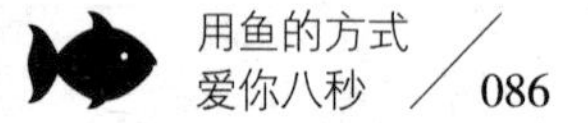

睁开眼的时候，视野已经被浸泡了。

回去客厅，乐天的那些兄弟们依旧不依不饶地拿我寻着开心。那个叫雷磊的男生起哄说："乐天，你跟伊冉恋爱也快大半年了吧，怎么还拘谨得跟两个刚见面的网友一样？你看人家那几对情侣多随便啊——吃水果，女生替男生削皮、男生给女生切块儿——哪像你们俩？走到哪儿都端着相敬如宾的架子。"

乐天被他挤对得不甚自然，讪讪地干笑了两声："不一定就要女生为男生削皮嘛，我削皮的技术比伊冉好，我来给她削。"熟稔地拿过水果刀，从果盘里抓起一个金蛇果。

我也笑了，方才卫生间里的燠热让我的情绪收放自如。我踢了雷磊一脚："既然你对相敬如宾有意见，那你说说，情侣应该是个什么样？"

他吐了下舌头："相濡以沫呗。"

又是一阵哄笑。

我扬起脸，娇嗔般对看着乐天的眼睛说："他们笑我们。"

"甭搭理他，什么相濡以沫？咱们又不是鱼？"说完。乐天把削了皮的蛇果用刀分开，叉了一块给我，等着我像待哺的麻雀一样张开嘴。

乐天抿着的嘴唇带出微浅笑意，意思是说，不就是秀恩爱嘛？咱们也会。

我没由着他喂，接过了他手里的叉子。

我的不配合让乐天有点发怔。然而下一个瞬间他却瞪大了眼睛，因为我咬了蛇果的一角，温柔地扳过他的脸，在一片起哄声里，无比香艳地递送到他的嘴边。

秀恩爱，就应该秀得彻底一些。

在主人席上，有一束淡寒的眸光从我脸上扫过。

我在谭少宇的家里喝得酩酊大醉，最后还是他亲自开车把我送回的家。我百无聊赖地将半个手肘支出车窗，看灯红酒绿、看俊男绮女、看纸醉金迷，我唯独看不清身边那张不着痕迹的面孔。

送完了最后一个人，只剩下我自己。一直沉默驾车的谭少宇终于发问："在想什么？"

我回过神，付之一笑："在想一幅平静的画面，孤帆、远影、碧空、河流。"

他讪讪地哼了一声："八年未见的旧友就在身边，你怎么能如此平静？"

"不该这样吗？"我笑嘻嘻道。

一切寂灭成灰，八年前就已注定此生无人可恋。

"那个孩子，她是你的谁？"

"妹妹。"

"你连父母都没了，哪里来的妹妹？"他一动不动，就连表情都一成不变。

他说："知道我跟乐天最大的不同在哪里吗？就是他相信的事，我未必会相信。"

我说："她可以是我捡来的，也可以是我认来的，还可以是我生下来的，当年你们的圈子里不是疯传着我被一个四十多岁的男人'援交'的故事，并且还传得有鼻子有眼吗？"

我说："你跟乐天最大的不同不仅仅在于他好骗而你不好骗，更在于他甘心被我骗，而你不甘心。"

"其实骗子在行骗的时候并不算罪大恶极，骗子的十恶不赦之处在于有心行骗无力撑局，"他说，"如果八年前你能把那个局再撑得圆满持久一些，我会比现在好过。"

蓦地，他狠狠打了一把方向，车子冲上路肩，冲着一面橱窗驶去。

丝毫没有减速。

我一把抓住车子扶手："谭少宇你想干什么！我不陪你玩殉情！"

"殉情我还不至于。"他微微冷笑。一声刺耳的刹车，车子停在人行道上，车头的正前方是一家名贵的婚纱坊。射灯从橱窗里照下来，一袭特里洛尼鸢尾安静地立在橱窗里，水晶、珍珠、钻石，夺人心魄。

他将车熄了火，不说话，就让我直直地对着这款婚纱。

我一下笑开了："谭少宇，你脑子没问题吧？深更半夜不回家，你把我拉到这里，跟一件婚纱相面……哈，笑死我了，你这人，做事可不可以差不多一些？"

"这就是我当年在杂志上看好的款式，这么多年的精进改良，依然这么漂亮。"他犹自说。

谭少宇缓缓地扭过头，那张脸孔，在射灯下竟然是熠熠生辉的，就像带着光晕。

他说："你还想不想穿上它？"

半晌，我低眉，颔首："想。"

他笑了："我喜欢这个口气，你终于可以坦率地说句实话了。"

我也跟着他一起笑，待到他的笑声停止，我也歪过头去问他："我愿意穿上它不假，可你怎么知道，我愿意为你而穿上它？"

我推开车门迈下去，优雅地做了个bye的手势："有劳谭大律师送我回来，谢了。"

9

我像一只绝望的蚕蛹，用连绵不断的谎言将自己裹到窒息

○ ● ● ●

“你真是属刺猬的，A面和B面，温柔和凶险，差距竟然这么大！”

米薇躺在我的肚皮上，有滋有味地听我复述这一天的经过。

“我记得你千里迢迢从南方回来找他是为了破镜重圆，不是为了刀兵四起，把当初没决裂彻底的地方再决裂一次吧？”

“话虽然这么说，但你真的无法想象他那副阴阳怪气的样子有多可恨，简直比当年还有过之而无不及。最重要的一点——”我说，“他有了女朋友，还订了婚。”

米薇笑了：“你没毛病吧？他谭少宇风流倜傥年轻有为巨贾之子，这个层次的男人哪一个不是三妻四妾？订个婚而已，就把你刺激成这样。”

我叹了口气：“关键是他女朋友生得太美了，那对剪水双瞳，就算我戴了美瞳滴了眼药水儿都没人家楚楚动人。妒忌是女人的天性，可我一点儿都妒忌不起，我只有羡慕的份儿。尤其是谭少宇默默关注我的时候，我心里特不坦然，总觉得亏欠她，做贼一样。”

“夸张！”米薇摇了摇头，“什么剪水双瞳，还碱水馒头呢！我提醒你——你是第二者，她才是第三者！她跟谭少宇有一纸婚约又怎么样？

你跟他可是有一个孩子的，孰轻孰重？你可不要自乱阵脚。种种迹象表明，谭少宇对你旧情不忘，他送你回家，带你去缅怀婚纱，还对你施以言语挑逗……八年前你先拔头筹，八年后你依然可以后来居上！”

“居上个屁，”我把手机掏了出来，“你看看，这是方才他发给我的短信，绝对达到了让你不忍卒读的地步。”

“我看看我看看。”米薇一把将手机抢了过去。

我错误地估计了米薇的接受能力，她真的给读出来了，还读得抑扬顿挫。上面只有一句话，简单易懂：

“做我的情人，你欠我的……”

考虑到她的阅读能力，我不得不给她做了注释：也就是说，今天发生的一切，问我过得好不好，怜惜地牵着我的手，一句“只甘松竹共凄凉”，假惺惺带我参观那件鸢尾婚纱……所有的这些都是“情人”的铺陈。末了还扣顶帽子给我。如果我不同意，就意味着这种拒绝上升至“道德品行”的高度，因为我欠他的。

谭少宇，你真是可以啊。

米薇倒吸了一口冷气：“你给他回复了？”

“还没。”

“那你想怎么答复他？”

我说：“该怎么答复就怎么答复，我就说，谢谢他垂青，我不稀罕，最后祝他们有情人终成眷属。”

米薇捏着下巴想了好半天，她郑重地纠正我：如果祝福一对璧人，姑且可以冠冕堂皇地说什么有情人终成眷属；如果单独祝福一个男的，一定要分开说——祝他有情人，千万别祝他终成眷属——后半句是男人的大忌。

米薇笑嘻嘻凑过来轻语：“其实，给谭少宇那样的阔少当情人也不错，多少女人都盼望这个机会。”

我没心思跟她逗贫。我突然想到一个很严肃的问题。

谭少宇，这个睚眦必报的混蛋完全没理由将我们八年的积怨一笔勾销的。多少次，我梦见重逢的场景，无一例外是仇人见面分外眼红。可今天，他处处克制，处处表现出一个优质男人的儒雅和温柔。我拉了半天的架势才发现他没有鱼死网破的意思。这让我无所适从。

米薇的奚落没有错，梦境成了真，可我却裹足不前了。

他过得不错，我也就安心了。说实话，看见他和美丽端妍的女友夫唱妇随的时候，我不自觉地替他开心。当年为了见女朋友一面不吃不喝，跟老妈玩起绝食的浑不懔终于又倾心于一位值得他喜欢的女孩。我承认我没出息，可我真的为他高兴。

我抱着被子发了半宿的呆，最后还是米薇点醒了我。她说：“谭少宇把你当恋人还是情人并不重要，重要的是，他得认伊恋这个女儿。这么多年的含辛茹苦，他不闻不问甚至蒙在鼓里，这怎么行？起码来说，伊恋的抚养费他得解决。”

抚养费我倒不在意，万一他给出抚养费收回抚养权我就傻眼了。可我同意米薇的观点，伊恋是谭家的骨血，这是不争的事实，即便她乐意由我这个单亲妈妈抚养长大也不行——我无法容忍曾经有一个让她认回爸爸的机会摆在眼前，被我武断地放弃。我没有这个资格。

米薇说：“你先忍着他，面儿上要过得去，抓紧机会取个样本，先把亲子鉴定做了再说。有了这份鉴定书，他想不认都不行；没有这个，人家只当你痴人说梦。”

“DNA样本，你懂吗？取样，很简单的。”米薇说。

我多少日子疏于红过的脸“腾”地一下就红了一半。我有听说过取样的例子，有个女人为了取样打官司，不惜剪下沾染了“样本”的床单。

我说：“还有没有更卫生更简便点儿的样本？”

米薇说："抽机会拈他一根头发，很不卫生、很不简便吗？"

于是我的脸就全红了。

米薇说不如这样，从现在开始，我全权为你制订一套俘虏谭少宇的计划。我策划，你执行；我下命令，你服从。姐姐我且当一回女包公，掐着陈世美的小脖儿奉还给你们娘俩儿，如何？

我听她说得那么正义凛然，就同意了。不过我告诉米薇，她的策划不能伤天害理或者有悖于我的原则。

米薇做的第一件事，翌日上午，她逼着我把谭少宇的无耻要求做了回复：

做你的情人，嗯……那我有什么好处？你能送我一台1.1排量的小QQ吗？

谭少宇半晌没有回音。

发这条短信之前，我再三权衡。我跟米薇探讨："你的要价是不是太低了些？如今的谭少宇怎么也算富甲一方，他女朋友可是开奔驰SLK的。就算她是美女我不是，就算她是正印的我是地下的，没理由一到我这儿就成了小QQ啊？"

米薇说："你不懂你不懂，男人有钱是一回事，舍得给你花是另一回事。咱们的目的是打入敌后，你得尽可能地装傻扮懵懂，这样他才能放松戒备。你想啊，一个女孩子家，从来没给人做过情人，破天荒的第一次，咬着嘴唇下了莫大的决心终于要了一辆小QQ，多纯情啊，我要是男人我一准儿感动得要死。"

半小时过去了，依旧毫无动静。米薇又追了一条：你别担心，我不会花你很多钱的，要不……0.8排量的也行。我很低碳的，我不要空调。

一分钟之后谭少宇把电话拨了过来，我刚把耳朵凑上去，就听见他的声音紧促而低沉。

“我正在开会呢。”

“那你先忙。”我说。

他沉默了半晌，叹了口气：“我的意思是我正在开会，所以真的没心思跟你开这种玩笑。如果你需要用车，我那辆兰博随便你用；如果你想买车，下周有一场新能源轿车展会，我亲自陪你去。念在我是认真的，请别再拿这样的方式揶揄我。”

放下电话我跟米薇面面相觑。

米薇咬了咬牙：“我真想给这孙子再发一条短信，告诉他咱不买车了，要买就把咱们公司买下来，回头让咱们俩做正副总。”

或许是我心生敏感，自从上次伊恋生病，确切地说，自从去过谭少宇的家，我跟乐天的热恋温度骤然下降。以往的周五，下了班，他总是倒两班公车过来看我，烧火做饭，蜜语甜言。末了还颇有居心地挨到伊恋熟睡，拉着我的手去楼下花园里纳凉。花前月下，缠绵入骨。我们已经有半个月没见了，其间寥寥几个电话，无关宏旨。

这一个周末，我主动约了他。我事先将伊恋送到米薇家里，烧了几个小菜，一个温馨静谧的小空间营造完成。

和敏感无关，乐天真真正正地发生了些变化。席间他不怎么言语，偶尔几个游离的片段被我逮个正着，看得出他笑得很努力，但不甚由衷。餐后我们照例散步，我照例在沙沙作响的栎树下抱了他，胸口贴着他的后背，默默传递情愫。

半年的相处，让我对这个大男孩的好感与日俱增，和谭少宇的波澜壮阔不同，乐天更像一涓丰沛的细流，耳濡目染，渗透至心。这样的感情更真实，也更安全。可我分明觉察到，这涓细流正在枯涸。

我不是一个有耐心的女生，就连哄人的手段都是直来直去。

“因为什么不开心？”

他轻舒眉头，怡颜莞尔："哪有啊！"

我绕在他身前，盯着他的眼睛："我之所以绕过一句'有没有不开心'而直接去问'为何不开心'，就因为我看出了十分端倪。乐天你知道，我最喜欢的是你的坦率。"

他突然放开我，猝不及防地问了我一句话。他说："那如果，我是个富人，有很高的格调很多的钱，你最喜欢的还会不会是我的坦率。"

这一次，我真的委屈了。

"乐天，你什么意思？"

眼泪急速地涌出来，没有矫情地从脸颊滑过，而是径直地落在手背上："你……什么意思？"

我心里很清楚，我到底遗落了蛛丝马迹在他眼里。我可以最大限度地封闭着内心世界，却没法抵挡出窍的真魂。

果然，乐天说："我突然觉得我不适合你，或许少宇那样的阔少才能给你舒坦的生活，你和我在一起，只会狼狈。"

"乐天你大爷！"我撑足了底气骂道，"我们两个的事你扯上你的富人朋友干什么？"

连我都觉得纳闷，或许我的确在不经意间多看了谭少宇几眼，可那通通是白眼，而非青睐。

乐天有点发怵，可还是老老实实交代了实话。不单因为我在谭少宇面前流露出生涩，更因为我存了谭少宇的电话，就在方才我烧菜的时候乐天还帮我拒接了一次，屏幕上的显示让他惊呆：谭少宇未接来电，五次。

我想起来了，我的的确确拒接了很多电话，几乎每天晚饭的当儿，谭少宇都会莫名其妙地打一个过来。这个细节恰到好处地勾出了乐天的自卑，以及怀疑。

我真不容易，眼泪还在掉，剧情却急转直下，它需要我不屑地笑出声来。我掐着腰冷笑："乐天啊乐天，你该不会以为你的富人朋友垂青我吧？老天，他可真够重口味。谭少宇的确给我打过电话，那不过是公事而已，他是个律师，我们公司正有件民事诉讼在他手上……你还想知道什么？”

即便他真的想知道细节，我也编不出来了。我默念着抱歉，我难过得像一只绝望的蚕蛹，用连绵不断的谎言将自己裹到窒息。

我的逼真表演到底让乐天释然了，他抚着我抽泣的脊背，细致而温存。他一遍又一遍地道歉，唇瓣不着要领地吮蹭我未干的眼泪。他说不许你再菲薄自己，谁说喜欢你就是重口味？你是最好的，你可以颠倒众生，我就是这样被你颠倒的。

可我真的哭了，停都停不下来。

面前的男人让我倾心，我愿意和他贫苦相守。症结不在我，而在伊恋，我得为她找回爸爸。这事儿他解决不了。

我恨不得将这两个男人合二为一，成就我和伊恋永远的归宿。可事实却南辕北辙得让人心寒，这个肯疼我会撒娇的小男人和我女儿没有血缘关系，而那个有血缘的禽兽却是一副摸不清喜怒的样子，漠漠然作壁上观。

所以我看见手机再度闪烁着“谭少宇来电”的时候，心里的绞痛无以复加。我一边抽泣着一边接起电话。

“不好意思谭律师……嗯，方才没有听见，”我尽可能地抢话以便打消乐天的疑心，“是的……上次你托我的事情还在办，对，我真的不知道以我们公司的财力能否撑下这场官司……”

我自顾自地说了半分多钟，这半分钟里，谭少宇只是淡淡插了一句话。

他说：“你在唠叨些什么呢？”

后来他听出了端倪，只是笑，并不答话。

最后他说：“我知道了，官司的事咱们再议。不打扰你们了，今晚十点，我还会打电话给你。”

我还在礼貌地寒暄着：“是吗……不必了吧……谭律师，我能不能问一下，为什么这样呢？”

他清晰地吐了几个字：“你可以理解成我嫉妒，查你的岗。”

说完挂了电话。

我久久擎着电话，忘了从脸侧移开。

我当机立断地告诉乐天：“咱们分开吧。”

我顾不得他的茫然失措，快步跑出他的视线。这一次他说得没错，和他在一起，让我狼狈。而我，受不了这种狼狈。

我就这么哭着跑回家，蹬掉鞋子，先是将手机摔在床上，又用力地把我自己摔上去。

乐天追上来把门敲得山摇地动，我没有把门打开。

乐天，我祝你幸福，只是，我给不了你幸福。

我这厢难过得跟什么似的，米薇却看得很开。她教诲我说：“这不算什么，像谭少宇那样的资本家或多或少都有些怪癖，他喜欢玩虐的，那咱们就虐给他看！咱们一言不发，咱们逆来顺受，咱们照单全收，等他玩累了，咱们笑眯眯地把亲子鉴定书摔在他脸上。姐姐我要亲眼看看他眼珠子是怎么掉出来的！”

10 我用今天的爱，能不能赎回昨天的幸福？

○ ● ● ●

为了取证，我和米薇绞尽脑汁。

我们错误地估计了任务的难度，米薇说，不就是拈他一根头发吗？

我觉得像米薇这种神经大条的女人是不足为谋的典范，即便你让她去深山里掏个老虎崽子回来，她也会满不在乎地反问你：不就是个老虎崽子吗？又不会吃人。

可米薇忘记了谭少宇不会主动拔几根毛送给我，不入虎穴又焉可得虎子？

周末谭少宇约我去喝下午茶，这是个千载难逢的机会。米薇分析了一番，觉得脱发对于谭少宇这个类型的男人简直是太过正常的一件事。“他是个律师，他得有生活压力吧？他花花肠子和坏水儿那么多，他得内分泌失调吧？他家里供着一位如花似玉的未婚美娇妻，他得纵欲过度气血两亏吧？”

说得好像只要谭少宇坐在我面前，头发就会像雪片儿一样飘落在茶几上俯拾皆是。

我信以为真，就去了。

半个小时后，我到达茶楼，正式掀开了情人生涯的新篇章。

谭少宇候在位子上，侧头盯着我，目光依旧淡淡。他说："你没我想象中那么难约，一个电话，三十秒的邀请，你就来了。"

我一屁股坐在红木沙发上，挑衅地看着他："怎么，你以为我不会来？"

"不，"他说，"你一定会来，不过我以为你会矫揉造作地抵挡一番，就和你过去一样。"

"过去那套早省了，当下做什么不讲求效率？"

"喝什么茶？"

"最贵的。"

跟资本家出来销金，断然不能省着。谭少宇淡然一笑，唤来侍者问他们店什么茶最贵。

我的眼睛紧盯着他面前的半边茶几，在我眼里最贵的东西绝非茶叶。

我觉得只要略微运用正常思维想一想，就知道在喝茶的当儿碰巧看见谭少宇的头发掉落在茶几上，碰巧他没有发觉，又碰巧在他去洗手间的时候被我拾起来装进兜里，简直是一件太稀罕的事。

米薇不知好歹地发短信询问战况。我说，我准备撤了。

姐姐，他有生活压力不假，他内分泌失调也不假，就算什么纵欲过度，精尽而亡，这些通通成立不假。

可他毕竟还不是个放化疗患者。

就算我在这里坐到天黑再坐到天亮，也等不来他那根头发。

上好的金萱乌龙和圆月茶盘排摆在面前，暗香浮动。

我说："谭大少爷，杯具论那一套早就不是什么新鲜元素了，你正儿八经地把我约来茶楼里来，不会只为了让我对着杯具自斟自饮吧？"

谭少宇不屑地笑了一下："大多数人喜欢喝茶，滋味在其一，意境在其二，文化则是其三。你不妨也了解些茶文化，宁静致远，清者自清。"

我漫不经心地看着茶楼墙壁上布贴的茶文化。品茗分八法：赏泽起舞、昭君出塞、闻香识茶、喜逢甘露，之后，什么苍龙入宫、什么温床暖玉、什么香消玉殒……

看到最后几个的时候，我实在看不下去了。

"如今的有钱人勾引无知少女都这么变着法儿的含蓄吗？"我问谭少宇。

他想了想："第一，你不是无知少女；第二，你的理解存在误区，茶文化里的'宫'指的是丹田，'床'指的是牙床。"

"哈，你还真是'清者自清'啊，若不是你及时纠正，保不齐我就想歪了。"

谭少宇一时语塞，皱起眉头，似笑非笑。

"我错了。"半晌，他说。

"你哪里错了？"

"我不该带一个讲求效率的女人来喝工夫茶，更不该把一场本就赤裸的交易附上那么冗余的风雅。"

"最好的茶在我家里，"他说，"我的床头也印着整套的文化。"

"你，肯跟我回去？"忽明忽暗的眸光蓦地一闪。我就知道，待会儿不是刀山油锅便是龙潭虎穴了。

资本家办事从来都是雷厉风行，我还在寻思着那壶原封未动的金萱怎么处理，是迅速泡了还是打包带走的时候，谭少宇已然结了账款步出了茶楼。在资本家眼里，百元大钞就是轻薄的草纸。

我坐在他那辆骚包的车子里一个劲儿地发抖。这次属于自投罗网啊，一会儿到了他们家，关了门放了狗，我再说不玩了，他会不会恼羞成怒？人的潜意识里都有动物的运动攻击性，我要是把他逼到了“返璞归真”的份儿上我也就玩完儿了。

还是上次的别墅，梅兰妮不在家。这个是我意料之中的，我只是没想到谭少宇竟然把用人们也放了假。偌大个客厅里只有我们两个，别墅里安静得让人心慌。

我怔怔地坐了一分钟，然后我大剌剌地躺倒在他家的小牛皮沙发上。谭少宇眼睛发直：“你这……”

我笑得花枝招展：“大惊小怪什么，躺你个沙发而已，待会儿你的床还不是一样被我躺？”

谭少宇的嘴角弯起一个好看的上弦弧，没说话。

与此同时，我一双眼迅速扫过沙发的靠垫、扶手、前方的茶几，甚至是雪白的羊绒地毯。甭说一根头发，连头屑都没发现。谭少宇的客厅里简直是一尘不染的。

我快哭了。我真的不想被他鼓捣到床上去。

我躺着躺着又一个鲤鱼打挺。

我说：“哎，谭少宇，你转过去，让我看看你后脑勺怎么啦？”

谭少宇被我唬得一愣一愣的，乖乖地转了过去。

我轻手轻脚地走过去，恶由心生的同时还编了个圆场的借口。

“呵，就算你仰慕周瑜，学人家多情也就算了，竟然还学人家早生华发。”我笑，“来来来，我给你拔几根……你什么身份啊，白头发多影响形象啊……”

“不必了吧，”谭少宇说，“回头我让梅兰妮帮我看看。”

“不行不行不行，”我一脸郑重地说了三个不行，“梅兰妮哪能干这个啊？人前抛头露面，回家相夫教子，揪白头发这样的差事交给小的做就行了。”

谭少宇不知是计，真的给了我一个后脑勺，露出满头乌黑的头发任我拔。

或许是成功来得太快，我有点紧张。我想拈一根出来，结果手指失去了灵性，我哆哆嗦嗦地拈起了一撮，少说也有七八根。我用尽力气拔了一下，头发纹丝没动，我再拔……谭少宇惨叫了一声跳了起来。我吓得一松手，秀发安然无恙。

谭少宇拿过一面镜子，仔细照了照吃痛的部位："我就没听说过我有白头发，在哪儿呢？"

我气急败坏地挥挥手："算了算了。"

"嗯……你要不要先去洗洗？你可是有洁癖的。"我又出一计。

这是我最后一招了，我决定在他洗澡的时候翻他的衣柜和枕头。

谭少宇随即的一句话将我张口结舌。

"你不属于我的洁癖范围。我不想洗，也不想让你洗，我不想拥抱的时候脑子里都是沐浴露的味道，我只要一个本来的你。"

"我带你去卧室。"谭少宇站起身，温柔地拉过我的手。我立刻就想捂住脸大哭一场。

妈的，我为什么要催他洗澡呢？还在"洗"字的前面那么传神地加了个"先"！

从逻辑上讲，有了先，就要有后，我竟然这么主动地为他的兽行开了绿灯！虽然米薇提醒我DNA的鉴定源很宽泛，其中"毛发"最为常见，但是请恕我道行浅薄，我的接受能力尚只停留在后一个字上。枉我还笑话人家那位剪床单的，此时此刻我直想找根头发上吊勒死！

"你很紧张？"谭少宇垂下头，双手拢过我的双肩盯着我煞白的脸。毫不夸张，我的肩膀不自觉地打着寒战。

我说："先等等先等等，我肚子，肚子有点疼……我这人，碰到艳遇就肚子疼……"

谭少宇笑了："八年前的老毛病，还是没有根治？"

我说："我不骗你，我真的肚子疼。"

说完我一头扎进卫生间里，反锁了门。我心乱如麻，心如鹿撞，我躲了二十分钟也没敢出来。谭少宇束手无策，只得给我打了电话。

"要不要给你叫一辆120？"

我说："不用不用，我不是拉肚子，而是……"

"是什么？"

我绞了半分钟的脑汁，一想真是笨啊，水到渠成的借口，我怎么愣没找到呢！我说："真不好意思，谭大少爷，刚刚在我身上发生了两件窘事，一件比较窘，一件特别窘，你想先听哪一件？"

"先说比较窘的。"他的口气里充满玩味。

"比较窘的就是，我忘了我在某些日子里不宜去别人家做客，尤其对方还是个男主人。你的，明白？"

"特别窘的呢？"他不依不饶地问。

我调整了十秒钟的呼吸，收起笑容平静地对他说："谭少宇，我没带卫生巾。"

问题简单了。就算我是你的情人，就算你的召唤像公司例会一样不得有误，我也没法执行了，我有例假。

谭少宇彻底无语了，好半天，他有气无力地说："你等等，我给你找些送进去，好歹我们家也有女人的。"

我说："那样不好吧？梅兰妮要是发现私人物品缺失了，你如何解释？这么热的天，你总不能说你拿去当透气鞋垫了吧？"

谭少宇的声音里透着怒气："那你让我怎么办？"

我说："劳您大驾，出门帮我买一包回来。"

电话那头只剩喘气声，夹着无声的愤慨和无奈。

"我也没法子，谁让少爷您把用人们放了假……"我越说声音越小。

谭少宇挂了电话。我把耳朵贴在卫生间的门板上，确定谭少宇出了门，这才蹑足潜踪地出了卫生间。

谭少宇买卫生巾去了。想来我真够拉出去枪毙的。

我翻了他的卧室翻了他的衣橱，我把他的衬衫一件件地铺开在床上，逐一翻着领口。老天，终于被我发现了一根头发，沾在他一件蓝白格子衬衫的胸前。

我又将他的衣物完璧归赵，唯独那件蓝白格子衬衫，我凝视了良久。

和精工巧制、霓裳羽衣这样溢美的词不沾边儿，那件蓝白格子衬衫简直逊透了，样子老旧、做工鄙陋不说，那款式也忒落后了，放在十年前我或许把它当一件好衣裳。

不仅如此，我还诧异地发现个小细节，这件衬衫明显不是谭少宇的尺码，小了不止一号呢。我没看错人，谭少宇这孩子不忘本啊，喝两千多一壶的茶，当年穿小的旧衣服还舍不得扔，喜新不厌旧的典范。

我鉴定了发质和柔软度，确定那就是谭少宇的头发，收入囊中，打道回府。

米薇带着谭少宇和伊恋的取证样本，申请了DNA亲子鉴定，七天之后出结果。

米薇说你得做好心理准备，万一结果鉴定为谭少宇和伊恋没有生物学亲子关系，你就消停地嫁给乐天算了，小蛾子别往火上扑，谭少宇你招惹不起。

我告诉她绝不可能，我只有过谭少宇一个男人，若是结果鉴定为他不是伊恋的亲生父亲，我就直接去中国科学院申请做科研样本，标签就是“不需要男人就可以自动生娃的女人”，将来以我为标本发明出来的产品就叫“Auto pregnanter”。

在这七天里谭少宇再没联系我。米薇说一准儿是我的不辞而别把资本家给惹毛了，我说不尽然啊，是不是惹毛了要一周之后才能见分晓。资本家都是不见鬼子不拉栓的性格，这一周我尚处在中看不中用的状态，要是谭少宇肯在日理万机之余约上我，只为坐在餐厅里相看两不厌，那才是天大的怪事。

鉴定结果出来的时候我正在商场逛男装部。

电话一接通米薇的声音就炸开了：“伊冉冉冉冉……谭少宇果然和伊恋宝贝儿有生物学亲子关系！天啊，你发达啦，抚养费啊、抚恤金啊、母凭子贵啊……”

我也跟着嚷嚷：“太好了！回头咱们去楼下大排档撮一顿庆祝一下。”

米薇一气之下就把电话撂了。

我平静地对自己说，我不激动，我不澎湃，我心如止水，扔个大石头也溅不出一丁点儿涟漪。

后来我就在平静之中连做了三件错事。

我先是鬼使神差地逛进了乔治·阿玛尼专卖店，买了件蓝白格子衬衫。如果谭少宇对蓝白格子情有独钟，我有义务帮他以旧换新，那样一件老旧的衬衫挂在他的衣柜里委实有悖他的品位。交钱的时候吓了我一跳，2998，一件衬衫等同于我两个月的工资。导购小姐问我是否包起来的时候我着实犹豫了三秒钟，后来一咬牙，心里暗骂谭少宇，长成什么样不好，偏偏长得跟个活衣架似的，浪费老娘的钱！

接踵而来的是第二件错事，我给谭少宇打了个电话，告诉他我想送件衬衫给他。他问我什么由头，没道理这么好心吧？我发嗲地说，就是觉得你穿起来会很帅。

我没告诉他这是我给我孩子她爸的见面礼。

然后就顺理成章地犯下第三个错。谭少宇说那好，明天晚上五点，给我送到某某商务宾馆里来。然后他报上了宾馆位置，一串门牌号……

我心里还在想，真是个商务型男人，连休息的地方都这么商务。我就不觉得商务宾馆有什么好，连休息都要按钟头计费，而且就比普通宾馆多一张商务大床……

想到钟点和床，我就如梦方醒了。谭少宇已然挂断了电话。

我和米薇用一夜时间想出来一个加急的妙策。

我们决定将计就计，趁着约会把亲子鉴定的结果捅给他。米薇说，相比你把鉴定书拍在他脸上，莫不如按兵不动，把鉴定书装档案袋子里，放在显眼的地方留待他自己发现。你呢，就躲到暗处看他五雷轰顶的样子。事后更要将可怜进行到底，要大惊失色，要一把夺过鉴定书，要噤若寒蝉地问他“你你你，都看见了些什么？你不会全知道了吧……怎么会这样……”，你还得眼泪汪汪地告诉他“我没想借此登堂入室，更没想要你们父女相认，我做这个鉴定只为了却一个多年的心结……”，你偎依在他怀里，要梨花带雨、要楚楚动人……

米薇抱着肩膀说：“一般的男人，到这里就会揽过你的肩膀声泪俱下地对你说：这么多年，你受苦了——电视剧都是这个套路，万无一失！”

我说：“那他要是看了之后无动于衷呢？”

米薇瞪了我一眼：“能做到这一点的不是男人，是禽兽，你也就没必要把后半生许给一个禽兽了！如果他毫无表示，你就一把扯过他的领子大叫‘给钱’！”

我觉得谭少宇不会那么做。虽然这八年间我也口口声声喊过他禽兽，但是在我记忆里，他就是一只受了重创、一头扎到西半球去舔伤口的㞞兽，基本不具备破坏性。

临行时米薇叮嘱我，拿一根头发放在档案袋子上做标记，如果头发位置变了，证明他一定拿过那只档案袋；如果头发没动，咱们再从长计议。

我连连应允。

我就这么去了。为了演得逼真，我迟到了一刻钟。谭少宇打来电话的时候我谎称自己在外办事，要他来汽车站接我。我还特意强调了，是DNA鉴定中心斜面过三十米的汽车站。

我没有再像上次一样捉弄他开他玩笑把自己打扮成一个活宝。冥冥中一股忧伤的情愫将我包裹得严严实实。坐进他的车子，看窗外景致掠过眼前，我突然幻化出很多旧场景：他第一次送我回家，比掠夺还野蛮的初吻；他给我换过灯泡，戴着个斗笠一样的纸帽子；谭家旧别墅的那一夜，满屋酒香……

他并没察觉我的心思，我盯着他严肃的侧脸，在心里暗暗地问：谭少宇，我用今天的爱，能不能赎回昨天的幸福？

在宾馆的前台，他问我要身份证做登记的时候，我才笑出来。我说："我还以为你这样的大人物走到哪儿都有小侍者簇拥着领进总统套房呢，原来也得各掏各的身份证啊。"

谭少宇表情怡然，悄悄贴近我的耳边说："没办法，查得严。咱们只是对野鸳鸯。"

我差点儿将鼻孔照上天。野鸳鸯？姐姐我揣着亲子鉴定书呢，我女儿跟你有生物学上的父女关系，你跟你的美娇未婚妻呢？有生物学上的夫妻关系吗？

我觉出了谭少宇的可怜。琴瑟和谐，岁月静好，带着未婚妻走在大展宏图的康庄路上，唱着歌还吃着火锅，突然就被一份从天而降的亲子鉴定书给砸到了。想一想我就替他绝望。

那是一套情趣房，东西南北上中下全是镜子，普通房间也就两百块，镶了镜子的情趣房标价三百好几呢。我没住过这个，四面八方都能看见自己的房间让我很不自然，我怯声怯语地问谭少宇能不能换一个房间。话音没落，他倏地把我扳了过来，我的惊叫尚未喊出口，他的唇舌已化开抵挡。

辗转厮磨，肆意掠取。我的脑子渐渐被须后水和烟草的混合味道夷为真空。他颇具功力的吻愈发深入，我在水晶吊灯的光晕里渐渐眩晕。电视里不都是这么演的吗？多年重逢的男女在旋转的镜头前吻得投入、吻得炽烈、吻得欲仙欲死泪流满面，无以抑制的潜藏情愫最终带着两个人回到从前……

我不知道谭少宇还能否回去，我是真真正正地回到了八年前。八年前，差不多也是这样闷热的天气，窒息，毫无征兆。他躲避着家里的围追堵截，躲在我的楼下等了一天。我猝不及防地被他从身后抱住，任凭他的少年泪蹭在我的脖子上，听他信誓旦旦地说："我不相信，我不相信就这么完了。我哪也不去，我只要你……"

"我只要你……"谭少宇的吻疯狂而细碎，"尚芳剑，你逃了八年，你想往哪儿逃？你说，你还想往哪儿逃！"

我闭上眼，任凭眼泪从眼角溢了出来，滑过脸颊，也没有擦一下。

我为什么要逃？我从来没有走远。逃的那个人，不是我。

谭少宇将我压倒在床上，擒住双臂固定腰肢，我的抵挡成了投诚之前最后的飘摇。

腹中一阵抽痛，我重重地皱了下眉。

我说："谭少宇你放开我，我既来则安，你不用这么心急。"

我吞吞吐吐道："你容我……容我先去趟卫生间……"

谭少宇讥笑里充斥着不屑："怎么，莫不是又来了例假？"

我咬了下嘴唇："不是！我想先洗个澡。"

天下最最荒谬的事也莫过于此，我犯了撒谎的大忌。就像《伊索寓言》里那篇"狼来了"，放羊娃以为聪明的自己可以一再愚弄单纯的农民，却忘了"狼"是客观存在的，它迟早会来，这周用来撒谎，下周就可能用来埋单。

我把装有鉴定书的档案袋放在茶几上，并且听从了米薇的教唆铺上一根头发，用它来监视谭少宇的动作。

我用热水冲着全身，热水可以让腕腹减轻，也可以加速血液循环。我觉得完蛋了，这注定是个难以泯灭的夜晚。可我不想冷落谭少宇。八年来的别离，无关爱恨，无关冷暖，可那毕竟是一笔历历在目的账单，伴着血泪，和着悲欢。今夜我所能拿出的姿态，除了给予之外，还有索要。

我凭什么不能向他索要？

我披着浴巾站在谭少宇的面前。

"你想吗？"我问他。

他盯着我的眼睛，像是盯进我的灵魂里。他的双手攀上我的双肩，在浴巾滑落在地的同时，我伸手关了灯。

"我想开着灯，看着这一切。"谭少宇说。

"不！如果你想要我，就得关着。"我一口回绝。

不等谭少宇表态，身体已然栖了过去，两个人笨重地双双跌倒在洁白的床上。

谭少宇微微笑道："要是我不想呢？"

"那你就当成全我。"我回答他。

黑暗里，谭少宇的呼吸喷在我脸上，宛若梦里。强忍许久的眼泪自动渗了出来。

“你哭了？”他问。

“我还没开始，你怎么就哭了？”他用指尖抹着我的眼角。

我说：“因为我怕疼。”

屋子里一丝光亮都没有，可我仿佛看见谭少宇最生动的嘲讽，悬挂在他翘起的嘴角上。

只一个翻身，谭少宇就占了上风。我被压在身下，动弹不得。索性我就不再动弹。我累了，由心而生的疲惫感。我不是没力气甩开这个压着我的男人，奋勇过后只是无端的虚空。我太了解了。我害怕再也没有这样具体的温度，覆在我的胸膛。

谭少宇的全身绷紧，并不温柔的破体而入让我打了个寒战。我的畏惧不是没有道理。八年没有做过，如此决然的撞击尤甚第一次的痛苦。我表现得就像个毫无准备的罹难者，紧紧抓着床单不吭一声。关了灯，即便谭少宇再富想象力，也不会料到那汹涌而没有一丝润滑的液体是为何物，涩滞的痛感淤积在身体里、心里，疼入骨髓。我想我一定是疯了。我放纵了你那么多年，直到今天，都没有例外。

谭少宇的呼吸里带着沉重的满足，他对着我的脊背，反剪了我的双手，迷人的面庞也因欲望而扭曲。

“我真想打开灯，看看你现在的样子。这一刻，我等了八年。”他的声线颤抖，说不清是极致的痛苦还是极乐的满足。

我无言。我说不出话。我咬着嘴唇痛苦连连地挨着，直到那余音的尾声，我在狠狠一搡之下难以抑制地“呀”了一声，谭少宇的肆虐宣告结束，气喘吁吁地离开我的身体。

他开了灯，旋即呆住。

交合之处，鲜血淋漓。

他难以置信地盯着我："你……你难道……"

我付之一笑："对，你看见的都是事实。"

"你为什么要这样……"

"嘘——"我伸出食指拦过他的话，我说，"我不在乎的。"

"只要你快乐就好。"我说。

谭少宇呆滞的目光在三秒钟之内恢复如初，点了一支事后烟，烟雾下的一张脸，不着声色。

我突然问他："令堂大人可好？"

"出家了，"他吸了口烟，眯上眼睛侧过头对我说，"三年前，我妈妈去五台山落了发。"

"真可惜。"我说。

"没什么，其实我早就知道她会这样，她的心太善，容不得世间的尔虞我诈，出家未尝不是上好选择。"

我笑眯眯看着他，不置可否。

半晌，他说："在想什么？"

"一个冷笑话，"我说，"从前有个剑客，她的剑是冷的，手是冷的，心也是冷的，然后她就……"

"冷死了。"谭少宇瞥了我一眼，"毫无新意。"

我笑得更欢了。那个笑话应该这样讲：她心冷手也冷，她把人逼到万劫不复，然后她却出家了。这么有力道的笑话我当然不能对谭少宇说。在他眼里，他妈妈俨然是个圣女，就跟《倚天屠龙记》里的小昭似的。我也觉得谭少宇的妈妈是圣女，只不过我觉得她是小昭她娘。

我把衬衫丢给谭少宇："试试吧，看看合不合身？"

谭少宇接过去看了一眼："不试了，你送的东西，肯定合身。多少钱？"

我说：“三百，山寨的，你会穿？”

谭少宇没说话，直接换上新衬衫。

“谁先去洗？”他笑盈盈地抬头看我。

我笑了，还用问吗？

“那好，我去弄点饮料，你想喝什么？”

“冰红茶。”

“什么牌子的？”

我瞥了他一眼，没回答，跳下床进了洗澡间。

我知道谭少宇一定会去很久，倒不是说星级宾馆里买不到一瓶冰红茶，而是很少可以买到“娃哈哈”这个牌子的。谭少宇的脑子那么灵光，没理由把我们当年的默契都忘了。所以我洗了一刻钟，出浴之后，房间里空无一人。

我先去看了那只档案袋，头发的位置如初，完全没有被动过的痕迹。

倒是床头多了个信封，上面是谭少宇的笔迹：不想亏你的，算是补偿。

信封里不多不少，整三千。看来他挺懂行，知道一件阿玛尼的大致价格。

我站在镜子前梳头，房间外有人敲门。

“你没带房卡吗？”我继续梳头。

敲门声依旧。

我问道：“谁啊？”

“茶叶。”门外低沉的声音。

我的第一反应是谭少宇把茶买回来了，随手开了门。

四个民警拥入房间，后面还跟了个摄像师，扛着设备就进来了。我下意识裹紧浴袍，束上腰带："你们……这是干什么？"

为首的民警操着一口并不流利的四川话，但从他们的表情上，我觉察出了异样。好半天，我才弄明白他们此行的目的。

不是"茶叶"，是"查夜"！

民警告诉我：他们怀疑酒店房间里有卖淫嫖娼活动，要我配合调查。

我的第一反应是：没事儿，不用蹲下去抱头挡脸。我跟谭少宇又不是扫黄打非的对象，我们是朋友。

我的第二反应是：不行，还得挡脸。来这儿鬼混的，有几个是大街上萍水相逢的？酒吧里随便勾个肩搭个背，都能勾搭出老公和老婆，朋友？谁信啊？

我的第三反应是：还是没事儿。谭少宇是谁？家里有亿万生意，上过杂志，有名门贵族的女朋友，女朋友也上过杂志，女朋友家里也有亿万生意……富富贵贵，无穷匮也，而民警不加增，何苦而不平？

我的第四反应是：还是不行。商界新贵知名律师的谭少宇，在廉价小酒店里睡了个带小孩儿的妇女，还是在这么多镜子的情趣房里……媒体缺少的从来就不是花椒，而是大料！这个消息要是不胫而走，谭少宇的老爸一着急再一个耳光扇过去保不齐他就永远听不见伊恋喊爸爸了。更何况，就算媒体不知道，协助调查的事怎么也逃不过梅兰妮吧？前几天她还那么热情地拉我的手喊我姐姐，还打算约我打高尔夫来着。事实却是，我对高尔夫一窍不通，对"搞尔夫"倒是有点心得。这要我怎么做人？

我把手机攥在了手里，一边揶揄着民警，一边背在身后打算给谭少宇盲发一条短信：有人查夜，别回来……

刚敲了一半，就被眼尖的民警一把扯住了手腕。

这下我彻底解释不清了。

我说："我不是小姐，我有正规工作，我有男朋友，我未来的婆婆还请我吃过年夜饭呢……"

民警说："干这行的可以兼职。你不必解释那么多，我只问你一句，前台和你一起登记的那个男人，你们俩有没有结婚证。"

我说："没有。"

他言简意赅地说："铐起来。"

11 我在她凛冽而残忍的笑容里，失却了一个关乎金玉的幻想

○ ● ● ●

我是真的慌了。

我把手背到身后，挣扎着退到窗根。我死撑着大喝一声："别开玩笑好不好？怎么能随便抬举人呢？你哪只眼睛看我长得像小姐？就算……我跟他不是夫妻，可我们真的认识，我们一夜情不行吗？我们碍着谁了？你们这些执法者到底懂不懂法！"

真的，我没说谎。服务业那是多么方兴未艾的一行业啊，从业人员要都长成我这样，那一准儿民生凋敝了。

为首的民警笑了："我很郑重地回答你，一夜情，真的不行。没有结婚证，不是通奸便是暗娼。"

我故作镇静地笑了下："别唬我，我和他都没结婚，通奸不成立；我们不构成交易，哪里算得上'嫖'与'娼'？"

天知道，我的声音比鬼哭都难听。

民警似笑非笑地放眼四周，被子里胡乱丢着蕾丝内衣，满眼都是香艳的遗迹。终于，那双不怀好意的眼睛落在茶几的信封上面。他走过去拿在手里，人民币的油墨味扑鼻，还有那上面的题字：不想亏你的，算

是补偿。

我的脑子“轰”的一声。

补偿，补偿……

毫不夸张，那一刻我声泪俱下。这个该天杀的谭少宇，他怎么能如此恰到好处地留了一沓钱给我，还那么水到渠成地题了字。

我的辩驳从这一刻开始苍白无力，我开始语无伦次地向他们解释：我和那个男的是朋友，我没有向他铺开了卖肉，我买了件衣服给他，那衣服正被他穿在身上，那不是嫖资，是买衣服的钱，我还有发票呢，2998，发票，我的发票呢……

我哭了，眼泪一下子淌了下来。

那位扛着设备的摄影师像位武林高手一样围着我走起了八卦阵，时不时切换焦距，嘴里叨咕着“那姑娘，你抬起头再让我拍一下，对对，给个正脸儿……”终于，我崩溃了，我在几个膀大腰圆的民警中间蹲下去，埋头大哭。

我不看法制节日，一见电视里有人分析案例我就转台，但我知道，不受结婚证保护的性行为是违法的。没逮着的就很诗情画意——信乐团不是就唱过首关于一夜情的歌吗——老情人，绣花鞋，不管你爱与不爱都是历史的尘埃。可一旦被逮着了就足够悲哀，会在寒风起站在牢门外，穿着腐朽的铁衣呼唤牢门开了。

“给你那位‘朋友’打个电话，叫他回来协助调查。”民警说。

我拿起电话，又放下了。我深知打了这通电话，情况就会不同，可我偏偏不想那么做。我不知道他会找哪个恰当的大人物通融，以怎样的方式摆平这件羞于启齿的事，我只知道一点，我不愿让我的男人受民警的恐吓暴露在镜头之前。他是个公众人物，公众人物的概念就是不能公布于众的人物。我给他添的乱够多了，我不愿意再乱上加乱。人生就像一盘棋，一句微不足道的“我爱你”也许不足以让我为他攻城略地，那么，至少它还可以鞭策我弃车保帅吧？

我流泪，摇头：“我没有他的电话号码。”

他们颇有深意地相视一笑，笑得睿智英明，神圣不可侵犯。他们问我：“哎，你不是他的朋友吗？怎么连他的电话号码都没有？”

我不语。

他们说：“那给你男朋友打个电话。”

我说：“我没男朋友。”

“给你婆婆打个电话！”

“我没婆婆。”

“不是吃过年夜饭吗！”

“我编造的。”

“那就给你单位领导打个电话！”

“我也没有单位，没有工作，我是个盲流，我就是干‘这个’的。”我一连串地说。

半蹲半瘫的我终于扬起脸，泪流满面：“我就是干‘这个’的，我是个……小姐，你们把我带走吧，要打要罚任凭尊便，我不想牵连别人。”

琴瑟和谐啊，多他妈美好的一个词！我想起谭少宇和梅兰妮牵着手的样子，珠联璧合的一对佳偶。再看看我自己这副尊容，头发蓬乱地跪坐在地上，眼泪像胶水一样粘连着头发糊在脸上，浴巾的下摆蹭上了一道血迹，为我狼狈的锦上添了朵红花。我问自己，你回来干什么呢？青春都散了场，留白的录影带早已被“时光”二字写了保护，你怎么可能重拾那些荒唐的、惨烈的、狼狈的爱情回忆，与他共度余生？

我跟谭少宇根本不是一个世界里的人，这样的屈辱，也只能由我来受。

民警同志们准备收队了，领头的那个给他上司打了电话，大致的意思是：逮着了，人赃并获，男的跑了，女的拒绝提供线索，估计她也不知道人家是谁……几对儿？就这一对儿还是群众举报的呢，年景不好，虚凰假凤都改民宅活动了……对，录了像，回头发给报社……看走眼？我会看走眼吗？这种女的，没证据证明自己的清白，那就是不清不白。再者，你见过良家妇女来事儿的时候还做这个的吗？真猛，流血不流泪，挣钱不要命……是啊，当然交易啦，三千呢，妈的这种货色都要三千……年景不好啊……

“这是你的东西吗？”年纪最小的民警指着茶几上的档案袋问我。

我说：“那不是我的。”

我的眼睛久久地锁定在那个档案袋上，那封可笑的鉴定书安安静静地躺在里面，袋口还铺了根更可笑的头发，自始至终，它也没被任何人动过。这就是我被带走前的最后一眼，然后我就死死地闭上眼睛，任凭眼泪顺着睫毛汩汩地向外淌，拒绝睁开。

我被治安拘留了。

关于这种事儿，最严厉的处罚既不是拘留，也不是罚款，而是通告家属。

我说：“我没家属，我是个孤儿，我只有一个女儿。”

民警的嘴角翘上了天：“呵，来这儿的人没一个承认自己有父母，倒是大多数都带着女儿。”

“那我们就通知你女儿，让她知道她妈妈都在忙些什么业务。”民警吐字如冰。

我环顾四周，只有冷清的墙壁和更冷的笑容。

深夜，我蜷在墙角，疼痛从身体里向着四面八方蔓延开，我不能呼吸，不能动，我呜咽着，像一只走投无路、被猎人用枪指着的困兽。没人管我有没有幼仔需要喂养，也没人放我一条生路，仿佛他们的兴趣便是用漠不关心的眼神最大限度地去欣赏一个女人的呜咽。

后来我打了个瞌睡，醒来的时候，米薇替我交了罚款。

不过是三十几个小时，我站在米薇家的玄关，恍如隔世。伊恋“哇”的一声向我扑来，我本能地向后退缩，竟然没敢去抱她。

米薇把玩着一个小药瓶：“从昨晚到现在伊恋一直在哭，怎么都哄不住，最后我只得喂她吃了片儿安定。”

米薇说着说着就开始苦笑：“我真是蠢啊真是蠢，我他妈怎么就一不小心认识了你这么个蠢女人！”

我死死地抱着米薇，哭得站立不稳。我把所有的眼泪都蹭在了米薇的身上，我前所未有地感到恐惧。我声线颤抖：“完了米薇……这回全完了，他们录了像，还说要登报纸……公司就快开除我了，还有乐天……他要是知道了我跟别人偷情，还让民警罚了款，他得怎么看我……呜——”

“你活该啊！”米薇一把搡开我，让我滑了个趔趄。

“谁让你自己扛着？你他妈要把谭少宇供出来不就全解决啦！他勾引的你，他是个男的，他有钱有势有人脉，出了事儿你让他顶啊！”

我哭着说：“你不知道的……米薇，你一点都不知道……他们扛着摄像机进来的，他们跟凶神恶煞一样。不错，谭少宇有能耐，律师法官、富商美女，他们都认识他，可警察不认识……谭少宇要是在场也会跟我一样受苦，也许他们还会打他，他那个脾气……谁知道会发生什么事……”

米薇愤愤地拉开阳台的门，吸烟去了。

我满脸泪痕地抱着伊恋，哄她睡觉。我轻拍着她的背，手指抹了一把眼角，脏兮兮的，可我还是笑了：“好宝贝，乖宝贝，你看妈妈不是在你身边嘛，咱们不哭，咱们睡觉……”

待到伊恋进入梦乡。米薇的轰炸又开始了。

她忍着怒火，声音压得很低："伊冉啊伊冉，从没见你对谁这么心善，怎么跟着谭少宇就变得宽仁慈爱了？你怕影响他的声誉，怕添他的麻烦，可你就不在乎自己的声誉和麻烦了？暗娼、小姐、失足妇女，你一遭全认了，是不是连游街浸猪笼你也不在乎啊？哈！"

我幽幽地笑了，这是出事后我第一次笑："米薇，你别这么阴阳怪气，我看起来很英勇？很坚强？很安然自若？我心里都快化脓出血了你知不知道！"

说完这一句，我又哭了。

看得出米薇这一次真的动了气，她咬牙，冷笑，她就是不哄我。她说："你咎由自取！就算没有结婚证，也不至于束手就擒吧？我问你，那只档案袋呢？鉴定书是什么性质的？它比结婚证还铁证如山，它可以证明跟你睡觉的这个男人是你女儿的亲爸爸，它可以证明这男人比你亲老公还亲！你为什么不把它交给民警！"

我瞪大了眼睛。

我觉得米薇真是聪明颖慧，不光分析得头头是道，就连老公这一称谓都能分出亲的和表的。才华横溢，不可等量齐观。

我咬了下嘴唇。我说："我忘了。"

米薇再也不说话，屋子里陷入大段的死寂。

好半天，我抬起头："跟我说实话米薇，我是不是留了案底？是不是从此带着污点生活？"

"放心，"她长长地吁了口气，"这种他妈的事儿，交点罚款足以搞掂，况且你也不是职业的，以你的承受能力还吃不了这碗饭。那份录像倒是真的给了报社，不过我发动行内的朋友把报道截了下来，当着我的面销毁了带子。此外我跟乐天都给你打了证实，没落下任何污点，你还是良民一个。"

我抓住米薇的手："乐天？乐天怎么会给我打证实？"

"乐天打你的电话，派出所接的。民警跟他通了电话，乐天证实你是他女朋友，你有稳定工作和固定住址，你们正在交往，谈婚论嫁，无非这些……"

我心想完了，多好的一个男朋友，多可怜的一个男人，分手后才得知女友是个失足妇女，即便这样还肯做证给我……只不过，一切美好都已烟消云散。

米薇"哧"了一声："别担心啦，派出所刚打过电话我就联系了他，说这是场误会，是我养了个小白脸惹了麻烦，这才求你做我的挡箭牌和替罪羊……乐天才没有分手的意思，人家且紧张你呢。"

米薇很没良心地笑了，可我却一点都笑不出来。我的心里只有沉重。

"我去洗澡了，我想睡一觉。"

"等等再睡！"米薇说，"我还有个最大的疑惑没有解开。"

我看着她的眼睛，仿佛知道她下面要说的话。

米薇说："伊冉，你我心里都清楚，男女酒店幽会，遭遇查夜，有现场，有物证，据你所说，还有一沓至关重要的人民币……听起来合乎情理，可白痴都知道这事儿没那么简单。姐姐我常年在江湖漂，可从未挨过这样的黑刀！你初学乍练的，没理由刚出道就中彩。你仔细回忆，有没有得罪过谁？有没有可能是谭少宇的女朋友？还有他，你当真见他用实名登了记？他不是去买饮料了？事后怎么也不见个动静？这一切一切，都值得商榷你知道吗？不行，我一定要帮你查清！"

"我累了，我只想睡觉。"我说。

"伊冉！"米薇大叫一声，"别以你是当事人，只要你不追究，这事就跟其他人等通通没关系。我好歹为你瞻前顾后，我有义务知其然，也有权利知其所以然！"

“我只想睡觉！”我也大喝一声，“知不知道你很讨人厌！我自己的事我都不去查，你凭什么替我操这份儿心！我把话撂在这里——这件事到此为止，我感谢你，我无以为报，我当牛做马报答你的大恩！可是米薇，如果你非要把这事查个水落石出，我不仅不谢你，还要……”

“还要怎么样？”米薇似笑非笑地盯着我。

“绝交，”我一字一句地说，“我和你绝交。”

米薇瞪大了眼睛愣了几秒钟，忽而笑了。她狠狠一捶桌子，指着我的鼻子说：“我—会—怕—你—来—这—个？”

我怔怔地坐在地上，看着米薇雷厉风行地穿好衣服拿了车钥匙，决然而去。那扇门就像是摔在了我的心上，摔得它粉尘飘落，摇摇欲坠，然后“轰”的一声，坍为一堵残垣。米薇当然不怕我。我老早就说了，她是大当家。她可以古道热肠替我出头，也有足够底气跟我翻脸。

但她不知道，有些事，是不能按道行去品量的。

即便我是个无药可救的傻子，在这三十个小时里，我也经历了由傻到精的蜕变与蛰伏——

和谭少宇约会的时候，我不知道自己在犯傻。

被警察带走的一刹那，我知道自己在犯傻。

局子里蹲了一天一夜，我在混沌中清醒地组合着罪恶的因与果，我早就说，我很聪明的。

在我用绝交威胁米薇，拒绝水落石出的时候，我简直说不出自己有多聪明了！

可无奈的是，米薇不干。在她眼里，我永远是那个单纯到闹太套的傻瓜。她会掰开一个金玉其外的烂橘子，告诉我，你看，你所嗅到的清香就是由这些败絮散发的。于是我在她凛冽而残忍的笑容里，失却了一个关乎金玉的幻想。

常常逼死人的不是真相，而是明明知道了真相，还逼着她再三面对。

伊恋甜甜地睡着，小嘴巴在梦里一吮一吮。我突然觉得我这个妈妈很失格，只要我安然无恙，我的伊恋就可以了无牵挂地入梦，我让我七岁的女儿劳心费神，这像什么话？

妈妈也累了，妈妈也想睡。你都不知道妈妈累了多久，明明瞌睡，却找不到一心无挂的温床。八年无梦，却徒留一声叹息。

泪眼模糊，可我还是准确地抓到了一件好东西，苯甲二氮卓，安定片的学名，可以让人入梦的好东西。我倒了杯温水，哆嗦着拿起那个小药瓶，白花花的药片儿倒出来的时候我哭出了声。然而我很快就不哭了，原来这东西甜丝丝的，比糖还甜。我把药瓶倒空，雪白的小药片儿塞进嗓子眼儿，一口水咽下了大半，再一口水把它们全都送进胃里，抠都抠不出来了。

这样，多好。

我躺在女儿的身边，伊恋习惯地翻了个身，架起小胳膊搂住了妈妈。伊恋，我的乖女儿，那就再抱妈妈一下，抱一下你就撒手吧，妈妈会变成一块大石头。就让薇薇阿姨暂且照顾你，她单身，是非少，有童心，还知道什么是热伤风……还有你那个生物学上的爸爸，他会让司机每周带你去吃一顿麦当劳，带沙拉酱和不带沙拉酱的汉堡，咱们一次买俩，连优惠券都不用，咱们吃一个扔一个……

更深露重，天昏地暗。我觉得冷，想披件衣裳，想喝口热水，可我睁不开眼睛……隐约觉得米薇回来了，聒噪的声音像滚过的闷雷："别睡了快起来！我这有重大收获呢，猜猜，举报你的人是谁？你想不到吧？呵——竟然是……伊冉，你在听我说话吗？伊冉，你没事吧……"

一大一小两双手在摇晃我，浑身像散了架一样酸痛，我听见了米薇和伊恋的叫喊，可我无法应答。

"伊冉，你别和我装啊，你醒醒啊……你该不会是……老天……"

米薇看见了丢在地上的药瓶，刹那间声泪俱下，“伊冉，你快醒醒啊，求求你别吓我啊……我带你去医院！我们这就去医院！来人啊！伊冉！伊冉！醒醒！谭少宇！你他妈最好祈求她安然无恙！”

有灯光照我的瞳仁。

我说，我要喝水。

大管子下到我的胃里。

不是水，那东西的味道熏得我翻江倒海。

我被架了氧气罩，上了呼吸机。

伊恋的小手一直攥着我，她喊我妈妈。

我的眼睛终于睁开了一个微小的缝隙，我胡乱地说，救我，我不想死。

我不想在死前喝的最后一顿水，是苦不堪言的高锰酸钾溶液。

我也不想在死前思念的最后一个人，是禽兽不如的谭少宇。

所以，我一定要活下来。

米薇的声音：“你死不了，可你不能再睡了，你吞了二十几倍的安定片，深昏迷了好几天，一度跟腱反射都消失了。伊冉你听我说，你不能再睡下去，不然真的可能永远都醒不了……若是脑中毒成了植物人，你就听不见伊恋喊妈妈了！你得保持清醒，一直跟我对话！不停地对话，你知道吗？”

我气若游丝，我看不见米薇的样子，但是我听清了她的意思。

我断断续续地说着也许连鬼都听不懂的话。

“真相……举报人……说给我……”

米薇一下子哭了：“我错了宝贝儿我真的错了，你别再问了，我不该替你出头……我跟你说着玩的，结果你说翻脸就翻脸。你对自己这么狠，气性这么大，谁还敢跟你这样儿的犟婆娘做姐妹……”

我用尽力气，吐了三个字出来。我说："我，委屈……"

说完，我感觉一丝凉凉的东西，冲破了我麻木的大脑，溢出眼角。流得那么缓慢，那么不可阻挡……

我不可能不委屈，心爱的男人架设了一个绝妙无比的局等着我跳进去。我唯恐表现得不够温顺，所以我英勇地跳了。我用对他的爱炮制了一个项圈，我以为钻进去，我就是一只无比温顺的忠犬。直到我被局中人套上了耻辱的刑枷，才发现他在等我的笑话。如果非让我总结这笑话的主旨，那就是：一只不知廉耻的猫在标榜忠贞的过程中不小心砸了锅。

不用米薇提示我也猜得到，谭少宇没用真实身份开房，那张身份证是伪造的；信封和钱是他老早就准备好的；电话举报，中途离场，时间掐算得刚刚好；如果我猜得没错，就连乐天得知消息都是拜他所赐。

他要我做他情人的时候就已经把结局说得明明白白——"我欠他的"。

欠了，就得还。

罚款，是本金；名节，是利息。

我得听从医嘱，我需要一直对话，保持清醒。

米薇说，她已经替我把鉴定书从宾馆取回来了，这一次咱们直接递交法院！不把他谭少宇诉得身败名裂头破血流，誓不罢休！

我艰难地错动着嘴唇："鉴定书……拿给我……"

米薇把那只档案袋拿了过来，我微弱的气力，擎着它，颤颤巍巍地取出那张鉴定书，一式两份的。就那么薄薄的两张纸，我攥在手里，却怎么也撕不开。

米薇急了："你要干什么呀！这可是你翻盘的家伙！你受了这么大的委屈，你让他折磨成这个样子，你……"

"帮我……"我吃力地向米薇传达着我的决心，米薇叹了口气，接

12 我一刀戳下去，如果血能溅在桌子上，这孩子就由你来养

乱哄哄的会议室里，南侧的沙发上端坐着菱镁矿山的合伙人，蜂拥而至的矿工们堵住了北侧的出口，会议室中央的长条桌上，一个女婴在襁褓里睡着。

投资方的座席是论资排辈的，正中最大的股东，那个叫邱城铎的老板微微眯起眼，露出鹰隼样的光。

“你们说尚怀忆死于顶板塌方，可说到底顶板也是由你们焊接完成的。顶板塌方，要么是你们施工队的问题，要么是监理方的责任。你们来找我这个投资人，强人所难了吧？”邱城铎摊开双手，扶在长条桌案上，不疾不徐道，“出了这样的事我很遗憾，可你们的态度更让我心痛。你们是劳方，我是资方，你们赚了我的钱反过来诉讼我，我进了班房，大家都喝西北风，第四季度的工资还压在我手里，你们这样步步紧逼，别怪我周转不灵。”

“你们说让我赔钱给死者，可我倒想问一句，我赔给谁？”邱城铎继续道，“死者的老婆和矿上的负责人一同跑了路！即便我愿意做这个被告，可你们总得找出个原告来吧？呵——你们谁愿意充当原告，向前一

步，坐下跟我说话。”

前来讨说法的矿工里只有寥寥几个人是尚怀忆的挚交，其余人等不过是被拉来壮声势而已。矿工们阵脚大乱，没人向前，倒是有不少人向后挪了步子。

刘锡仁是尚怀忆的拜把兄弟，眼看着矿工们落了下风，毫不犹豫地双膝跪在合伙人的面前：“老爷们，人死不能复生，这状我们可以不告，娄子可以不捅，就连说法也可以不要。可这个女娃毕竟是无辜的，才满周岁就没了爹娘。您慈悲慈悲，给她一条命吧。”

邱城铎冷笑：“我他妈的又不是个杀手！给她一条命？你让我怎么给？出钱？好啊，你让她亲妈回来问我要！你算什么东西，要钱还轮不到你！”

出人意料地，跪着的刘锡仁突然掏出一把刀子扯开了胸前的棉袄。

“我没别的，就一条烂命，我豁出命来只求你讲个公平！我一刀戳下去，如果血能溅在桌子上，这孩子就由你来养！”

“你戳吧。”邱城铎端起茶碗打着茶棍儿。

刘锡仁愣了。长条桌上的襁褓里突然发出女婴的哭声，凄厉地飘在偌大的会议室里。

刘锡仁一闭眼，刀子对准前心。

“且慢！”

合伙人的座席里，最偏僻的位子上站起一个美丽女子。她是合伙人谭玖光的女人，小老婆，周静宜。

周静宜问刘锡仁：“如果我说，这孩子的抚养费我出了，你能不能收手，并且平息这场风波。”

刘锡仁答：“行。”

周静宜又说：“我每年多出五千块，你帮我将这孩子抚养到十六岁，如何？”

刘锡仁思索片刻："行。"

周静宜盈盈浅笑，面向邱城铎："小女子失礼了，还请邱哥包涵。"

邱城铎略带吃惊，谭玖光则坐在一旁，笑而不语。

周静宜走过去，将襁褓里的女婴抱起来。很神奇地，哭声回落，女婴对周静宜表示出非凡的友好。

"这孩子叫什么？"周静宜问刘锡仁。

他从地上站起，掖好了衣服。他感恩戴德地望着这个美丽的女人，清晰做答。

"尚芳剑，芳香的芳，宝剑的剑。"

米薇乐不可支："你爸爸怎么给你起一这么土的名儿？"

我费力地笑笑，气息微弱："没办法，那个年代……流行什么宝剑锋从磨砺出，梅花香自苦寒来……能把两句诗整合到一起，我觉得我爸爸还是挺艺术的。"

米薇吐了下舌头："不该打断你，你继续你的艺术人生。"

那个叫周静宜的女人把我寄存在刘锡仁家里，每年给他一笔钱，让他供养我上小学，上初中。我十四年里见了周静宜三面。我感谢她，我把我所有珍贵的东西拿出来感谢她——我采的草药、我画的画、我用崭新的一分钱叠成的手工品……她什么都不收，只是叮嘱我好好读书。看得出，她很喜欢我。她说待我年满十六周岁就安排离开家，去她的城市读高中。如果成绩好的话，她还会出资让我读大学。

后来计划提前了，因为初三的那一年寒假我偷偷去邮局给她打了通电话。我问她，我会怀孕吗？她说当然。我一下子就哭了，断断续续地跟她说："我一猜就是这样，她们都说只要男的跟女的在同一张床上睡过觉，女的就会怀孕。"周静宜吓了一跳，她问："你跟谁睡觉了？"

我说："刘锡仁的儿子，今年十三，每每他父母外出，他就脱光了衣服爬到我床上，强迫我跟他睡觉。"她又问："你们俩是怎么睡的？"我说："睡觉啊！就是睡觉呗！他搂着我，不让我动，还隔着衬衣蹭来蹭去的……"

周静宜告诉我，第一，我不会怀孕；第二，我不必担心，她很快就来接我。

那一年我十四周岁，我被一台四个圈的大黑车接出了矿山，接到了A市。周静宜在A市定居，做一些钢材生意。

那是尚芳剑第一次走出矿山来到大城市，尽管那时的钢城比照最辉煌的年代已略显萧条，但在乡下妹尚芳剑的眼中，那里简直是她不敢企及，如今却又触手可及的天堂。周静宜带她喝了次下午茶。那一回，拘谨的尚芳剑盯着自己的脚尖儿，连头都不敢抬。周静宜年近四十，美丽依旧，只不过眼里的锋芒有些钝化了。女人处在她那个年龄和她那个地位，多半是心力交瘁的。整个过程中，尚芳剑只主动说了一句话，她问周静宜，自己该怎么报答她。"您帮助我，是人情；不帮，是本分。您和您先生并不欠我什么，即便曾经欠过，也还清了。"周静宜面对懂事的尚芳剑淡然一笑："那就冲'人情'二字好了。我们投缘，你又是个上进的好孩子。我务必这样。"尚芳剑说："可我没什么可以拿来报答您的，即便是我最珍贵的东西您也看不上眼。"周静宜回答："如果你觉得报答能让你好过一点，那就记上一笔账权当你先欠着我的好了。我是个生意人，每一笔投资都要看重回报的。"

就因为这一句话，我被罩了一层莫名的压力。别人念高中考大学是为了理想。而我，或许也是理想，是一种和债捆绑在一起的理想。

周静宜为我租了房，办了借读。隔一段时间，她会让她的司机送来生活费。起初我以为他就是她的司机，就连她请我吃饭的时候，他都肃然等在车里。可有一次我在楼上不经意地窥见那个男人和周静宜在车子里缠绵拥吻，我才知道这个女人也是不甘寂寞的。

那一年我作为插班生考上了市重点高中，×中，个子也蹿到了一米六五。

我的高一和高二都在平静中度过，除了成绩比较突出，没人会注意到一个土里吧唧，只会用帆布鞋配校服的女生。我自幼就是个拘谨而孤僻的人，那不是先天的——我绝不相信一个跟男人私奔的女人能生出什么安分守己的女儿。但是，我需要承认后天的烙印太强大了。没人教我，我四岁的时候才学会说话。我没有一个伙伴一样玩具，我是个学习的机器，因为只有解题的时候，我才能找到一种类似于智力游戏一样的快乐。久而久之，我就成了那个样子，很冷、不解风情，甚至迟钝。我朋友很少，偶尔，会有两个女生在落单的时候找我一起上厕所。至于早恋，就更没可能了。

升入高三，有两件事让全校轰动。一件事是，我从高二开始保持的月考年级第一名已经连续累计达十四次。另一件事更具有爆炸性，周静宜的“司机”在校门口送钱给我的画面，被我的同学们尽收眼底。起初我也没有意识到这意味着什么，甚至有人疯传某高三女生用援助交际的方式筹取学费的时候我还煞有其事地凑过去问她是谁。

她是谁？

没人给出具体的答案。

那模糊的答案呢？那女生系孤儿一名；成绩不错，连续十四次的月考第一；仗着自己有早熟的思想和更早熟的身材……

我怎么凑过去的又怎么凑回来了。

我蒙着被子偷偷哭了一个晚上。我恨周静宜。她找了个方便偷情的司机不说，还非让他开着骚包的车子招摇地来学校给我送生活费，还非在刚下晚自习门庭若市的时间段，还非要字正腔圆地把信封递给我说“这是你上个月的生活费”，还非要在我鞠躬说谢谢之后一本正经地回答“没关系，你应得的”……

我心痛地想，这回再也没有女生找我上厕所了。

再就是，我再也没有可能早恋了。

那个时候还很单纯，想法也不与时俱进。就像当今的各种门事件一样，哭天抹泪的当儿，自己已然不动声色地火了。

我应该想到，就在各路神仙对着我的背影戳戳点点的时候，我不知不觉地成为了众多男生的YY女神。

我所有的秘密都不再是秘密。

他们知道我的住址和门牌号，每天早晨我会在订购的奶瓶上发现诸如“喝哪儿补哪儿”之类的小字条；体检的那一天，他们用十个烤串收买了一个女生偷了我的体检报告，把其中一项很感兴趣的数据圈上小红圈儿；每每校长要我作为学生代表上台发言，台下掌声雷动堪比省长视察；后来有一次我在讲台上跌了一跤，马上有人编了笑话：为什么尚芳剑爬讲台时会跌倒？教导主任说，肯定是熬夜累的。男生们跟着起哄，是啊，太不容易了，黑天白天的……

我终于变成了一个严重的自闭症患者。有同学，尤其是有男生在的地方，会让我觉得不安全。

“还讲吗？”我问米薇。

“当然啊，”米薇的眼睛贼亮，在黑漆漆的病房里一闪一闪的，“这是你排毒阶段，你知道二十倍的安定片里有多少苯甲二氮卓残留在你的中枢神经里？”

我说：“姐姐，首先，我都不想睡了，我现在口干舌燥只想喝水；

况且，你知道讲这种故事多难为情？必要的时候还会有很虐的段子，小虐怡情大虐伤身，尤其是以‘我’为故事里的主线索进行追忆，不仅伤身，还会伤心。总之我会有一种忏悔录的感觉。”

米薇怎肯罢休：“你早年不是叫尚芳剑吗？你把她当成另一个人就好。我不想听你忏悔，我想听伊冉讲述尚芳剑的故事。”

我真是高估了米薇的善心，真的，这哪里是治病，这分明是要把我折磨死。我都快迷失在我自己的故事里了，可她却唬着一张脸非在我面前立一面镜子。这一下我无处可逃了，我用迷茫的眼睛望进了镜中人的灵魂。

13 那一年的谭少宇目空一切，但他的眼里只有她

○ ● ● ●

×中里还有另一个焦点，高二的男生，谭少宇。

八年前的×中，高三的尚芳剑和高二的谭少宇是轰动全校的两个天才。尚芳剑可以用至少两套方法演算物理题典上每一道鬼见愁的难题，而谭少宇早在高一下学年就背完了王长喜四级词汇。英语老师批改他的作文，通常要带个文曲星在身上。

在遇见这么两个尖子生之前，×中这所重点高中已经在“零清华”的记录里蛰伏了整整五年。他们的出现让全校老师欢欣鼓舞，久旱逢甘霖的感觉也不过如此。

自闭的尚芳剑并不知道谭少宇其人，一点耳闻都没有。

谭少宇在一定程度上转移了男女同学的目光。在她安静学习的时候，在她没有新闻的阶段，学生们在枯燥的生活里依旧拥有新鲜谈资。

他是完美男生的代名词。

高二那年圣诞节，他收到了四百多张圣诞卡，绝大多数是女生送的，那时候全校的女生加起来也不过才七百多人。当年的女孩们还是很羞涩的，两层楼的距离，她们很少亲自去送，非要往一站地之外的邮局跑一

踊。传达室的大爷特意为谭少宇开了个“专线”，用买菜的竹筐来装贺卡，满了就给他送过去。有个高一的小女生给他写了封信，问他能否在她生日那天的体活课上陪她打一次羽毛球。后来谭少宇送了她一副五百多元的国家队专用球拍，并且当着所有同学的面亲自送过去给她，那小姑娘热泪盈眶当时差点儿没晕过去。对于×中的女生来讲，谭少宇这三个字，那是带着万丈光芒的，就像现在的韩庚魏晨SuperJunior东方神起一样。

就在这样的大背景下，×中的两位重磅人物遭遇了。

那一次，谭少宇哥们儿几个一顺水地站在光荣榜下面，同学甲拍拍谭少宇的肩膀：“瞧瞧，这个高三的骚包女生可以啊！你考第一，她也考第一，无论哪次发榜她的照片都牢牢骑在你上面。尚芳剑，上方剑！这什么名儿啊？总把上方剑悬在自己头上，不是什么吉利事儿，少宇，你得想办法把她做掉。”

同学乙：“怎么做掉？你没看见那骚包女的发挥比少宇还稳定？据说大小考试累计起来，她已经连续十四次问鼎年级第一名了，我们学校的纪录才十五次，是五年前一个考上北大的学姐保持的。那学姐可是个文科生。我就没见过学理科的女生这么猛的，洪水猛兽一样。”

同学丙：“本来少宇是咱们学校的奇才，是可以改写学校历史的人物。可那个骚包女把少宇的光芒挡了个严严实实。即便你是‘奇才’又怎样？人家可是‘湖人’。”

同学甲：“不是我说你啊少宇，你天赋那么高，脑子那么灵，父母又是大款，怎么就被一援交女把风头盖了过去？别人晚上学习，她晚上得打工干活，最后学习工作两不误，回头还破了学校纪录，接受学校的最高荣誉……你情何以堪啊？”

同学乙：“我粗略地算了下，少宇目前仅仅三次卫冕，如果那个‘援援’发挥正常，即便少宇一直坐庄到高三毕业，连庄次数也不可能多干她。”

四个人边说边打了场2v2的篮球。半小时后甲乙丙体力不支地拄着膝盖大口喘气，看着谭少宇一记精准的后仰跳投空心入篮。然后，整个过程中一直沉默的男主角发了话。他转过身问三个人："你们说——怎么才能限制住高三年级那只'洪水猛兽'？"

甲："让她正儿八经地跟男生谈场恋爱，谈恋爱最消磨斗志了。"

乙："别给她复习时间，让她回了家就看电视。对！让她沉迷于那些无休无止的台湾影视剧，她一准儿落榜。"

丙："以上这些通通扯淡。她在校外租房，就住我家隔壁，电视压根儿没有。你们还让她谈恋爱？怎么爱？援交女的眼里没有爱，只有钱！让别人爱上她？你你你还是直接把那人杀了吧。"

甲："她是你邻居？那你有没有在午夜时分听见隔壁有异样的响动，比如野兽的喘息？"

丙："说实话，真没有。也许是喘得太温柔，声息皆无。"

乙："你怎么确定不是你没听见，而是没有？"

丙："因为我在墙上扣了个铜盆。"

谭少宇又一记跳投，再次空心。

甲："你要是能在三分线外来一次空心，我就绕着操场跑一圈！"

谭少宇退到线外，略微瞄准，果断出手。空心命中！

甲："你要是能在三秒区外腾空把球扣到篮筐里，我就跑十圈！"

谭少宇退了十米远，猛地助跑，到三秒区外笑嘻嘻收住了脚步。谭少宇说："敢跟你打这种赌的不是乔丹就是傻瓜。要不这样得了，你要是能把那柄'上方剑'从我脑袋上拿下去，我也跑十圈！"

甲："我拿不下，你自己要是能把她'做'了，我就跑一百圈，天天跑！以后有了媳妇带着媳妇跑，有了孩子推着婴儿车跑！"

此类斗嘴在今天看来实在无聊，但在那个时候，却是枯燥生活里为数不多的消遣。谭少宇乐衷于跟男同学打任何形式的赌，再不动声色地实现它。就像在做网游任务，在最没意义的事情里追求着最大的乐趣。

谭少宇从小心理阴暗，他喜欢别人惊掉下巴的样子。他打了个响指："这是你说的。我赌尚芳剑下次考试一定跌下宝座。输了的话我就天天跑，我一口气跑到美国去！"

这便是尚芳剑与谭少宇故事的序曲。谁也不曾想到谭少宇真的会把这个玩笑一样的打赌放在心上，并且下了那么大功夫去赢下来。

我告诉米薇，他真的就那么做了。为了让我在下一次考试中败下阵来，谭少宇做了一系列的，在外人看来简直不可理喻的事。

起初是这样的。

打赌那件事过了差不多五天的时候，尚芳剑在放学前收到了一封信。这是她高中时代收到的第一封信，简短得只有二十几个字。

To：尚芳剑

我关注你好久了，想和你交个朋友，希望你别拒绝。

谭少宇

那封信尚芳剑一共看了三遍，晚自习看了一遍，回到家看第二遍，第二天起床看第三遍。没什么脸红心跳的感觉。唯一的感慨是，这个叫谭少宇的人写字真漂亮啊，自己怎么写不出那么有甩头的钢笔字呢？

我笑着对米薇说："你相信吗？当时我都不知道谭少宇是男是女。"

谭少宇翘首等待了三天，没见尚芳剑有丝毫反应。甚至有两次，谭少宇刻意跟她走个碰面，而且大老远就明眸善睐地盯着她的脸，可惜的是，尚芳剑两眼直视波澜不惊，完全一副目中无人的样子。

这一个晚上，谭少宇打发了他的司机。远远地看见尚芳剑慢腾腾地走过来，谭少宇咬牙切齿地跟在她身后。尚芳剑拐进一家文具店，谭少宇就跟着进了文具店。尚芳剑买了一支黑色的碳素笔芯，拿出一支破烂的笔管。笔帽已经松动了，很蠢地缠了层透明胶。趁着这个工夫谭少宇驾轻就熟地挤了个微笑出来。“嗨——”他说。

尚芳剑抬头看了他一眼，环视左右，身边没人。

“嗨——”谭少宇有点害臊地说了第二遍。尚芳剑猛地回了下头，仍旧没搞懂他在和谁说话。

谭少宇用虔诚得近乎可怜的眼神向她示意着：对，我就是在和你打招呼。

出乎他意料的是，尚芳剑同学竟茫然地抬起眼，问笔店的老板：“那个人……他是不是来找你买笔的？”

谭少宇快要被她搞得精神分裂了。

他整理了一下几乎抽搐掉的脸，继续微笑。他说：“我是来找你的，尚芳剑。”

“你怎么知道……我名字？”尚芳剑一脸不解地看着他。

“你告诉我，在美国有人不知道希拉里·克林顿这个名字的吗？”谭少宇觉得他这个反问很有质量。

尚芳剑面对如此有质量的问句毫无反应。

谭少宇无奈地说：“你告诉我，在学校里有人不知道你尚芳剑的大名吗？”

她脸红了一下：“哪有那么夸张。”

谭少宇继续问：“前几天，你是不是收到了一封信？”

尚芳剑一惊：“你……是怎么知道的？”

谭少宇说：“我写的我能不知道吗？！”

尚芳剑这才仔细地打量了他一番，末了支吾地说："哦，原来，你真是个男生。"

谭少宇再次精神分裂。

尚芳剑看出了他的尴尬，忙不迭地解释："不是不是……我没有别的意思，其实……我猜你也是会是个男生的……"

谭少宇不分裂了，碎得跟渣儿一样。

谭少宇觉得像咬嘴唇啦、抠手指啦、低头不语啦，都是些害羞的小女孩才流露出的小动作。

而那天晚上，面对尚芳剑的时候，谭少宇把那些小动作轮流做了个遍。文具店里陆陆续续地有同学进出。谭少宇轻咳了一声："那个，咱们边走边说好不好？"

尚芳剑跟着谭少宇出了文具店。

两个人漫无目的走在路灯下，前后隔着三米的距离。谭少宇有意地放慢速度，哪承想他慢下来，尚芳剑就变得更慢。他要是徐步前行，尚芳剑就能原地踏步。无奈之下，谭少宇只得加快步子，每说一句话都要先扭回头，说完了再转回去。

他说："尚芳剑你是不是对我有些反感？"

"啊，没有。"尚芳剑一副游离的样子。

"那你怎么没给我回信？"他问。

"因为你忘记写地址了，我不知道往哪里回信。"她说。

谭少宇攥了攥拳："啊，对，我是忘了。可我现在面对面地问你，就不需要地址了吧。"

"我想跟你做朋友，怎么样，同意吗？"谭少宇问。

尚芳剑问："你指的……是什么范畴的……朋友？"

谭少宇说："你别误会，我说的就是比路人稍微强一点点的那种朋友。”

尚芳剑长出一口气：“哦，行吧……你说怎么样，就怎么样呗。”

谭少宇觉得这个晚上发生的一切简直是他有生以来最大的耻辱。“你说怎么样就怎么样”——这算什么回答？还有，她凭什么在他解释完朋友的概念之后露出那样一个如释重负的表情？她凭什么在一个勉为其难的“行”字后面又加了个表示疑问的“吧”？这些这些，还有这些，都凭什么！

可是谭少宇马上又想到，不久之后，这个又欠揍又让人恨得牙根儿发痒的女生马上就要在他的阴谋之下连滚带爬地跌下榜去，嘴角马上就浮现了一层奸笑。高二的生活真是太无聊了，做这样的任务要比一切电脑游戏都疯狂、都好玩。

谭少宇东扯西扯些没用的话题，他回头问：“哎，我发现你那支碳素笔坏掉了，干吗不买支新的？一个整洁的女生用一支缠了透明胶的旧碳素笔，多不合适？”

尚芳剑一笑：“那有什么不合适的，笔是用来写字的，只要我写出来的字整洁就行了呗。”

谭少宇被挤对得连连点头，又转过身来。

“哎——”他又问，“你物理成绩那么好，有什么诀窍没有？也传两招给我吧。”

尚芳剑说：“你听讲就好，物理的精髓都在老师嘴里，他说到哪儿你就听到哪儿。”

谭少宇：“那你写笔记或者讲义什么的吗？”

尚芳剑摇头：“我从来不记那些东西，效率太低了，写笔记的时候那些讲解就错过去了。”

谭少宇说：“难怪，我一直都写笔记来着，讲课我听不进去，犯困。”

少顷，谭少宇又说：“你看电视了没？昨晚上新版《倚天屠龙记》苏有朋出场了，那叫一个帅气。你喜欢苏有朋吗？哎——”

谭少宇一回头，不见了尚芳剑的影子。

没了。

真的消失了！

“尚芳剑——”谭少宇喊。四周寂静，毫无动静。

这叫什么事？好歹也算是谭少宇约会她一次。可是就这么三米远的距离，他居然把她给带丢了！

谭少宇开始担心起来。他看了下表，八点一刻。她一个女孩子家怎么说不见就不见了？会不会在他侃侃而谈的时候出现了歹徒，捂着嘴把她劫持了？或者是，她走路没有看脚下，跌到井里去了？虽说把尚芳剑“做掉”是谭少宇此番的终极目的，可“做掉”不等于害命啊。尚芳剑，她到底哪里去了？

谭少宇顺着原路返回到文具店，一边走一边喊。他询问店老板，那个买笔芯的女生回来过没有？老板一问三不知。

会不会尚芳剑压根儿就没走丢？她会不会还在原地等着自己？谭少宇又从文具店回到她失踪的地方，跑着回去的，汗流浃背。

还是没有。谭少宇愈发担心了。校门口贴着公告，近期校外不断有案件发生。即便是结伴的男生都有被抢劫的案例，何况是女生？何况是独身一人？谭少宇已经不敢想了。

在那条通往文具店的路上，他来来回回跑了四遍。喊了“尚芳剑”这个名字不下一百次。他找遍了周围所有僻静的楼角，那个可恨的女生就像凭空蒸发了一样。后来谭少宇发现，就在他们散步的路边有一口可疑的下水井。他用脚踩一下，盖子就动一动。谭少宇生出了不好的预感——难不成，尚芳剑她掉进去了？

他贴着井盖喊她的名字，他费力地搬开井盖喊她，他向里投了颗石子，听见了清晰的回响，才知道井中空空如也。

谭少宇一直折腾到十点半，浑身酸臭。一切迹象表明，尚芳剑丢了。是在他谭少宇手上丢的。他打了个电话给同学丙，让他务必去隔壁看看尚芳剑回家了没有。

同学丙说："甭看了，她八点一刻就回来了，跟我走了个碰头呢。"

谭少宇无力地跌坐在地上，两眼发直，念经似的诵出几个字："妈的，极品啊。"

第二天晚自习的时候，谭少宇出现在尚芳剑教室门口。敲了两下门："尚芳剑同学，教导主任找你。"

女生们的目光很热切，谭少宇有点习以为常了。

尚芳剑慢腾腾地出了教室，跟在谭少宇的身后。谭少宇并没带她去教导处，而是去了教学楼后面的假山。尚芳剑停住不走了。

"你这是带我去哪？"她疑惑不解，"不是说教导主任找我吗？"

谭少宇回头，正色道："她不找你，我找你！"

尚芳剑嘟囔了一句"那我回去了"，马上就是一个利索的向后转。

"站住！"谭少宇大喝一声，把她吓得一哆嗦，原地不动了。

"你可以啊尚芳剑，"谭少宇绕到她的身前，逼着她抬起头，"昨晚上我约你走走，你要是觉得别扭尽管拒绝，可你连声也不吭就半路溜了算怎么回事！"

"啊？"尚芳剑一愣，"原来……你是想约我走走啊。我还以为你是……顺路回家呢……"

谭少宇觉得自己的精神分裂被尚芳剑给治好了——他，他，他和他，他们都很好。

尚芳剑的声音越来越小："昨晚我们走着走着，就到了我家楼下……

我想，反正大家都是各回各家……所以，我就上楼去了……”

谭少宇盛怒：“你回家的时候不会跟我道个别吗？！‘再见’，一声‘再见’，你会不会说？”

“对不起对不起，”尚芳剑一张脸憋得通红，“我听你说的，咱们就是比路人强一点点的朋友，我以为……不用那么客套的。”

天可怜见，谭少宇一忍再忍，心里不断安慰自己说没事儿，没事儿，她不是人类，她不是人类，她是洪水猛兽，不能拿人族的标准去要求兽族，可还是一个没忍住暴跳如雷：“就算咱们是最淡最浅最薄的朋友，就算连‘再见’都不用说，可你不会打个招呼知会一下吗？你知不知道我原路返回找了你好几遍？知不知道我十点半才回的家？我甚至把井盖都翻开了怕你掉进去，为什么？就因为一个正常女生掉井里的概率都比一声不响走掉的概率大！”

“对不起对不起对不起……”尚芳剑连头也不抬，一个劲儿地道歉。她说，“其实我想和你打声招呼再走的，你可能不知道，我家楼道里的感应灯全都坏掉了，黑得吓死个人。昨晚我恰好看见邻居打着手电筒下楼来，我一想到还能蹭点儿光亮，就急匆匆地跑上去了，开了门才想起你。我想……反正你又不差我的那一句告别的话……”

“我真的不知道你费了那么大周折找我，要不这样吧，我欠你一句‘再见’，我现在补上行吗？”尚芳剑说，“再见，谭少宇。”

说完转身就要离开。

“你回来！”谭少宇这气大了，这叫什么补偿？

他说“你等一下”，转身跑小卖部里买了个笔记本，回来塞到尚芳剑手里。

“道歉就要拿点诚意出来，尚芳剑，好歹你昨天折腾我半宿，不能就这么算了。你物理那么好，干脆甭听课了，帮我记笔记算了。记满了一本拿给我，咱们就算一笔勾销。”

尚芳剑寻思片刻，抬起头问他：“可咱们不同年级，我的笔记对你有用吗？”

谭少宇说：“当然，谁不知道你们高三年级的讲义都是精华！并且我要沿用你的成功经验，我找人代笔就是为了自己专心听课。”

尚芳剑一皱眉：“可我自己也得听课，咱们换一种方式……行不行？”

“不——行！”谭少宇回答得斩钉截铁，“这位同学，我这个人呢，最接受不了的就是别人欠我东西。人情也不可以，有欠就得有还！”

尚芳剑说：“好吧好吧，正巧我最受不了的就是我欠别人东西。这个人情我还给你还不行……”

“不许应付！要一笔一画，别偷工减料。”

待到尚芳剑叫苦不迭地返回教室，谭少宇喜上眉梢。小样儿的，你物理不是好吗？我让你听不成课！

尚芳剑那副眉心里锁了头大蒜的表情让谭少宇实施预定计划的念头更加坚决。像这样的兽族就得予以打击制裁，怎么可能让她占据年级第一名压迫着行为正常的人类？

“还有这么一段两小无猜的故事？”米薇低低叫了一声，“貌似这禽兽自打高中那会儿就很虐啊。”

我有气无力地笑了：“高中时代的谭少宇就是那副目空一切的死样子。他容不得别人强过他一点点。我什么都没有，什么都不会，只是分数高了一点。即便这样他都不肯放过我。也不知道我怎么那么倒霉偏偏被他盯上了。”

米薇轻语道：“时隔了这么多年，你说出‘倒霉’两个字的时候，眼睛里还盛装着那股叫作‘欣喜’的涓涓细流。”

我费力地皱了皱眉：“别开我玩笑，这场纠葛差点儿让我撒手人寰……我跟谭少宇不共戴天。”

米薇窃笑：“唉，要是有那么一个目空一切的帅哥爱上我，我也会心动，也会为他寻死觅活的。”

我说：“算了吧姐姐，追你的帅哥还少吗？！这话若是发自肺腑，我面前这个婆娘一定是死过几百次的厉鬼。”

我揶揄她，但是不可否认她的话很受用。那一年的谭少宇目空一切，但他的眼里只有她。

那件事过了不久，谭少宇再度不甘寂寞地骚扰了尚芳剑。他给她写信，问她笔记进展得怎么样了。这一次尚芳剑给他回信了。第一行写了三个字：记着呢。第二行写了一句话：下次别总写信了，太贵。

谭少宇又气又笑。他又给尚芳剑回信，教给她一个省钱的办法。

你把收信人和寄信人的地址对调位置，记住了别贴邮票，就那么投到邮筒里。邮递员发现邮资不够，就会按寄信人的地址把信退回，这样我不就收着了吗？而且我还告诉你，邮局寄信的效率低，可退信的效率那是相当高的。一般来说，半天就到！

尚芳剑按照他的计谋小试了一次，以得手告终。后来两个人就用这种免费书信保持着不咸不淡的联系，当然，基本上都是谭少宇主动，尚芳剑只是礼貌性地回信而已。为了掩人耳目，两个人用各自的住址作为通信地址。直到最后，学校里没有一个同学知道他们俩保持着书信往来。

通过写信，谭少宇大致了解了尚芳剑的生活习惯。她说她是孤儿，只身来这里借读，她没有亲戚朋友，没有业余爱好。看书复习既是她的任务也是她的兴趣，那是她放了学唯一能做的事。谭少宇没问她“援交”的事，相反还对她抱有些许同情，一个女孩子，孑然一身，想要读书上大学，还能靠什么？

谭少宇觉得不妥，单单占据她的课堂时间还不足以令她跌下榜来。他务必要让尚芳剑在课余时间里迷恋上什么，只有如此，才能劳其筋骨饿其体肤，先不能自拔，再不能自理。对！就这样。

有天晚上，年级篮球队训练到很晚。谭少宇是铁打不动的得分后卫，二年级篮球队的半边天。八点多，谭少宇和甲乙丙几个人慢慢悠悠地走在校外。在同学丙的楼下，同学甲一捅他："哎，那不是你们家邻居那位猛兽吗？她干吗呢？"

谭少宇也顺着甲的手指望过去，气得没乐了。

有家食杂店为了招揽生意把电视架到了外面，正播放新版《倚天屠龙记》的最后几集。尚芳剑手里捏着瓶汽水，抿着嘴眉头紧皱，正丝丝入扣地配合着剧情运气呢。同学丙讥笑道："真是邪了门，她怎么也看上连续剧了，还看得那么专注。"

谭少宇知道因由，这部连续剧就是他推荐给尚芳剑的。他把它吹得神乎其神，告诉她有多么多么好看，目的就是拖延她复习的步子。其实谭少宇压根儿一集没看。

三个人拉了谭少宇一把："行了行了别望了，走啦。"

谭少宇笑："别别，让我再看一眼，天！那表情，太经典了。"

回到家谭少宇继续给尚芳剑写信：你在楼下蹭连续剧看的时候被我撞见了，怎么还捏了瓶汽水？什么年代了？你拿瓶可乐看电视我也多少能接受些，汽水……呵呵呵。

尚芳剑回信：呵呵个什么呀？汽水五毛钱一瓶，你没见我只喝一口就不喝了吗？要不是我害怕蹭电视遭白眼，我才不买呢。还有，我发现你推荐的这部连续剧真的很好看，可惜我从三十集开始看的，眼看结局了。错过一大半呢。

谭少宇那个风化。眼看上大学的人了，《倚天屠龙记》都不知道，就冲这一点也不该把她划分到人类。

看来尚芳剑并非古板得无懈可击，从三十集开始看一部武侠剧都能入迷，看来这次的mission基本没悬念了。谭少宇忖度着。下一步计划，让她把前三十集补上，补上之后再给她看新的武侠片。怎么补呢？给她弄台DVD，再买一整套碟片。或者直接上电脑，硬盘里装满金庸的片子。

谭少宇不是没那个本事。可他转念一想自己真是蠢得可以，明明是耍她一下，干吗花那么大成本？直接让她去看书不就结了？

谭少宇让保姆去地摊儿买盗版的金庸武侠小说。

保姆打电话问他是买那种合集的，还是买分册装订的。合集的文字密，读起来费眼。分册的视觉效果就好很多。

谭少宇吩咐保姆："要合集的，越累眼越好。"

转念一想不行。书印得密，看得就快，尚芳剑要是一目十行怎么办？那岂不是两个晚上就能看完通本？她不是人类，她可是猛兽。谭少宇想。他又吩咐保姆："要分册的，间隙大一点，可以细细研读的那一种。"

转过天，谭少宇没有参加球队的训练。他跟在尚芳剑身后，看着她回家放了书包，又一溜烟地跑下楼买了瓶汽水安静地站在电视机的旁边。她微微眯着略带近视的眼睛，聚精会神地盯着那个十九寸的荧光屏。

谭少宇轻轻拍了她的肩膀，把尚芳剑吓得一蹦："你……你怎么出现了？"

"我？乾坤大挪移啊！"谭少宇眯眯一笑，"哎，怎么样，想不想知道整个故事的来龙去脉？"

一向犹犹豫豫的尚芳剑听了这句话如同上足了发条的木偶，一路细碎地点着头说"我想我想"。

谭少宇就像个无所不能的魔术师一样，从书包里翻出一本厚厚的《倚天屠龙记》，在尚芳剑的面前一晃。"正巧我从一个在图书馆上班的哥们儿手里借来这本书，我没看过，你也没看过，于是我在考虑，到底要不要先借给你呢？”

那个场景，一米八几的谭少宇晃着那本带着油墨香的小说逗着她。在他面前，一米六几的尚芳剑就像一个追逐着氢气球的小孩子，笨拙地张着手去够。终于，她把那本心仪的书抓在了自己手里。谭少宇的心里邪恶而畅快，他意味深长地看了尚芳剑一眼，猝不及防地，他看见了她那纯净得不带任何造作的笑容。

“这样厚的一本书，你大概多长时间能看完？”谭少宇问她。

尚芳剑认真地翻了翻：“怎么也得二十个小时吧。我看书很慢的，而且……我白天没时间，就算晚自习我也不上了，充其量每天只有三四个小时。”

谭少宇微笑，慢慢地摇头：“不行不行，太慢了。我可提醒你哦尚芳剑，这本书是我借来的，五天之后就要还给人家，且不说我还在眼巴巴地等着。就算五天都给你，就你那速度，也看不完啊。”

尚芳剑马上改了口风，生怕他一下秒改变主意再把书收回去。

“明后天，我有四节自习课和两节物理课，我都用来看它！”尚芳剑说，“你给我两天时间，行不行？”

谭少宇装作为难地抿着嘴，心里笑得鬼哭狼嚎：“好吧尚芳剑，那你可机灵着点儿，别让老师逮着。”

谭少宇觉得这一次真的万无一失了。两天过后，尚芳剑第一次主动找了谭少宇，意犹未尽地把那本书放在他的手上：“这个故事太凄美了。能不能申请多留一天？我想再看一遍……”谭少宇把眼一瞪：“不能！”转瞬又笑眯眯地拿出本《天龙八部》来。

就这样，一来二去，尚芳剑算是彻底被谭少宇给腐蚀了。本来就清汤寡水的一张脸，更是白得像蜡纸一样。因为缺乏睡眠，尚芳剑走起路来摇摇晃晃，一阵风就能掀翻了似的。昔日的猛兽眼见着憔悴，尚芳剑不但没有识破谭少宇的诡计，相反还请他吃了份校门口的麻辣烫。谭少宇埋头大吃，对面的尚芳剑木雕泥塑地捧着书争分夺秒，谭少宇原本有那么点怜香惜玉的意思，见她那副满足的样子，随即化为乌有。

14

我只用汰渍洗衣服，只用飘柔洗头发。可我们再也嗅不出我们恋爱的味道

○ ● ● ●

谭少宇有点玩大了。

就在第二天晚上，谭少宇接到了尚芳剑的电话，听声音就知道有事发生。

尚芳剑用微不可闻的音量颤颤巍巍地告诉他："对不起谭少宇……这么晚了还给你打电话。我病了，是……急性胃肠炎。你能不能……陪我去趟医院？我和别人……不熟，算我求你了……"

和别人不熟？！谭少宇心想，这是什么逻辑？你当你和我很熟吗？而且——就算你跟同学属于往来，不是……不是还有个"老相好"吗？谭少宇正欲推托之时，听见电话里传来食杂店老板的声音："哎哟哟，你别蹲地上啊，电话线长度不够的……"紧接着，是尚芳剑的啜泣声，其中还夹杂着模糊的呻吟。

猛兽不应该是很猛的吗？怎么说病就病了？

谭少宇有一百二十个不乐意，可任谁碰到眼下情形能袖手旁观？谭少宇偷偷把家里的车开出来，一刻钟之内到了尚芳剑的住处。谭少宇感到庆幸——尚芳剑痛得连眼睛都睁不开了，晚到片刻，保不齐就会出危险。

“好端端的怎么会拉肚子？”谭少宇问她。

“大概……是那些汽水……”

“你把那些打开好几天的汽水喝了？”谭少宇难以置信地问她。

“嗯……我觉得跑了气的更甜一些……再说不喝会浪费的……我就……”

难道兽族都这么缺心眼儿吗？“你这个人面兽心的女人……对自己还真是狠啊……”谭少宇含糊不清地嘟囔着。

“我可听说有个开奥迪的男人经常来学校看你，让他开车送你去医院多好？”谭少宇嘴巴很酸。

“开奥迪的……哦，他只是别人家的司机，下了班他就没车开了。”

谭少宇心中冷笑，呵——说得如此云淡风轻，还一口一个“他”！“他”是谁啊？不正经的老男人！

“你没有朋友或是要好的同学什么的吗？”

“有……”尚芳剑咬着牙说，“我这不是把你叫来了吗……”

“……”

“而且，你不也是开车来的吗……”

“哎——你让我送你去医院，可你趴床上不动算怎么回事啊？”谭少宇说。

“我……痛得动不了……”

“你刚才不是活蹦乱跳地下楼打电话的吗？”

“我这会儿……真的是动不了……”

“你们女孩子怎么有一点小病就矫情成这个样子？拉肚子哎，我又不是没拉过，有这么痛吗？”谭少宇奚落她，“你们女生将来可是要生孩子的，就你这样的，你敢吗？怕是还没上手术台就已经痛晕了吧。”

“我不敢……我怕痛……我都快痛死了你还说风凉话……要不你回

家去算了。”尚芳剑的眼泪簌簌落下。

尚芳剑，你故意的吧？谭少宇暗暗说。

一百二十斤的谭少宇把九十斤的尚芳剑拦腰抱起的时候心里在想，猛兽啊猛兽，你也不亏啊，生了病还有大帅哥抱着，还是那种“拦腰抱”。这可是我的处女抱啊，就这么给你了。你让我怎么有脸面对未来的女朋友啊？

谭少宇把她抱进了自家的奥迪，让她平卧在车后座上，一路飞驰着去了人民医院。八年前的人民医院还是很简陋的，阴霾的走廊里消毒水的味道刺人鼻孔。挂夜诊的病人倒是有几个，大多是大人带着小孩儿，丈夫带着妻子，唯独他们俩，若即若离扭扭捏捏。

尚芳剑猫着腰一步一挨，众目睽睽之下，谭少宇也不大愿意搀着她。两个人挂了号做了检查，大夫开了化验单，谭少宇就指引尚芳剑坐在走廊的条凳上排号。

尚芳剑痛苦地睁开眼：“你坐吧，那凳子上太凉了，我蹲着就好。”

谭少宇有洁癖，指尖扫了下板凳，沾了一下子灰，不禁皱眉。

“给你……用这个擦擦。”尚芳剑一边捂着肚子还要一边照顾着谭少宇的情绪，她从大衣兜里掏了张硬邦邦的纸递给他。

待到谭少宇拿在手里，他才发觉那是尚芳剑的物理考卷，带着油墨的味道。班级内部测试用，分数是150，满分！

最让谭少宇接受不了的是时间——那是一张昨天才新鲜出炉的考卷。

可想而知，谭少宇看见尚芳剑的满分考卷之后有多泄气。自己费了那么多事，又是让她抄笔记，又是逼她看小说，可……这收效也忒低了吧？还是150分——这得猴年马月才能把她从神坛上拽下来？

谭少宇眼睛里的邪恶再度复燃。这次，他务必要玩得大一些。他要祭杀招了！

谭少宇看着蹲在脚下的尚芳剑微微笑了下："喂，你是病人，我是陪护，你是女的，我是男的，你蹲着，我坐着，怎么看都不像话嘛。你——坐过来！"

尚芳剑咬着铁青的嘴唇艰难地把一句话分成几段吐出来："没关系啦……反正……他们又不认识咱们……那板凳真的很凉，我怕我……"

谭少宇不容分说地扶起尚芳剑。

他把她揽在自己的怀里！

他坐回到条凳上，软弱无力的尚芳剑就顺势坐在了他的身上。

"怎么，你觉得凉？"谭少宇抱着她，直视她的眼睛，问她。没有丝毫的胆怯，像是在洞悉她的内心。

尚芳剑不说话，紧紧地皱着眉，嘴唇都咬紫了。

谭少宇素有"情圣"的雅号，可高二那年也不过十几岁，没交过女朋友，甚至连女生的手都没拉过一下。这个夜里，他就那么信手拈来地将尚芳剑拉在自己怀里，面不改色心不跳，语言里还带了些许挑逗。谭少宇不断地做着深呼吸，心想反正她也是经过大风大浪的女生，这种程度的亲昵简直小儿科。相反，倒是自己紧张得很。一想到怀里的女生是个风月场上的老手、任人摆布的羔羊；一想到她在男人的身躯下蹙眉颔首娇喘连连就像现在病着的这样；还有他怀里的清香味儿，淡淡的，很真实……谭少宇顿觉脸如火烧。

难道罪恶感都是既舒服又熨帖的吗？

尚芳剑此时可就有点可怜的味道了。她痛得浑身痉挛，无力挣脱，她的脸就离他一尺远，甚至她一抬头就能感觉到他的呼吸。这会儿尚芳剑仍旧锁着眉头闭着眼，但是惨白的脸色已经开始微微泛红。

谭少宇做了件更大胆的事。

在她闭目养神的时候，他的嘴巴凑近了尚芳剑的脸颊，在她眼睛下面那块最细嫩的肌肤上，缓缓地啄了一下。

这一瞬让谭少宇感觉到过短暂的恶心。他竟然吻了一个援交女、小婊子！可矛盾的是，这种恶心竟然建立在急速腾升的快感之上。他就想吻这个随便的女生，看她的反应到底是不是传说中的无所谓。

这一吻，成就了谭少宇十七年来最大的快意。

尚芳剑愕然惊醒："这……我……"

谭少宇故作镇定地抬起眼问她："你怎么了？"

尚芳剑的脸腾地烧了起来。

"我……好像……又来劲了……我得上厕所……"她说。

谭童鞋马上就风化鸟。

色诱。

色诱一个姿色平平的小女生。

色诱一个姿色平平的还正在拉肚子的小女生。

简直是世界上最最煞风景的一件事。

这是谭少宇的杀招。他要让这个大半夜害他不能睡觉的女生彻彻底底折服在他的温柔之下。反正她也是个随便的女生，他随便的一勾就可让她现出原形。他要让她陷到他的温柔里喘不过气来。先是无可救药地爱上他，再让她迷失在他的少女粉丝团里，最后，让她相形见绌、让她顾影自怜、让她掉进单恋的深渊里耗尽她所有的物理细胞，就这样。

事实证明，谭少宇的"杀招"已然令尚芳剑有了不小的生理反应。他吻了她，激起了她想上厕所的本能，这就是最直观的体现。

看着尚芳剑猫着腰去了卫生间，谭少宇狠狠地咂着嘴，好像吻到了一块苦胆。

谭少宇打定主意“吃掉”尚芳剑。他左右不离地陪着她两个多钟头，开药的时候，谭少宇告诉医生：“我们没医保，只有现金。我们想用最好的药，不怕花钱。”

尚芳剑叫苦不迭，她暗暗地扯了谭少宇：“我没带那么多钱。”

谭少宇满不在乎的口气：“钱的事，有男人在，不用你们小女孩操心。”

他又陪着她挂了一瓶盐水，送她回家的时候天都快亮了。

尚芳剑在谭少宇的悉心照顾下没心没肺地睡着了。谭少宇这才仔细打量她住的地方，屋子朝北，潮湿、阴冷，铁床已经生锈了，窗户是那种老式的格子窗。一切都毫无生气，但屋子里却不乏女孩的气息。尚芳剑不漂亮，但是她整洁。墙上贴着布尔玛和小悟空的海报，床上是粉色花纹的被褥。没有毛绒玩具，只有一只巴掌大的“小白”，棉花一样伏在她的枕边。她的衣服上没有富贵的香气，只有廉价的洗衣粉味道。包括她的笔袋、书包，她房间里的每个角落，都是那种淡淡的清香。这是谭少宇第一次走进女生的卧室，对于十几岁的他来说，那种素雅的味道无异于上等的女人香。

我告诉米薇，那个时候我经常用汰渍洗衣粉和飘柔洗发露。那是谭少宇喜欢的味道。直到今天，我都一直保持这个习惯，我只用汰渍洗衣服，只用飘柔洗头发。见他这几次，我冲他挥过衣袖捋过头发，只怕他再也嗅不出我们当年恋爱的味道。

那一天，在尚芳剑熟睡之后，谭少宇就那么东闻闻西看看。最后他找到了上次塞给她的笔记本，一页都没记，封面上还带着油渍，她俨然拿它当了锅垫。谭少宇正欲勃然大怒，眼睛落在了另一摞本子上。那是风靡一时的韩国笔记本，彩页、花纹，还有一种精致的香味。谭少宇要她记的东西就在这些纸上。尚芳剑用她娟秀的小方块儿字一笔一画地记载了黑板上的每一道类型题，讲解详细，就连辅助线都画得均匀。有一处落了点墨水，她也用修正液涂掉了。这本笔记已经写到尾声，足足有三十多页。

谭少宇的心里突然跳漏了一拍，那是种很奇妙的感觉。他又气又笑，羞赧中还带着几分满足。

早晨六点，是一天中唯一能透进阳光的时刻。有束光照在她的脸上，睡梦中的尚芳剑还痒痒地挠了下嘴角。谭少宇把窗帘挡好，抱着肩膀端详了她片刻，悄然离开。

谭少宇开始玩起了失踪，不给她写信，也不主动找她。

哥与世隔绝了，可是哥在隔绝前抱了你，还给了你一个吻。哥给你足够的时空去胡思乱想，消化那些柔情蜜意。

这就是套路，不用详细解释。即便你没“套路”过，至少也“被套路”过。

谭少宇觉得尚芳剑肯定爱上自己了，没跑儿！就算之前没有，经过这么细腻的一夜，如此大胆的一吻，都足够她爱上他了。

遗憾的是，尚芳剑并没爱上他。

谭少宇不主动找她，她就彻底恢复了平静的生活。他充其量是小隐隐于野，可人家是大隐隐于朝。他东躲西藏，做作得像个贼，而尚芳剑隐得却是不疾不徐，不怕暴露亦不去关注。

有一次，谭少宇打饭的时候，有人在后背捅了他一下。回头时，正看见尚芳剑那憨厚的笑容。她说：“嘿，你也来打饭呀。对了，看病的钱，我什么时候给你？”谭少宇挥挥手胡乱地说几句客套话，在尚芳剑莫名其妙的注视下仓皇逃窜。谭少宇细细品味这次偶遇，他看不出尚芳剑有一丁点儿的紧张。她不紧张，那么矜持呢？那么她和自己打招呼之前总得有点心理斗争吧？谭少宇怎么都看不出一丝迹象。一切迹象表明，人家尚芳剑根本就没把他那一夜的“殷勤”放在心上。如果说两人中有个意乱情迷的，那也绝不是她。

在谭少宇困惑的时候，月考已经悄然来临。他的任务面临失败，打赌也没有丝毫胜出的希望。

谭少宇有些恼羞成怒了。这算什么？赔了夫人又折兵啊。他就像个动机不纯的酒徒，挖空心思地套近乎、表诚意，以自己的开怀换取对方的畅饮，再端着肩膀笑眯眯地看她醉掉的样子。结果呢？他喝了第一杯，人家无动于衷；他又喝一杯，人家熟视无睹。他喝了一杯又一杯，搭上了处女抱奉献了初吻。他醉了，人家连瓶儿都没开！

更何况，这个苦主根本就不是什么懵懂少女！卖身求学的女生，她哪里有端着的资本？

谭少宇再次给尚芳剑写信了：下周月考，考试结束后有一场高一高二篮球对抗赛。我邀请你到场为我助阵，怎么样，能赏光否？PS：我难得首发上场一次，真期待啊！如果你能在比赛暂停的时候请我喝瓶水，我会很有面子的。

尚芳剑的回信第二天晚上就到了。她说：谢谢你的邀请，我很想去的。可是你们比赛的时候我还有最后一科没结束呢。我算了下时间，只能给你观战最后十分钟。我给你加十分钟的油，行不行？

谭少宇知道尚芳剑有考试，而且恰恰是物理。谭少宇是故意要在这件事上难为尚芳剑。一则扰乱她的军心，让她的考试不得安宁；二则是给自己谋条退路，他笃定尚芳剑没法去看他的比赛，借此机会迁怒于她使二人关系破裂，从此分道扬镳老死不相往来。不然的话怎么办？刚刚把人家吻了，转头又对她不理不睬，天底下怎么会有这样矛盾的人？

谭少宇回信：最后十分钟？不行不行。这么热的天，我打球怎么能没水喝？校队的那些队员可都带着后援团呢，尽是些热情如火的小美女哇，你不会让我一个人可怜巴巴跟人蹭水喝吧？你考试我不管，我只在乎我的面子。尚芳剑，你可欠我的呀，你不会忘了我是个锱铢必较、睚眦必报的人吧？

尚芳剑无奈了。

其实谭少宇此番还有第三个用意。如果尚芳剑真的到场给他加油的话，那她必定死得很惨。高二一班谭少宇的篮球比赛，额滴个神，那是个什么场景哦？如果你想象力还说得过去，完全可以在脑海里绘制一幅万人空巷集体尖叫的图画；如果你想象力不怎么样，也可以去参看下《灌篮高手》第一集里流川枫的女子助威团；像尚芳剑这种想象力为零的人估计只有很受伤的份儿了。届时她会让水泄不通的人墙挤死，会让高分贝的欢呼声震死，会被花枝招展的小学妹们翻着白眼球笑话死。

如果她信以为真，肩负起给谭少宇送水的重任……唉，无法想象后果的事，不想也罢。谭少宇觉得尚芳剑绝不可能失误到这个份儿上，所以这种赤裸裸的羞辱大概也只存在臆想里，他并不觊觎一箭射穿这第三只雕。

对抗赛和月考同时举行。十几个生龙活虎的小伙子交了卷就冲到篮球场。一如既往，有谭少宇参加的比赛从来都不缺乏热度。低年级的学生早早就蜂拥而至，男生在球场上发泄着过剩的精力，女孩子则同样在场下发泄着青春期的疯狂。她们明目张胆地注视着平日里羞于直视的完美男生，朝着他呐喊，甚至大呼“我爱你”也不会遭遇白眼。篮球赛，就是这样一个安全的、释放热情的平台。

那天的谭少宇十分拉风，湖人8号球衣，科比的号码，全身都是最前沿的运动装备。他满场飞奔，动作飘逸，尤其是汗水顺着刘海淌到他俊朗的脸上，那副认真的样子，没几个女生架得住。

比分胶着，迫使谭少宇把注意力集中在比赛上。即便是中场休息，一拥而上的女生也让他疲于应付。他没去人群里挨个寻找尚芳剑，他的潜意识告诉他，尚芳剑没来。

比赛的最后时刻，高二年级落后一分，谭少宇果断内切抄手上篮反超了比分。球场再度沸腾，尖叫传出老远。胜利的喜悦冲淡了谭少宇的耿耿于怀，即便尚芳剑爽了约，他的心情依旧不错。

围观的人久久没有散去，直到打了上课铃，谭少宇才得以抽身去水房洗脸。路过学校的食杂店，谭少宇巧遇尚芳剑，她正在店门口似笑非笑地看着他。

“你怎么在这儿？”谭少宇问她。

“我……刚考完试……出来买水。”

谭少宇擦了把脸，半真半假地说：“尚芳剑，你没去给我送水。我可记着呢啊！”

她局促地笑了下：“你还渴不？要么，这瓶水你拿去喝了吧……正好，我拧不开……”

谭少宇伸手欲接，尚芳剑匆匆又收回了手，从那瓶饮料的商标里抽出一张纸条样的东西，攥在手里。再次把水递给他。

娃哈哈冰红茶。谭少宇皱了下眉：“你的口味怎么老是这么奇怪？鲜橙多、每日C，不比这个好喝多了？”

尚芳剑吞吐道：“我只喜欢喝甜的……这个我也是第一次买……不知道好不好。”

谭少宇接过来又大叫一声：“这什么饮料啊，热得都烫手！你不会挑个冰镇的啊！”

“啊？”尚芳剑说，“是吗？我……我还以为是冰镇的呢……”

“刚才那纸条是什么？新式的抽奖活动？”谭少宇把盖子拧开，一边递给她一边问。

“什么都不是……呃……是我方才考试记答案的纸。”

“不用说，这一次你又得是年级第一吧？”谭少宇笑眯眯地问她，用一种酸溜溜的口气。

尚芳剑满脸通红地把纸条揉成了一个团，扔到了食杂店门口的垃圾筐里，没有回答。

“尚芳剑，不管怎么说，你欠了我一个人情。现在我很生气，你连最后十分钟都没给我。考试固然很重要，但是承诺更要信守。如果你实现不了，就别那么随便答应别人。懂了？”

尚芳剑窘迫地站在那里，小声地说：“我知道我知道……抱歉了。”

谭少宇就那么雄赳赳气昂昂地走掉了，连头也没回一下。

谭少宇想，这大概就是他和尚芳剑最后的对话。他败给了她，他没法让她对自己动心，更没办法阻止她的15连冠。因为他魅力有限，也因为尚芳剑的低调中蕴藏了惊人的清高。谭少宇在一个月之内让那么出色的尚芳剑跌下神坛，这本来就是个令人啼笑皆非的伪命题。说了放弃，可谭少宇用了整整一节课来发呆。尚芳剑房间里的粉红色和装饰品，那本用心记录的讲义，她特殊的身世和身份，他吻了她之后她茫然的表情……所有的一切历历在目。谭少宇有点抓狂，牛顿不是发现了万有引力吗？他明明就在身边，怎么就对她没有半点儿吸引？

谭少宇明白了，原来男女之间的万有引力也有一套公式，所不同的是，这套公式里的变量是两颗心。他用心了，但是她心不在焉。这不是一本物理笔记、几套金庸小说，还有一个动机不纯的吻可以改变的。

蓦地，谭少宇冒出一个念头。钱！如果我资助她念书的钱……“天啊！”谭少宇直想用脑壳去砸课桌，“我这是怎么了……”

转过天来，同学乙眉飞色舞地出现在谭少宇面前：“一个好消息，一个坏消息。你先听哪一个？”

谭少宇懒洋洋地瞅了他一眼：“先来个好的。”

“你想不想看某人带着老婆孩儿每天来操场跑圈儿？”同学乙说。

谭少宇似懂非懂。

“尚芳剑的15连冠被终结了！”他说，“她考了个年级第二，和第一名差了15分之多！”

“啊？”谭少宇张口结舌，“那……那坏消息呢？”

“坏消息就是，即便那柄剑考了第一，也不会再悬你头上了——你考了第五。”

“……”

同学乙摇头晃脑地说：“真不知道你们两个宝贝疙瘩都怎么了，据说教导主任看了排榜后勃然大怒，说是要把你们俩叫办公室里耳提面命呢。”

同学乙没有说假话。自习课铃声刚刚响过就有人通知谭少宇去教导处。

谭少宇推开办公室大门的时候，尚芳剑正垂手站立挨训呢。她看了谭少宇一眼，又匆匆把头低下。谭少宇问了声“主任好”，规规矩矩地站在尚芳剑的身边。

主任喝了口水，讪讪地笑了下：“你说你们两个，向来都是铁打的第一名，说退步就退步，而且幅度还那么大。”

“谭少宇，你是不是被全校的女生给宠坏了！”主任正色道，“听说你在篮球比赛里出尽了风头，可那有什么用？高考不是你投进多少球就加多少分的。”

转头又冲尚芳剑：“还有你，尚芳剑，你那物理空了半张卷子没答是怎么回事？”

尚芳剑还是那副红着脸，锁着眉头，恨不得一口咬掉自己鼻子的经典表情。她说：“我……我那天的状态不好……影响了发挥……”

“状态不好？”教导主任冷笑了一声，“你客观题一分都没丢，主观题愣是一个字都没写，这也是状态问题？”

“我……那天不舒服，头晕得厉害，后来……我就睡着了，醒来的时候老师已经把卷子……收上去了。”尚芳剑眼泪都快下来了。

主任见状叹了口气：“得了得了，这次有情可原，你先回去吧，下次养足了精神再进考场。”

尚芳剑仓皇离开的时候主任还在愤愤地自语：“也不知道真的假的，考场上睡着了老师会不叫醒你？”

“下面再说说你的问题，谭少宇，这次你可是全面大溃败啊。……&%￥”

主任的声音在谭少宇的耳畔渐渐模糊，他把她的训斥过滤掉，只剩下尚芳剑那天笑盈盈的声音。她说：“你还渴不？要么，这瓶水你拿去喝了吧……”

他还渴吗？他当然不会渴。他被女生们众星捧月地围在当中，他给足面子地喝了好几个女孩的水，他的胃和他的人全都膨胀到极点，可问题是——她是怎么知道的？

那天的很多细节谭少宇都记不得了，包括他如何被主任训得灰头土脸、如何向主任信誓旦旦地打包票，又是如何垂头丧气地离开教导处。他唯独记得在光荣榜之下的那一瞥。他准确地找到了尚芳剑那张消瘦的脸。还是那张照片，只不过从第一挪到了第二。失去了想象的活力，那脸上的桀骜一下子消失殆尽，只剩一点点怡然浮在那清淡的眉眼之间，更像是一股无名的忧伤。

其实尚芳剑并不丑陋，相反是那种越端详越有味道的女孩。而谭少宇也不得不承认他发现了尚芳剑好几处优点。比如她走路的姿势很优美，上身永远是挺拔的，微微向后倾着，好多女孩子穿了高跟鞋也不及她如此得天独厚的姿态；比如她的眉眼很淡，你可以说她不漂亮，但你必须承认那张恬静的脸具有美丽的空间；还有，如果胸大也算一条优点的话。尽管那时的谭少宇还不甚清楚那东西的规模具有怎样的意义，但是按照世俗的说法，大了就是好。

看着尚芳剑的照片，谭少宇只剩下两种感觉——引发了心慌的龌龊，以及龌龊之下的心慌。

15 那瓶被焐热的冰红茶，你是否断定它拔凉过我的手心

○ ● ● ●

谭少宇耷拉着脑袋回家了。

那些百思不得其解的疑问落井下石一般投在谭少宇本就沉重的心里。尚芳剑为什么要提前交卷？是为了他吗？她那么迟钝且木讷的一个女生也会默默地做些让他感动的事吗？谭少宇越走越慢，猛地转身又原路返回。他蹑足潜踪地去了学校的食杂店，门口的垃圾筐还在，已经堆得冒了尖儿。谭少宇偷偷抓起垃圾筐的两个扶手，回身就跑，在老板出来之前顺利地逃之夭夭。

集万千宠爱于一身的谭少宇大人此刻就站在路灯底下，搓着手绕着垃圾筐转了三圈。

我真是疯了，尚芳剑，他心中暗暗地说，为了你我居然可以去偷垃圾！你一定得让我找到些蛛丝马迹出来，不然你死定了！

想罢，谭少宇把整整一筐垃圾倒在了地上。然后，捏紧鼻子，去寻找尚芳剑丢掉的那张小纸条。

那天晚上的月光很粗糙，支离破碎的月影就像是谭少宇撕扯不清的心事。他找了十分钟，蓦地发现了那张揉得很厉害的纸条。他一把抓在手

里，顾不得上面还沾着酸臭的泥水，迅速扬起脸，把纸条展开在眼睛和路灯之间。纸条上写了行可爱的方块小字，那便是谭少宇要找的东西。有那么一个瞬间，谭少宇整个人呆滞如同一块石膏。

谭少宇，我兑现承诺来给你加油了。如果你投进了一个漂亮的球，请你一定对我笑一下。

原来这就是那天下午的来龙去脉。尚芳剑放弃了半张卷子的主观题，她买了水，写了纸条，她兑现了许诺看了他的比赛。每个女孩，不管是丑的、美的，温顺的、冷漠的，内心总会有处最柔软的地方等待着一个人的轻轻触动。这一刻的谭少宇无疑是自责加悔恨的，他触到了尚芳剑最柔软的方寸领地，不仅如此，他把那片柔软拧出了惨不忍睹的淤青。于是，在看见那么多比她美丽热烈的女生做了同样的事，她选择退在最远的角落里安静地看着。一如那瓶被焐热的冰红茶，谭少宇断定它拔凉过她的手心。

他把纸条扣在胸口，觉得心脏跳动得有些陌生。那种跳法，那么——那么像喜欢上了一个人。

谭少宇在暧昧的煎熬里大步流星地逃窜着，每走几步就深深呼一口气。直到他下意识地抬头，又下意识在楼群里找到了尚芳剑的那盏灯光。谭少宇觉得自己奇怪透了，明明这么晚，明明没有理由去敲门，可他偏偏摸黑上了楼。他蹑足潜踪地站在尚芳剑的门外。一墙之隔，他似乎看见了她复习功课的样子，微抿嘴角，略皱眉头。谭少宇足足站了三分钟，这是他无药可救的三分钟。当他想起离开的时候，那扇门竟然毫无征兆地开了！尚芳剑一脸惊愕地站在他的面前。

两个人同时吓得不轻。

“你无缘无故地开门做什么！”率先反应过来的那个人开始了率先

发难。

“啊？”尚芳剑迟钝地看了他两眼，“你……怎么先问起我来了。你站在我门外……这是想做什么？”

谭少宇说：“我口渴了，正巧路过你家，就想上来讨口水喝。”

尚芳剑长出了一口气：“你吓死我了。我听见有人上楼，明明是很清晰的脚步声，刚到门口就消失了。我竖起耳朵听了三分钟，只好把门打开一探究竟了……”

谭少宇这个无语，随即又反驳道：“说你脑子有问题你还不承认，如果真的是坏人，你一开门岂不是正中人家下怀？”

尚芳剑把他让进了屋子。谭少宇见她直勾勾地看着自己，先下手为强地说：“别用那么无辜的眼神儿看我，你不就是想让我解释下那静悄悄的三分钟是怎么回事吗？”

“我知道，你时而渴时而不渴，犹豫来着对吧……”尚芳剑说，“我不是想问这个，我是想说，我不用煤气，也就没有开水。我给你喝什么呀？”

谭少宇再度先发制人：“真是笨得可以，你不会去楼下买瓶上来给我喝呀？”

谭少宇觉得这话自己听了都无耻。

“哦，那我去给你买好了……鲜的每日C，对吧？”她怯生生地问。

谭少宇字正腔圆地说：“冰红茶，要娃哈哈的。”

待到尚芳剑带上门下了楼，谭少宇一下子蹿到了尚芳剑的床前，他躺在了她的枕头上，打了两个滚儿，把她的被子蒙在脸上，鼻子尽情地嗅着上面的味道。他在尚芳剑的枕边捻起了一根长发。谭少宇想，这就是她睡过的地方，即便她没躺在这里，那床上的每一寸地方也有她的气息。这感觉，真好。

钥匙声响起的时候，谭少宇又一骨碌身蹦起来把床规整好。待到尚芳剑一脸茫然地把水递过来的时候，谭少宇又恢复了趾高气扬的表情。他面沉似水，缓缓地把那张纸条举在她的面前，一字一句地说："尚芳剑，该是我的东西就是我的，你不给也不行！你的，明白？"

说完抢过她手里的冰红茶，大摇大摆地开门走掉。把尚芳剑看得都呆了，也不知道他口中的"该是他的东西"到底为何物，纸条？茶饮？还是……她？

谭少宇对尚芳剑的感情由物理变化发展到化学变化。周末同学丙一出家门，就在楼道里撞见了灰头土脸的谭少宇。他正站在梯子上对着天花板鼓鼓捣捣。

"兄弟，你干吗呢？"他拍了谭少宇一下。

"哦，换灯泡呢！"谭少宇说，"我爸爸下属的一个公司研发出一款新型节能感应灯，还没有投放生产，我帮着测试下性能。你们家楼道里不正好没感应灯吗？"

同学丙："嘿，太够哥们儿意思了——哎，你记错了，我家是这半边，这不是我们家。"

谭少宇理都没理他："我就带了一个灯泡。"

"那你好歹把我们家门口装上啊？"同学丙说。

"我业已装完，你跟着蹭点亮就可以了，哪那么多要求？"

"……"

谭少宇没跟那同学说尚芳剑的事儿，那同学也就没往她身上想。事实上，谭少宇的保密工作做得特别出色。从那晚开始，谭少宇和尚芳剑的来往开始密切起来，如果你观察得仔细，会发现他们经常同时出现在图书馆、小饭店，甚至那些服饰专卖店。看书的时候，他们隔着一张大方桌，坐在对角线的位置。偶尔交流几句也是各自盯着自己的书本，做自言自语状；谭少宇不再让尚芳剑独自打饭了，他带着她去学校外面的小馆子去吃。仍旧是坐对角线，她点一个素菜，他点两个荤菜。没人注意的时候，他就把一大筷子的肉夹到尚芳剑的碗里，或敦促或哄她吃掉；逛街的方式就更奇特了，两个人前后隔了五米远，各逛各的。但只要其中一个站在镜子前试穿，另一个就会把目光跟过去，两个人在镜子里做着眼神上的交流。

这些奇怪的约会方式都是谭少宇绞尽脑汁想出来的。而尚芳剑似乎没什么主意。他提议什么，她就顺从，向来不迫切，但也从未拂逆。谭少宇觉得很满意，他是学校里最大的焦点，而学校又是流言传播最猖獗的地方。两个人用这种办法相处了两个多月，竟然从来没被人识破。要知道，如果同学知道了众人瞩目的校草谭少宇倾心于流言缠身的洪水猛兽，那一定是本年度甚至未来几年里×中最爆炸的新闻。他对她的喜欢并不是一个笑话，他知道。他只是忌惮真相败露后，大家那种看笑话的眼神。

另一个原因，心高气傲的谭少宇没法说服自己爱上一个出卖灵魂的女孩。他觉得可笑——那么多纯洁的校花对他顶礼膜拜他都不以为意，却是一个貌不惊人的不干不净的小女生让他神魂颠倒。

每个煎熬的夜里，只要一想到尚芳剑正在那个男人的怀抱里，扭曲、呻吟……折磨便已开始。谭少宇痛苦得想自残。他也试图疏离尚芳剑，可他退一步，她就可以退十步。谭少宇无法忍受意气过后的虚空。他只能将自己对尚芳剑的喜爱在冰点与沸点之间无限折中。

所幸的是，尚芳剑这个粗线条又没有主见的女生没有拒绝那种若即若离的喜欢。那段时间里，谭少宇依旧光鲜，依旧有女生给他写信，为他疯狂。他既有当婊子的快感，又有牌坊带来的体面。

有那么几天，玩世不恭的谭少宇变得规规矩矩，放学就钻进司机的车，连篮球队的集训都不参加。

他的爸爸从上海回来了。

或许用“回来”二字并不贴切，谭家公馆更像是谭父落脚的宾馆或是一顶行军帐。

谭少宇的家看起来豪华排场，谭父却是一年到头也住不上几周的。他的产业大多在华东，家也安置在上海。静安区最大的联排别墅里，住着他的原配夫人以及他的女儿。他能在百忙之中回东北来住，多半也是因为这里有他的独子谭少宇。至于谭少宇的妈妈，那位深宅里的二夫人，在这个根深蒂固枝繁叶茂的家族里像只凄切的寒蝉，几乎是可以忽略不计的。

谭父在的这几周，俨然是谭少宇的大考。他务必像个知书达理的少爷一样规规矩矩地伴在父亲左右。谭父对儿子的疼爱里透着严厉，他与儿子为数不多的对话里带着很强的考察目的，有时甚至不允许谭少宇的母亲旁听。谭少宇每次都得精心准备，就差没像三国里那个曹植一样七步成诗了。

这一年，谭父对儿子的进步很满意。随后决定把送谭少宇出国留学的计划提前一年，耶鲁大学的法学院，在美国本土是无出其右的。

谭少宇不敢拂逆，但他不想去。他没什么明确的理由，国度、学校、环境，这些都是很理想的，唯一让他犹豫的是时间。这不是一个他想离开的时间。尚芳剑那张营养不良的脸在那一刻满满地占据了脑海。

谭少宇对尚芳剑的喜欢愈发霸道。他要她陪吃饭，她就得乖乖地等在餐厅占好对角线的座位；他要她陪逛街，她就得准时出现在街上。他们一先一后，总是保持着合适的距离，尚芳剑从未跟紧，也从不远离。有时候谭少宇暗暗地念咒：来吧尚芳剑，跟上来，跟我并着肩，我就做你男朋友。可她就是那副不咸不淡的样子，似乎她满足于二人的现状，至少不期待。

我还是端着点儿吧我。谭少宇不无落寞地想。

周末，谭少宇和尚芳剑再度约会于图书馆，两个人照例坐在老位子上。中午一过，学生们大多选择趴在桌子上小憩一会儿，他们两个也不例外。

就在谭少宇似睡非睡的时候，他感觉尚芳剑蹑手蹑脚地离开了座席。他偷偷瞄着她，目送她出了校门。校门外，一辆黑色的奥迪轿车走下一个中年男人。距离太远，模糊不清。谭少宇隐约看见男人把一个信封交给尚芳剑，她双手接过，毕恭毕敬。

谭少宇从来就没怀疑流言的真实性，可当这一幕真真切切地发生在眼前的时候，他身体里的妒恨开了锅。

尚芳剑回到图书馆，悄无声息地从信封里抽出一沓钱和两张电影票。票是明天下午，文化宫小影厅，美国战争片《珍珠港》。

电影票本是周静宜委托司机带给尚芳剑的，她担心尚芳剑课业繁重，鼓励她出去走走，电影是个不错的调剂方式。周静宜给了她两张票，方便她带上自己的朋友。这部大名鼎鼎的电影她憧憬了很久，杂志海报无孔不入地轰炸着高三女生紧绷的神经，就连尚芳剑这种刻板的女生也暗自心动。

除了谭少宇，她还能约谁呢？可是要怎么约才好呢？尚芳剑踌躇着，面带微笑，双颊绯红。一抬眼，见谭少宇已经盯着自己多时了。

她的表情变化在谭少宇眼里俨然成了卖弄风情的佐证——那个男的，他给了她钱，又约她看电影，这会儿尚芳剑捏着两张票，内心泛起甜蜜的涟漪，像个意乱情迷的少女——谭少宇怎么能受得了这个？

“撕掉。”他的口气里带着毋庸置疑的冷漠。

“什……什么？”尚芳剑没有听清。

“我让你，把那两张电影票撕掉。”谭少宇的声音冷得就像带着冰碴儿的刀。

“为什么？”

“不为什么！”

尚芳剑沉默了。她恍惚想起，她得到他那么多的垂青和喜欢，也从来没问过为什么。

“哦。”尚芳剑应了一声，没动，相反求助似的看着他，似乎在哀求他收回成命。

“撕掉。”谭少宇说了最后一遍，威严不容侵犯。

“能不能不撕？我……真的很想看这部……《珍珠港》……”

谭少宇用他不留余地的残忍目光做了最后的回答。

谭少宇把电影票抢过来对折了撕开，丢进脚下的垃圾桶，心里这才舒服了一些。

接下来的时间两个人照旧默不作声地自习，但谁心里都清楚，那不过是做做样子罢了，两个人的心事还在那个垃圾桶里。“喂，这道题，给讲讲吧？”谭少宇像以往一样漫不经心地扔过来一道物理题，试图缓解凝滞的气氛。尚芳剑扬起脸，没接他的本子，而是一鼓作气地对他说：“谭少宇，你出来一下，我有话对你说。”

言罢尚芳剑抓起书包，镇静地迈开步子出了图书馆。谭少宇在她身后苦笑，难得她这么主动一次，却是在发怒之后。

尚芳剑去了教学楼后面的假山，停住不走了。

“嘿，我说你带我来这儿干吗？”谭少宇还在笑嘻嘻地揶揄着，冷不防，他看见尚芳剑转过身，眼眉像柄剑一样立了起来。

第一次，他看见一向怯懦的尚芳剑眼睛里带着不屑一顾的笑，把那个不可一世的谭少宇淹没得微乎其微。她说：“你凭什么？”

这次轮到谭少宇听觉失聪了：“什……什么？”

“我问你凭什么那么做？”尚芳剑说，“我不明白你跟那两张电影票有什么深仇大恨？那是我喜欢的电影，我高考前没别的心愿，就想去看一看好莱坞的大片是个什么样子。为什么要撕掉？是谁赋予了你这样的权力？是谁规定你谭少宇可以把事情做得这么绝？”

谭少宇惊呆了，这些话，少说也有百十字，尚芳剑她居然一点都没结巴。

她没结巴，但是他有点张口结舌了：“说得过于好听了吧……是看场电影那么简单吗？那就是一场……呃，幽会、偷情……”

谭少宇越说越来劲：“别以为我不知道，你那张票是小影厅的吧？去小影厅看电影的都是些什么人？无非借着电影的幌子在黑暗里抠抠摸摸罢了！我以为你做‘那个’是家境所迫，是不得已而为之，可我见了你方才的表情，那个甜蜜、那个开心，我才明白，原来你一点儿都没觉得害臊！你天生就是做‘那个’的材料！”

尚芳剑垂下脸，头发挡住了眼睛。缓缓地，她问谭少宇：“你说的‘那个’，是指什么？”

“鸡！雏鸡！”谭少宇字正腔圆。

话音未落，尚芳剑一个嘴巴打在了他的脸上。谭少宇没躲没闪，半边脸火辣辣地痛。

谭少宇觉得尚芳剑没哭，因为她无声无息。可他抬起头的时候，才发现她满脸都是泪，犹如雨下。

“谭少宇，你断定我是做‘那个’的，为什么要接近我？就因为你好奇吗？就因为你想看看‘雏鸡’是怎么生活的？”

这是谭少宇始料未及的。他叉着手，觉得闹大了。

尚芳剑转身就走，却被谭少宇拽住了手。

“你去哪儿？”

“我去捡回那两张票，我要和他去幽会，我喜欢和他坐在黑暗里抠抠摸摸。”尚芳剑猝不及防地回过头，谭少宇看见她含着泪的微笑。

“尚芳剑，你敢！”谭少宇咆哮着，“你他妈敢！”

谭少宇失落透了，她是他发掘出来的珍宝，只有他才能欣赏她。他要把自己对尚芳剑的爱装裱成空前绝后的丹青。他想要尚芳剑明白，只有在他眼里，她才是独一无二的名著。她得心存感激地被他爱着。

尚芳剑站住了，但是没有回头。幽幽的声音从她的背影飘了过来：“谭少宇，你给我个不敢的理由吧。”

“因为我生气了，因为我嫉妒！”谭少宇无法自持地冲着她的背影吼下去。

尚芳剑转过身：“说得真好啊，生气、嫉妒。你还真是个正常的人，连这样精致的感情都会有。可是谭少宇，你想过没有？但凡你乐意，这样的信封和电影票你一年能收一百多张，那些手巧的女生甚至能在信封上折一颗桃心出来。我替你取信，亲手把那样的信封递在你手里，再看着你笑嘻嘻地拆开，一边看一边露出满足。你笑，我就跟着笑，不是我傻，是因为我害怕——我害怕自己一不小心就露出了你所说的‘生气’和‘嫉妒’！”

谭少宇蓦然抬起头，看见尚芳剑哭得双眼红肿。

“你干吗要约我一起自习？干吗要和我一起吃饭？干吗要大半夜地出现朝我要水喝？”尚芳剑哭着说，“求你别再折磨我了，我就是一个不干不净不自爱的女生，又怎么配得上你？”

嘿嘿，即便还在愤怒着，谭少宇居然也在心里笑出声来。这次他没精神分裂，的的确确是笑了。那只被他横竖蹂躏的小动物终于不再是一副麻木不仁的样子，她知道反抗了。

谭少宇忍着笑，跋扈地扬了扬脖子：“凭什么？我回答你尚芳剑，就凭你欠我的！”

尚芳剑的小拳头紧紧地攥着，又慢慢松开了。她配合着谭少宇的口气说："原来如此，既然是我欠你的，我还给你就是了。这样就不用无休止地配合你，让你呼来喝去了。"

尚芳剑埋头于书包，找出了那本精美的物理笔记："你让我记的东西我都记好了，请你笑纳！"

"好，我笑纳了，"谭少宇笑嘻嘻地说，"还有呢？"

"还有？"尚芳剑迟疑了片刻，恍然大悟。她翻出钱包，抽出了几张大钞，他为她垫付的医药费。

"谢谢你的照顾和你的钱！"尚芳剑把钱递过去。

"客气了，"谭少宇把钱接过来，仍旧是痞痞地坏笑，"还有呢？"

"你别没完没了好不好？"尚芳剑反驳道，"还有什么？只要你能讲出来的，我一定还给你！"

谭少宇微微皱眉："你这人怎么这样啊？欠别人东西还得别人帮你记着。"

尚芳剑寻思了片刻："你少唬我，没了就是没了！"

谭少宇挥挥手："行了行了，你走吧，我就当是没了，咱们两讫得了。"

尚芳剑转身就走。几步开外，谭少宇终于忍不住冲着她的背影喊："尚芳剑，我喜欢你，已经好多日子了，这个算不算数？"

洪朗的声音划开了周遭的空气，清晰地鼓动着尚芳剑的耳郭。谭少宇豁出去了，他拿出十足的底气向尚芳剑扔出他最后的筹码——尚芳剑，你还欠我一道！你可以不必负疚，可谁让谁受了什么样的煎熬，自己知道。

果然，尚芳剑停下了脚步，她转过身，眼泪戛然而止。

她回来了。谭少宇胜利在望，他甚至看见她的嘴角挂着淡淡的满足的笑。

他居高临下地看着她的反应，直到她猛然扬起脸，猝不及防地吻了他的嘴唇。

低着头的谭少宇甚至没看清她的脸，他只看见尚芳剑踮起了脚尖儿，那股比丝绸还软，比冰还凉滑的味道已经亘在了自己的舌尖。他心里的城池悄然爆破，他在废墟里满足地闭上眼睛。

假山的后面有细碎的鸟鸣，阳光不甚耀眼，一派云淡风轻。恰到好处的布景，把那记恰到好处的吻映衬得刻骨铭心。这一次的滋味比起医院的初吻已经大相径庭，谭少宇觉得每一个细胞都战栗着，抖擞着完成一个紧张而又享受的仪式。他情不自禁地把舌尖探出去，试图多捕获一些她的恩赐，就在他想要记住那股美妙的时候，美妙的感觉瞬间消逝。

“欠你的，我都还清了。”她冷冷地说。

“还有——”她说，“我求你别喜欢我，我受不起。”

原来，“给予”和“偿还”是有着天壤之别的。

这一次，尚芳剑真的走了，再也没有回头。谭少宇木雕似的立在甬道上，眼神迷离。尚芳剑清醒了，而谭少宇却开始了他痴迷的梦。

16 闭上眼，她活在最美的梦境里，可她一旦醒了，她就完蛋了

○ ● ● ●

尚芳剑委屈透了。她以为谭少宇明察秋毫，不会在意那些流言蜚语。结果就是他比所有人都要在意，他只是憋在心里不说。

委屈之余她还有些不可思议——这谭少宇明知道她和那个男人不清不楚，为什么要孤注一掷地向这样的女生表白？尚芳剑觉得头痛，她不愿意向他解释。他越是怀疑，她就越不解释。

周末晚上，尚芳剑背着书包从图书馆里出来，行至楼下，一眼看见谭少宇站在楼口，懒洋洋地看着她。

她向左，他也向左；她往右，他也往右。她从他的腋下钻过去，谭少宇就抓着她的书包袋给她拽了回来。

尚芳剑无奈地看着谭少宇那张笑嘻嘻的脸，皱着眉，等着他给个说法。谭少宇就喜欢她这一点，连发脾气都这么不声不响。

“嘿，《珍珠港》没看成吧？”他眉头一挑，兴高采烈地问。

“对，怎么了？”

“多行不义啊，连老天都不帮着你们，”谭少宇摇头晃脑地问她，“电影院怎么解释的？是不是碟片出了问题，取消本场放映？你喜欢的电

影啊，你喜欢的老男人啊，取消了，没的看了，是不是欲哭无泪啊？”

尚芳剑瞅了他一眼：“自言自语什么呢……我压根儿就没去。”

“为什么呀？”谭少宇急了，“你不是扬言要把电影票捡回来跟他幽会的吗？怎么出尔反尔了！”

尚芳剑厌恶的表情一闪而过：“我跟谁幽会与你无关，我出尔反尔也是我自己的事。你别这么无聊，好不好？”

“是啊，我无聊，我真是无聊透了，”谭少宇一副大失所望的表情，“你知道我做的最无聊的一件事是什么？”

不等尚芳剑回答，谭少宇掏出一张明晃晃的光碟来：“我把电影院的影碟给偷了。”

“……”

谭少宇把经过跟尚芳剑讲述了一遍。为了破坏他们的“好事”，他一大早潜伏到电影院里，把小影厅唯一一张正版的《珍珠港》DVD碟片偷了出来。尚芳剑惊讶地听着他娓娓道来，她怎么都想不明白，那么一个温文尔雅的大好男生，怎么能做出这种令人不齿的勾当？

谭少宇咕哝着说：“你你你……别用那种眼神看着我好不好？我好歹也是为了你才去偷的。”

尚芳剑气得嘴都合不拢：“为了我？这种赃可不要乱栽啊！一来你不是受我指使，二来我又没得到任何好处，是你心理阴暗非要从中破坏的。你没搞错吧谭少宇，他说要请我看电影，你就把碟片偷了，那他要是想送我一枚戒指，你是不是还得弄个头套去打劫珠宝店啊？”

尚芳剑一筹莫展地看着他：“咱们给人家还回去得了，我跟你一块儿去。”

谭少宇看了看手里的碟片，浮出一丝狡黠的笑：“你最想看的电影啊，正版的，就在我手里。要我还回去倒是可以，不过说真的，你就没有点别的想法？”

尚芳剑一时间语塞。她看着谭少宇那无耻的笑容，一肚子火气不好发作。

“我能有什么想法？我家又没有电视和DVD……”尚芳剑一个忍俊不禁，“哎，要么，你再回去把DVD机也偷回来算了。”

听了她的揶揄，谭少宇的眼睛亮了一下，憨厚地笑了。那是尚芳剑从未见过的笑，璀璨如水晶，灼到了她那颗赏心悦目的神经。

“片子是你最喜欢的，时间你也有，可你却没赴他的约……这个这个……”谭少宇捏着下巴缓缓道，“证明你这个女的还有点廉耻心，还有的救。”

“尚芳剑，下面的话我只说一遍——我认识个地方，有DVD机、有包间、有美酒，环境绝对优雅——我请你看这部《珍珠港》，不知道你意下如何？”

尚芳剑习惯了他的挤对，并不生气：“随便你。”

谭少宇把尚芳剑带去了他的家。正巧他的妈妈陪同谭父出席一项慈善基金晚宴，不到午夜是不会回来的。谭少宇有把握将尚芳剑带回家看场电影，再让全宅上下的婆子老妈守口如瓶。

谭少宇偷偷打电话放了用人们的假，没有走正门，而是故弄玄虚地带着尚芳剑从偏门进了家。自然而然，尚芳剑被谭家府邸的奢华贵气所惊呆，难以置信地问他：“难不成这是你家？”谭少宇矢口否认：“我哪住得起这么大这么豪华的房子！不瞒你说，这是有钱人的宅子，我妈妈给这家人做保姆，所以我有他们家的钥匙。据可靠消息，这家人今晚不回来。”尚芳剑不高兴了：“你怎么总是玩这种心惊肉跳的游戏？不是你家，你凭什么穿堂过室如履平地？万一让人逮着了怎么解释？”谭少宇说：“咱们一不偷二不抢，就是借个地方看张碟，就算让人撞见了，有麻烦的也是我，我都不怕，你怕什么？”谭少宇看着目瞪口呆的尚芳剑，得意地梗着小脖儿："你要是怕惹麻烦，那你原路返回好了，我费劲巴拉地偷碟拿钥匙，我无利不起早，我得看完了才够本儿！不过尚芳剑，我没猜错的话你应该是个路盲吧？"

尚芳剑何止是个路盲？自从走出矿山走进都市，她就失去了辨别方位的能力。天已经完全黑下来，谭家别墅又地处偏僻。留下来，等待她的是战争片；如果走了，保不齐就是恐怖片了。

"怎么办呀？"尚芳剑声音里带着哭腔。

"坐过来啊！"谭少宇把手持遥控器将声道调成立体原声，向旁边挪了挪。

片子是好片子，那套家庭影院更是上品。谭少宇还颇有风情地开了瓶轩尼诗干邑，尚芳剑尝了一口就咧嘴吐舌头，问谭少宇"可不可以兑着雪碧喝？我喜欢甜的"。谭少宇说你可真行啊，干邑这种酒必须用铜质蒸馏器双重蒸馏再拿木桶封酿二十四个月，你可倒好，怎么蒸出来的又怎么兑回去了。可还是百依百顺地帮着尚芳剑掺雪碧、兑冰块儿。

谭少宇盯着尚芳剑专注的脸，笑嘻嘻地说："不是每个女孩都有机会在顶级豪宅里、喝着顶级美酒、伴着顶级帅哥、用顶级的音响看一部大手笔的爱情史诗片。尚芳剑，你就不觉得幸运？"

尚芳剑眼皮都没撩："你给我闪一边去。"言罢继续津津有味地看，时不时喝一口兑好的冰酒，喉咙一动，嘴唇轻抿，看得谭少宇心旌荡漾。

电影讲的是两个飞行员和一个战地女护士之间的爱情故事。女主角伊芙琳先后遇到了雷夫和丹尼两个优秀的男人，她爱上雷夫，雷夫却报名参战杳无音讯。她又爱上了丹尼，怀了他的孩子，丹尼却在执行任务的时候被小鬼子射穿了心脏。故事的结局就是伊芙琳带着小丹尼和雷夫过着"美满"的下半生。

谭少宇觉得带尚芳剑来一个闲人免进的地方来看这部《珍珠港》简

直是太明智的一件事——电影刚演了三分之一，伊芙琳拼命给参战的雷夫写信的时候，尚芳剑的眼泪就噼里啪啦地掉下来。谭少宇不断地给她倒酒分散精力，她就一边喝一边哭，直至最后，那首主题歌《there you will be》响起的时候，她的哭声惊天动地达到了高潮。

谭少宇一捅埋头在膝盖里大哭的尚芳剑："哎，至于吗？你哭得像个旧社会里苦大仇深的小丫鬟。再说这故事，太能扯了，那女的知道丹尼挂了还非要生下他的孩子来，再去和丹尼的哥们雷夫过一辈子，这不是故意恶心人家吗？"

尚芳剑勉强睁开哭肿的眼睛："你不懂……你不懂的……那个孩子是伊芙琳和丹尼爱情的延续，那是她在这个世界上最后的希望。那是最圣洁最伟大的爱情，你怎么会懂？你不会懂……"

干邑的后劲很强，尚芳剑一个人报销了将近半瓶，扶着沙发勉强站起来，又差点儿跌倒。为了平复尚芳剑的情绪，谭少宇带她参观了整个别墅。酒后的尚芳剑很兴奋，甚至有点聒噪。

她说，如果十年后，我能拥有这样的大房子，我就把花瓶里插满百合，枯萎了就换新的，每个角落里都要有花香。

她说，如果我能拥有这样的大房子，我就把卧室漆成鹅黄色。我还要粉红色的床单和淡紫色的窗帘。我要深蓝色的顶棚，要那种满天星星样的吊灯，躺在床上就像在仰望星空一样。

她说，如果我能拥有这样的大房子，我就腾出一间大厅用来做我的私家电影院。我要一个大大的屏幕和最好的音响设备，要放五排座，不不！要八排！我坐在最中间，捧着爆米花，每天晚上都放片子给自己看！

谭少宇只是笑，末了对她说："你说的这些，一定都能实现。"

谭少宇扶着喋喋不休的尚芳剑出了别墅来到门前，那里早已经上了锁。手舞足蹈的尚芳剑立马就没电了。

谭少宇看着她那副茫然失措的样子，不由得好笑："要不这样吧，反正他们家的卧室也是空着的，咱们找一间休息一夜，顺便想想十年后你还想安置些什么。”

“要是让人发现了……”

“咳——出了事我担着。”

谭少宇把尚芳剑扶到自己的卧室里，找了他的睡衣让她换上。夜深了，只剩一盏台灯还亮着。曾几何时，谭少宇憧憬过这样一幕，如今成了现实。尚芳剑第一次躺在这么舒适的大床上，不敢入睡，眼巴巴地看着床边的他，欲言又止。

谭少宇说：“给你两个选择。一、你睡床上，我在墙角蹲一夜；二、你赏我点儿地方，哪怕让我像鱼片一样立在床上也行。”

尚芳剑寻思了片刻，机警地向里面挪了挪。

然后那盏台灯就熄灭了。

这一夜，饶是尚芳剑醉成了那样，也没有睡成。

谭少宇真的像鱼片一样，只不过没有老老实实立在床板上，而是胶布一样贴在尚芳剑的身上。

或许是电影，或许是酒精，或许是那些只可意会的青春萌动。谭少宇对尚芳剑的侵犯没有受到太多的阻挠。他伸出一只手扯开睡衣的下摆，随即开始了不怀好意的探索。那只手游历了她的每一寸肌肤，把她所有的秘密都做了难以泯灭的丈量。尚芳剑死死地闭着眼咬着牙，不发一言。直到谭少宇把她剥得精光，直到他把最后的火力架设到她的身上，尚芳剑泪如雨下地挣扎。

谭少宇慌张地哄着她：“拜托拜托，尚芳剑，我都快难受死了，你答应我这一次吧。如果你喜欢我，就像伊芙琳喜欢丹尼那样，你就答应我，好不好？”

尚芳剑只是哭着摇头：“我喜欢你，就像伊芙琳喜欢丹尼一样喜欢你。我什么都由着你，只求留着我的清白，我还得结婚呢，我高中都没毕业，以后要怎么办才好……”

谭少宇一骨碌爬起来：“不对啊，你都是风里来雨里去的老江湖了，怎么还跟个雏儿似的？你还有清白吗你？”

尚芳剑自如地编着谎话：“这是两回事，就算我是做‘那个’的，我也有我的清白。清白来自心理，不是生理。懂了？”

谭少宇点头，再次俯身下去。他吻了她一身的口水，他用僵硬的四肢捆住她柔软的躯干，开始了一路细碎的摩挲。据她回忆，那夜的谭少宇完全失去了君子风度，像个燃烧起来的幼兽。所幸的是谭少宇到底有所克制，就在尚芳剑愈发羞愧难当的时候，他在她的腿上爆发了。谭少宇蜷缩在尚芳剑的胸口，深深地把头埋了下去。他不停痉挛着，孱弱地抬起头。随后的一句话让她终生难忘。

“喔——我可爱的洪水猛兽呵。”他说。

涤荡的夜色愈发深沉，他们赤裸裸地抱在一起，交换了彼此最大的秘密。

尚芳剑告诉谭少宇，她是个孤儿，她是被一个女老板收养长大的。她悲观，她一点希望都没有，她只能不断用第一名来填补她因孤独而生的漫无边际的自卑。十年后她能拥有这样的大房子？那怎么可能？十年时间，她连自己的债都还不清。

谭少宇告诉尚芳剑，他好似活在一座牢笼里，他的优秀就像是越来越重的刑枷。他才念高二就得跟别人一起考托福，他爸爸要送他出国，而她尚芳剑就是沧海汪洋最后一根草，他抓在手里，就不会有濒死的绝望。

尚芳剑微笑：“你告诉我这样的消息，莫不是想让我忍着难过放你出国？告诉你谭少宇，我可不是那样的女生，我自私着呢，我要把你拴在身边。真的，我的生活已经恢复不到认识你之前的样子了。如果哪一天一觉醒来我见不到你，我会活不下去的。”

谭少宇撇了撇嘴：“早知道你会这样，要不是我撞见那一幕，要不是吵了那一架，你还死撑着不承认呢！尚芳剑，不管我们俩遇到什么样的阻挠，都不能放弃对方。你是伊芙琳，我就是丹尼。”

…………

不知不觉，我已经青衫湿透，我流着泪对着米薇喃喃地重复着那句话——“你是伊芙琳，我就是丹尼”。我叹息着：“米薇，你知道吗？不能在一个女孩那么小的时候就给她爱情，更不能给她誓言。闭上眼，她活在最美的梦境里，可她一旦醒了，她就完蛋了。”

米薇就跟着笑，真是个蠢妮子啊！我以为只有我那么蠢，没想到你比我还蠢！

“后来呢？”米薇说，“尚芳剑和谭少宇就那么‘安分守己’地睡了？”

后来……

尚芳剑在被子里咯咯地笑：“谭少宇，你安分一点，别对我动手动脚。我可以告诉你我最大的秘密，一准儿让你吃惊。”

谭少宇：“能让我吃惊的事还真稀罕，给点提示行不行？”

尚芳剑告诉他：“其实你们看到的那个男人，他跟我一点关系都没有。他是领养我那位富婆的司机，不过是按照她的指示每月给我送生活费罢了。”

“就这么简单？”

“对，就这么简单。”

“我不信，”谭少宇说着不信，眼睛却闪烁着近乎虔诚的光，“这么简单的事，能被人传得那么邪乎？”

尚芳剑狠狠在他肩膀上拧了一把："是你们想象力太过丰富好不好？"

"不过呢，"尚芳剑诡秘地笑笑，那个年纪特有的八卦涌了上来，"那个司机跟我没关系，却和领养我的阔太有关系，我亲眼看见的！他和她在偷情。"

"哪家的阔太啊？够排场的，我没见别的，就看见那台车了，跟我家的一模一样，几十万呢。你告诉我她是谁，没准儿我爸妈能认识……"

"我不告诉你。"

"说说嘛，你不说，我只当你编了个故事，什么司机啊、偷情啊，都是你在偷梁换柱。"

"你让我安生地睡一觉，睡醒了我告诉你。"

"……"

那一夜尚芳剑做了毕生最为美丽的梦。她梦见毛虫化茧成蝶，四野花开，她忘情飞舞。她在谭少宇的怀里，做了一个无忧无虑、快乐到极致的梦。

这场梦持续了七八个小时，她不知道，刚刚尝到幸福滋味，那幸福便已达到顶点。梦醒时分，一切幻灭成灰。

酒力所致，这一觉，他们俩竟然相拥地睡到了上午十点！

一阵急促的敲门，有人在喊少爷。谭少宇和尚芳剑同时惊醒。门外，脚步声和用人的说话声同时响起。

"太太，少爷他……他还没起呢……"

"把门打开。"一个女人的声音。

"少爷把门反锁了。"用人说。

谭少宇立刻就明白了所以然，他看了眼惊慌失措的尚芳剑，抚了下她的脸颊："别紧张，不管发生什么，你只要不说话就好，没事的。"

谭少宇下了床，把门打开。别墅的女主人就站在门外。

“妈，”谭少宇怯怯地喊了一声，“我昨晚喝了点酒，起晚了。”

谭少宇明显感觉到她的眼睛越过了自己落在身后的那个女孩脸上，平静的眼神瞬息间变得凌厉。

更出乎谭少宇意料的是，来自他身后的呼吸声愈发急促而紧张。

“周……周阿姨？”

谭少宇听见尚芳剑这样说。

送走了尚芳剑，谭少宇规规矩矩地坐在母亲面前接受审讯。

周静宜让用人沏了杯茶，茶杯在手里不经意地颤抖。她勉强喝了一口，强忍着火气问谭少宇：“你和那个女生，是怎么回事？”

怎么回事？谭少宇说：“您不是都看见了吗？我带她来家里玩，后来太晚了，我懒得去送，就留宿了她一夜。”

“留宿？”周静宜难以置信地看着儿子，“你是说，你把她留在你的卧室里，和她在一张床上过的夜？”

谭少宇双手一摊：“我的卧室里又没有第二张床，您说呢？”

“胡闹！”周静宜拍案而起，眼角眉梢的怒气愈发浓重。

周静宜指着儿子的鼻尖：“我自认为对你严于管教，可你就偏偏捅这样的娄子给我！你看看你自己，才多大年纪，就做这种，这种荒谬不堪的事！更何况你爸爸刚刚住下没几天，你就在他眼皮子底下为非作歹……”周静宜压低了声音，“万一他知道了，还怎么可能让你登堂入室，还怎么可能器重你这个儿子！”

谭少宇垂着头，咕哝着说：“他器重我，我是他儿子；他不器重我，我也是谭家的后代。您别动不动就拿这个吓唬我行不行？我看别人的孩子谁也没像我活得这么谨小慎微。”

周静宜听了谭少宇的话，气得浑身发抖，坐回到沙发上继续垂泪：

“小宇，你和别家的孩子不一样。另外妈也不是不准你恋爱，等你出了国，学业有成，你愿意找个什么样的都可以。甚至你可以像那些外国人一样，开那种荒唐的派对……”

“那叫3P啦。”谭少宇笑眯眯地打断她。

周静宜惊愕地看了眼儿子，咬了咬牙继续说：“不管什么，我都懒得管。但是现在不行，这是你在我管教下的最后两个月。这么多年了，你爸爸就给我这么一个任务，我务必要完成。再说，你们学校追你的女孩那么多，那些个校花你都没瞧上，怎么就瞧上她了？你告诉妈你喜欢她什么？那个尚芳剑，她配得上你吗？”

“怎么配不上啊？”谭少宇一听见妈妈诋毁自己心爱的女孩，一下子来了劲，“妈，实话跟您说吧，那么多女生围着我转，我除了腻歪就压根儿没动过心。可她不一样，她是我们学校最优秀的学生，比您儿子优秀呢！只有她配得上我！哎，对了——”谭少宇问，“我刚才听她喊周阿姨，莫非你们认识？”

周静宜含着的一口茶差点儿呛进嗓子：“咳咳，我怎么会认识她？”

“怪了，”谭少宇自言自语道，“我好像从没跟她说过我妈姓周啊。”

周静宜适时地岔开话题：“去，给你爸爸送杯咖啡，让刘姐煮牙买加的那份，别拿成了哥伦比亚的。还有你和那个女生的事，只字不许提。”

“当然了，”谭少宇一笑，“我没事儿说这个干吗呀。”

“不过呢，”谭少宇又说，“我还真的有事找爸爸商量。”

“什么事？”

“去美国读书的事。”

谭少宇冲周静宜微微一笑，露出雪白的皓齿：“我不打算去了。”

17

鱼的记忆只有七秒，所以它一辈子都活在专情的自诩里，每一次都是海枯石烂，每一次都是至死不渝

○ ● ● ●

尚芳剑有一种大难临头的感觉。谭少宇给她拦了辆出租车，又塞给她打车钱，尚芳剑亦步亦趋，看都不敢看他一眼。这个世界太大了，她不过只爱一个人，只欠一份债而已；这个世界又太小了，周静宜和他竟然是母子。和谭少宇抱在一起的那一夜，她明明已经忘记了所有自卑，然而与周静宜照面的时候，那些卑微又带着尖酸的微笑连滚带爬地扑了回来。任尚芳剑再怎么迟钝，她也猜得出那些微妙的关系——他喊她妈妈，他是别墅的小主人，谭家的公子！周静宜那复杂的目光更是把尚芳剑所有的信念掐灭得一干二净，她的眼神已经没有了往日的恬淡和怜悯，冷酷得就像在看一只蟑螂或是一个细菌。

回去之后她洗了一个澡，混沌地睡了一觉。她知道，周静宜很快就会来找她。没人真的会让蟑螂招摇过市、让细菌落地生根。

这一觉尚芳剑睡了整整一个下午，醒来后觉得颈下又疼又痒，一照镜子才知道，谭少宇已经在她的脖子上种出片草莓来。尚芳剑穿了件高领的衬衣下楼去买饭，一眼就看见谭家的车停在楼下。

“一起吃晚饭吧。”周静宜摇下车窗，淡定地告诉她。

周静宜带她去吃西餐，西餐厅安静，便于讲话。但是尚芳剑觉得那种安静阻碍着她的思考，金属餐具的碰撞声可以轻易打断她的思维。就比如周静宜开场就问了她一句“你怎么知道谭少宇就是我儿子”的时候，尚芳剑徒睁着一对眼睛，不知道如何回答。

尚芳剑红着脸窘迫地说：“周阿姨……我……真的不知道谭少宇是您的儿子，不然的话，打死我也不敢喜欢上他……”

她觉得她的如实作答无可厚非，可对面的周静宜握着茶杯的手却抖了一下。她挑出了尚芳剑话里的另一处破绽：“你的意思是——你喜欢我们家小宇？”

尚芳剑忙不迭地改口修正：“不不不……我的意思是，我既不知道他是您儿子，也没有喜欢他……”

周静宜笑了：“这就怪了，你不知道我是他妈妈，也不喜欢他，那你们怎么会走得那么近，甚至还睡在一张床上。莫不是我家小宇强迫了你？”

“没有没有……”尚芳剑羞得眼泪汪汪。

周静宜叹了口气：“阿姨没有责怪你的意思，但你要跟阿姨说实话。你们是不是在谈朋友？还有——昨晚你们都做了些什么？”说到这里，周静宜顿了顿，压低声音对她说，“我知道这种事情你不好启齿，但我是他妈妈，我有权力知道这些。如果你什么都不说，我就只能当作一切都发生了。”

尚芳剑忍着眼泪没有掉下来：“周阿姨，我没和他谈朋友，我们之间什么都没发生！昨晚的事完全是场误会。”

周静宜眼里的温情开始慢慢冷却，她站起身走过来，冷不防地拉下了尚芳剑的领子，那块暗红色的血淤明睁眼露地摆在那里，衬着她苍白的脸色，一红一白，像两面战败的旗。

尚芳剑立刻就哭了。

“我们本来就没做什么……他约我去别墅里看影碟……他说那是一个富豪公馆，他妈妈给富豪做保姆……他说看完了影碟就送我走，可是门已经锁了……我不知道那是您家，不知道谭少宇是您儿子，我不知道会是这样……”尚芳剑伏在桌上，哭得肩膀一颤一颤，可说到底，她也解释不清那脖子上的吻痕是怎么回事。

在这一环节上，周静宜的目的算是达到了。此行之前，她已经从谭少宇口中得知了真相。可她就是要再问一遍，就是要尚芳剑亲口把那些羞于启齿的过程解释清楚。她这个年纪的女孩子最怕的不是惩戒，是羞辱。

周静宜安慰她：“阿姨相信你，不责备你。你是个好孩子，都赖我把小宇给宠坏了。你知道，阿姨忙着打理生意，对他就放松了管教，这次他爸爸要送他去美国读书，大概下个月就走。什么时间回来，甚至回不回来都还是件未知的事情。在这个节骨眼儿上他做出这么荒唐的事来，我不能不紧张。他一个男孩子我倒是不担心，阿姨最怕你受了委屈。方才听你说这是一场误会，那我就放心了。这一餐，就当阿姨替他向你赔不是了。”

“哎，对了，你就快高考了，身体一定要调养好。你现在的房间太潮，吃饭也没有规律——这样吧，下周我会给你找个舒适的住处，再托一位阿姨照顾你两个月，你愿意吗？”

尚芳剑擦了把眼泪，怔怔地看着周静宜，忽而笑了。她明白了周静宜的用意，为了让她和谭少宇断绝来往，找个用人监视她。

“周阿姨，谢谢您的好意。其实您不必这么担心，我是个孤儿，我知道自己的斤两，我不会碍着您儿子的前程。您也看见了，我就是个最平凡最普通的丑姑娘，即便您高看我一眼，我也没那个本事。其实我住得蛮好，如果您实在不放心，我愿意听您的。您让我去哪住，去和谁一块住，都可以。我听话，我欠谭家的。”

“这孩子，说这个干吗呀！什么欠不欠的，阿姨还不是一心为了你好？这件事就这么定了，这几天就搬。哎——东西都凉了，来，你吃啊。”

周静宜说这些话的时候，尚芳剑清晰地看见她眉宇之间的如释重负。

那一餐的最后，周静宜对尚芳剑说：“阿姨还想拜托你一件事——小宇不知道我就是你的资助人，反正他也快出国了，知道真相对他没什么意义，索性咱们就保个密。有什么困难的话，你直接找我。”

尚芳剑点头：“我明白，我不说。”

回到家，尚芳剑一头栽倒在床上，衣服都没脱掉。她发烧了，饮酒、惊吓、郁结，让她毫无征兆地烧到了三十九摄氏度。尚芳剑在冰冷的被子里蜷着身体，眼泪一下子就从眼窝里淌了下来。

一连两天，尚芳剑都没有去上课。午休时有人敲了尚芳剑的门，谭少宇拎着一兜水果站在门口。

“你什么身子骨儿啊？怎么又病了！该不是前晚上着了凉吧？怎么样？好点儿了没？要不咱们去医院得了？”谭少宇一连串的发问，尚芳剑置若罔闻，跌跌撞撞又爬回到床上。

谭少宇举了举手里的口袋：“水蜜桃、火龙果、山竹……都是你爱吃的甜口儿。你有水果刀没？我给你削个‘乔纳金’吧。”

尚芳剑看着谭少宇坐在床边，好脾气地拿着水果刀雕刻似的一寸一寸削着果皮，认真的神情难于言表，她更难过了。谭少宇的举止很奇怪，她看他一眼，他就把头偏一个角度，她坐起来看他，他干脆连身子都扭了过去。尚芳剑抬起手，准确无误地触到了谭少宇左脸上的那块红肿。“这是怎么回事？谁干的？”她问。

谭少宇放下刀和苹果，沮丧地捋了把头发把头偏向一边：“还能有谁？我家老爷子呗。我说不想出国。他让我阐述理由，我说我英语太烂。

他问我拿铁咖啡怎么说，我说可能叫‘take iron coffee’，他就赏了我一个脖儿拐。我就不明白，就他那臭脾气怎么可能把企业做大！”

“不过呢，”谭少宇幽幽一笑，“他应该知道有其父必有其子的道理，他怎么压制我就怎么反抗，美国我是肯定不会去的。有本事他就把我左边的耳朵也给打坏，我就不信人家耶鲁大学肯招个聋子！”

“对了，你怎么知道我妈姓周？”谭少宇冷不防地问她。

“我不光知道你妈妈姓周，我还知道你爸爸姓谭。”

“这不废话吗？”谭少宇讥笑。

“我是说，这个城市里，有谁不知道谭玖光和周静宜是最富有最具声望的一对夫妇？”

尚芳剑说：“我们学校的多媒体阶梯教室就是你家出资修建的，你妈妈来过我们学校，校长和主任都要低眉颔首地接待讨好，她的鼎鼎大名我怎么可能不知道！”

“有那么厉害吗？”谭少宇撇了撇嘴，哧哧地笑，“真是夸张了，我泡马子，还得借我老娘的光。”

“对了，你不是说，睡醒了就告诉我点秘密的吗？”谭少宇问。

“什么秘密？”

“装什么傻呀！我是想知道，到底哪家的富人资助了你，估计那位太太不是什么好鸟！如今你已经是我谭少宇的女朋友，没必要再寄人篱下。回头我跟我妈说，让她赞助你上大学，不不不，不是赞助你，是赞助我们，我们肯定会在同一所大学念书的。你先去，我明年就到！别以为清华的物理系我会考不上。不过呢，如果你舍得留一级陪在我身边，那就最好不过了……”

“我……那个什么……”

“你什么呀？说啊，那人是谁？”

“没，没谁……”尚芳剑神色慌张，打死她也不敢说那个资助她并且和司机有着不轨勾当的太太是他谭少宇的亲妈呀！

“我是……和你说笑的，根本就没有个阔太资助我……我也没看见阔太跟司机偷情……那个司机……他也不是个司机……他是我爸爸的一个朋友……我……他……我昨晚喝多了，我都是瞎说的……”

谭少宇抱着肩膀看着结结巴巴的尚芳剑：“尚芳剑，假亦真来真亦假，我真是搞不懂你哪句才是真话。你是不是天生就是个说谎天才？我告诉你，我最讨厌女人说谎！”

尚芳剑垂下头没敢接他的茬。她费力地撑起身子，错动着嘴唇：“我想问你一句话，谭少宇，你喜欢我不喜欢？”

方才还一脸的义愤填膺，听了这句话谭少宇扑哧笑了。他又把苹果拿在手里，一边“雕刻”一边揶揄尚芳剑：“如果我说，我不喜欢呢？”

“那正好，以后也别喜欢了。”

谭少宇听着话里有话，看了她一眼：“那我要是说，已经喜欢上了呢？”

尚芳剑的眼泪蓦地涌了出来：“那就从今天开始，别喜欢了，咱们趁早断了吧。咱们俩……门不当户不对……”

谭少宇“噌”的从床上蹿起来：“尚芳剑你什么意思啊？前晚上还好好的，是不是发场烧把你烧晕了呀！趁早断了？为什么呀？就因为我爸是谭玖光我妈是周静宜？跟你说，别的女孩上赶着巴结我家还来不及呢！”

“你走吧，”尚芳剑说，“谭家的少爷，我高攀不起。”

谭少宇赌着气把那个苹果削好，蹾在桌子上：“这是谭家少爷给你削的苹果，平生第一次干这活儿，削得不好，你凑合吃吧。”

说完站起身就要走，他以为尚芳剑能叫住他，结果，她的确是叫了他，不是挽留，而是下通牒。尚芳剑下定了决心说：“谭少宇，以后你别来家里找我了。忘了告诉你，我就快搬家了。和我一个远房姑姑一起住……她挺刻板的，不让我和男生来往……与人方便，就是与己方便，你不会不懂。还有，去美国念书，那是多少人梦寐以求的事，谁要是放弃，谁就是天底下最大的傻瓜……”

谭少宇没等她说完就狠狠把门摔上走了。

那只削好的苹果，尚芳剑端详了再三，流着泪吃了下去。这是她的福分，而她的福分也只能到此为止。

周静宜深知谭少宇的脾气，也看得出他近来的变化。她真是不理解那么高贵矜持的宝贝儿子怎么就为了个黄毛丫头茶饭不思、上蹿下跳。谭玖光回上海了，临走时吩咐周静宜，务必让谭少宇尽快妥协。他身家过亿，他就这么一个儿子，他谭家的儿子居然想混迹国内，传出去像什么话？

谭玖光的一句“务必”，落实到周静宜这里就成了“不择手段”。首先是给尚芳剑搬家，又雇了位四十多岁的姆妈照顾起居，实则就是明晃晃的监视。她会在头天晚上做好尚芳剑的午饭，她就再也没了跟谭少宇一起就餐的理由。有了这位不离寸步的姆妈，尚芳剑俨然成了笼中之雀。与此同时，谭少宇的舒坦日子也到了尽头。出入司机接送，他上课，司机就守在车里。更为神通广大的是，周静宜跟两个学生的班主任也取得了一致。如果说谭少宇班上的牛老师还比较通情达理，那么尚芳剑班上的穆老师就苛刻得多，这个离异三年、有着怪脾气的女人最是见不得男女学生卿卿我我。有段时间，每逢课间和午休，穆老师就用一些独门考题把尚芳剑“拴”在教室里。有时候，尚芳剑从窗口望下去，看见谭少宇站在楼下直直地盯着她的窗口，心疼得就像要裂开。那些日子里，她交给穆老师的答卷上通常都带着晕开的泪痕。

谭少宇和尚芳剑就这样被周静宜成功地隔离开。和常规的恋爱大相径庭，他们爱上彼此只用了一个晚上，然而消化这份爱却要经受反复的责难与煎熬。十七岁的谭少宇和十八岁的尚芳剑，在那个只凭感知去认识爱的年纪里，被锁上了越挣越紧的刑枷。

有一个晚上，姆妈炒菜的时候用完了味精，尚芳剑下楼去买。在一片黑暗里，一个人从身后死死地抱住她。尚芳剑刚想挣扎就嗅出了谭少宇发间的味道。他狠命地把头埋在她的衣领里，吻着她的脖子，嘴里喃喃地说："这是真的吗？简直，就像一场梦……尚芳剑你别动，让我抱一下，让我，抱一下……"

然后滚烫的眼泪就掉在了她的衣领里。尚芳剑挣开谭少宇，捧起他的脸，勇敢而疯狂地一路吻下去。细碎紧密的吻，像是要把他吃掉。

原来他趁着家里来客，买通了用人，偷偷跑出来。谭少宇信誓旦旦地告诉她："我不相信，我不相信就这么完了。我哪也不去，我只想要你！"

第二天就是周末，高三全天上课，高二放假。那些爱恋和怨念让尚芳剑做了一个最最胆大妄为的决定。

接下来，谭少宇接近了当时的班长乐天，偷偷配了他的班级钥匙。就在那里，两个人完成了最初的结合。

她不喜不悲，闭上眼抱着他，任由他脱去自己的衣裳，虔诚得像完成一个仪式。

终于，尚芳剑被谭少宇轻轻放在临时拼凑的"床"上。

不知是紧张还是冷，不着寸缕的尚芳剑平躺在"床"上抖成一团。没有传说中的美感。与其说情投意合，不如说咬牙挨着。

"你哭了？"

"我还没开始，你怎么就哭了？"谭少宇问。

"因为我怕疼。"

"那咱们算了吧，你这样，让我有种怪怪的感觉，像是在犯罪。"

"不不不，"尚芳剑噤若寒蝉地环住他的腰，"我可以的，我不后悔。”

“那我，可就……开始了？”

“嗯……”尚芳剑的应答几乎是微不可闻的。

就在谭少宇笨拙地挺入时，尚芳剑感到了游戏的拙劣性。她开始排斥。她用力向外推着谭少宇，与此同时，哭喊也随之加剧：“停，不行不行，我不玩了……我怕疼……我真的……”

尚芳剑的不配合以一声疼痛到极致的叫喊而告终。谭少宇冲破了最后的阻挠。她放弃了挣扎，安静地把脸扭过去，感受他匍匐在身上进进出出，眼泪打湿在桌面上。

这就是让世间男女沉醉其间的爱情游戏。

这就是一切贪念欲望的起源。

牢不可分，紧密相连。她且难过且喜悦。他们到底完成了男女之间最原始也最终极的互通。

一个鲜红的事物吸引了谭少宇的目光。

“这团红色的东西，难不成，是……血吗？”

“你不认识？”尚芳剑狠狠敲了他的头，别过脸去，久久地难为情。

“这是咱们俩……谁的血？”

尚芳剑真的快被谭少宇气疯了：“你要不要检查下自己有没有受伤？”

谭少宇低着头怔怔地思索了半天，难以置信地盯着她：“你……你难道……”

“如果我说。你看见的都是事实，你会信吗？”

“……”

谭少宇沉默了半晌，蓦地抱紧了她：“我终于知道你有多疼了。”

“嘘——”尚芳剑伸出食指拦过他的话：“我不在乎的。”

“只要你快乐就好。”她说。

这件事过后，谭少宇就像只跟屁虫一样手舞足蹈地追着尚芳剑。

“哎，哎！你告诉我嘛，那真是女人初夜留下的血迹吗？这样一来，你不是成了我的独一无二的女人，而我成了你独一无二的男人？当真是这样吗？”谭少宇闪烁着大眼睛，不厌其烦地问。

尚芳剑羞得浑身发抖，哪里肯正面回答？

“告诉你多少遍了，那是女人的大姨妈。”

唬得谭少宇半信半疑，可喜悦之情始终洋溢在脸上。

一连几周，他们把同样的过程重复了五次。尚芳剑告诉谭少宇：“我把能给的都给你了，你已经彻彻底底‘得到’了，你可以不留遗憾地飞走了。”谭少宇说：“我只跟你在一起，你考到哪里我就去哪里借读。到了法定年龄我就偷户口本跟你结婚，如果等不了那么久，我把年龄改了！”

“谭少宇，咱们俩不可能。”

“别跟我说什么不可能，谁也分不开咱们，”谭少宇说，“即便有一天，你选择了另外一个男人，你穿上婚纱站在结婚殿堂里接受宾朋的道贺，我也会披头散发地冲到现场去劫你的婚！”

“呵，你说得精彩，我听得专注，可我不会当真的，你放心。”

“怎么？换作是你，你不会这么做？”谭少宇急了。

“当然！”尚芳剑说，“我哪里会像你那么没脸没皮？还披头散发……不被人笑话死才怪。”

“……”

一直嬉笑的尚芳剑突然严肃了起来，她紧走几步，越过他，从容不迫地站住，转回头说：“谭少宇，谢谢你。”

“什么？”谭少宇听得一头雾水。

“不管你去不去美国，什么时候走，我都谢谢你。原因你别问，你也不会懂的。而且你记住我的话，我不后悔，我永远都不后悔。”尚芳剑的笑容里带着泪光，如同一幅水墨烟雨。

后来，当水木年华的歌声飘扬在大街小巷的时候，尚芳剑也有过同样的笑容，只不过，她听着别人的歌，强迫着笑给自己。

多少人曾在你生命中来了又还
可知一生有你我都陪在你身边
当所有一切都已看平淡
是否有一种坚持还留在心间

他们的“秘密”维持了四十多天，终究败露在周静宜的眼皮子底下。周静宜到底得知了她的宝贝儿子和她收养的女孩完成了一切可以挑战她想象力的事。她发了有史以来最大一通雷霆怒，全家上下谁都没能逃过。

谭少宇被锁在房间里不许越出半步。周静宜指着鼻子告诉他，要么离开她去美国读书，要么永远被这样锁着！

作为这场风波的另一个始作俑者，尚芳剑也没能幸免。周静宜几乎是带着风暴降临了她的住所。周静宜放了姆妈的假，一改往日的沉稳，疾风骤雨般向尚芳剑施以讨伐。

“周阿姨……我喜欢少宇。”起初，她扬着头，企图用最朴实的道理抵挡对方的攻势。怎奈尚芳剑想得太简单，她只有羊的温顺，怎么可能敌得过一个母亲为了儿子的切身利益而爆发出的狼性？

“尚芳剑，我以为你是个有脸有皮的姑娘才给了你这么大限度的信任和宽容。别再跟我说什么你是被迫的！谭少宇固然执拗，可若没有你的撺掇，他绝对不会是今天这个样子！你要我怎么说才能明白——即便你天赋再高，你和他也不是一个层次上的孩子，你们的这种过家家的感情根本就不可能有未来！尚芳剑，你怪不得我心狠！要怪就怪你是个被遗弃的孤儿，要怪就怪偏偏是谭少宇的妈收养了你！”

尚芳剑无言以对，她哭得瘫在地上，泪人一般。

“你给我站起来！别摆那么无辜的姿态给我看！我知道，你这丫头道儿深着呢！我资助了你整整十七年，到头来你像只成精的蝼蚁一样来盗我的穴。你口口声声说什么亏欠，说什么还债，你就是这么还给我的吗？”

尚芳剑只觉得大脑阵阵眩晕，眼前愈发模糊。终于，在周静宜一浪高过一浪的训斥中尚芳剑哭到虚脱，昏厥不醒。

尚芳剑再次醒来的时候已经身在医院，四周雪白的墙壁，消毒水的味道刺鼻，手上的药瓶已经挂了一半，是营养药。

周静宜颓丧地坐在床头，脸上有斑斑泪痕。尚芳剑觉出了事情的蹊跷，但她绝对没想到，医生已经在她昏迷的当儿检查出妊娠反应阳性。从最后一次经期结束算起，她怀孕已一个月有余。

“报应……”周静宜盯着天花板，喃喃自语。

待到一瓶药水挂完，周静宜一边给她掖好被角一边含着泪说了下面的话。

“你知道吗？小宇没跟你说谎，我不是谭家的太太，我只是他们家的保姆。这么多年了，我能在谭家分得一片立锥之地，说起来是沾了小宇的光。母以子贵的道理你知道吧？小宇是谭玖光的独子，聪明，相貌也出众，他爸爸最看好小宇。这些年我做公益，积德行善，最大的心愿无非是让神明保佑我的小宇能顺利成才，他的身上承载了我唯一的希望。可笑啊，我以为行了善，却是给自己种下了恶果。天知道我为什么资助你，把你接到我身边，和小宇在一起念书，又眼睁睁看着你们做下这样的事……”泪光在周静宜眼角一闪，这个端庄的女人露出了软弱的一面，当着尚芳剑，她哭得悲悲戚戚。

“十七岁而已啊，他就……”周静宜叹息，“他爸爸知道了还怎么得了？这样的逆子还有什么出息？还怎么值得器重？”

尚芳剑直直地盯着窗外漆黑的夜，一句话也说不出。

“阿姨有个打算，想和你商量。”周静宜谨慎地开了个头。

“背着谭少宇，把这个孩子打掉，对吧？”尚芳剑终于说话了。

“阿姨会补偿你，”周静宜说，“只要你能提出来，不管什么，阿姨都尽量满足你。”

她说：“我不能让小宇的前程都折在这个孩子身上。”

尚芳剑苦苦地笑了，轻言轻语道：“那你又是否想过，我是个孤儿，我一个亲人都没有，除了我肚子里的这个？”

尚芳剑的一句话让周静宜格外警觉。她的口气随即强硬了几分：“你要知道，你不过才十八，高中都没有毕业。如果你要这个孩子，你还怎么读大学？而且不用我说你也清楚，如果你不听我的话，你我的缘分也就此尽了。且不说你如何养活你的孩子，你连养你自己都是问题。”

“不是母以子贵吗？”尚芳剑喃喃地说，“为什么我也有了孩子，你想到的却是除掉我们？”

周静宜停止了一切面部表情，她冷若冰霜地对她说：“如果我是你，我会和这个人讲条件，而不是想着去对抗。尚芳剑，你应该知道什么叫先礼后兵。”

“周阿姨……”尚芳剑只是哽咽地喊她阿姨，好半天才勉强说出句完整的话。她说，“好，我同意跟您讲条件，我听您的话，把孩子打掉。可您能不能也成全我一次……我不求别的，只求您给我一个喜欢少宇的权利，就和所有喜欢他的女生一样。如果有一天他成熟了，转变了，他甩了我，他和别的女孩结婚……那我也不怪他，那是他的事。可是我不能昧着心去疏远他，我做不来……我用孩子来换一个机会，您同意我们在一起吧。”

“同意？在一起？”周静宜慢条斯理地笑着，言辞不甚激烈，就在尚芳剑以为看到希望的时候，周静宜说了后一半的话：“你想和少宇在一起，呵，这辈子你别指望了。”

这一句软绵绵的讥讽几乎成了尚芳剑无法承受的一道伤。她把周静宜的话默念了好几遍：这辈子不指望，不指望……可不知道哪里来的一股力量，如梦方醒一般冲破了她的喉咙，她柔弱的声音提高了几度，用尽力气反抗着："可我只有这一辈子啊！"

"那你就死了这条心！"周静宜前所未有地露出凶相。

"怀孕的事，不准你向小宇透露半点风声！还有，我的底线已经交给你了，你别试图去挑战。我不可能让你把这个孩子留下来。"周静宜的冷笑里掺了几分狠劲，"心狠手辣的事阿姨从没做过，但不代表我做不来。尚芳剑，你考虑一下我的话，仔细一点。我等待你的答复。"

接下来的几天，谭少宇办理了休学，尚芳剑行尸走肉般挨过了五天。她没给周静宜任何答复。第六天的时候周静宜再次找了她，这次不是逼迫，而是哀求——谭少宇绝食两天了，周静宜亲自来请尚芳剑去谭家，她的宝贝儿子声称见不到女朋友就永远不吃饭。

周静宜把装好了粥和小菜的托盘放在尚芳剑手里，无语相对。这些天，周静宜那张紧致而光滑的脸上再无往日的颜色，整个人就像老了十岁。用人们四下站着，当他们看见少爷寻死觅活的根源就是面前这个质朴又平常的小丫头时，纷纷露出不可思议的神情。这些，尚芳剑都无暇顾及，她只在乎谭少宇的安危。

她深吸一口气，推开谭少宇的房门。他头发凌乱，半卧在床上。

尚芳剑惊呆，对面这个眼窝深陷胡子拉碴的男生怎么会是谭少宇？他怎么就为了一个平淡无奇的自己变成了这样？

周静宜问儿子："你要见的女生就是她吧？妈给你请来了，你是不是也该兑现承诺吃点东西了？"

见儿子不语，周静宜叹息着关上了房门，把空间留给他们两个人。

谭少宇没接尚芳剑递过来的粥，而是张开臂膀把她揽在怀里。

尚芳剑生硬地说："吃点东西吧，我们都很担心你。"

谭少宇不说话，只是箍着她的手臂更紧了，那种力道，就像要把她化在胸口。

尚芳剑哭了，眼泪难以自控地往下掉。他让她看了那么多凄凄切切的武侠小说，却没有哪一部能及得上他们两个人这般悲戚壮阔。

谭少宇揩着她的眼泪："傻瓜，你怎么又哭了？我最心烦意乱的事就是看着你哭。"

尚芳剑说："我怎么可能不哭？你都成什么样儿了？"

谭少宇终于松开她，笑了："我吃，我什么都吃，我马上就能恢复到原来的样子。"

尚芳剑的手下意识地摁在小腹上，一个月有余，仔细看的话甚至能窥出微小的变化。他能恢复到原来的样子，可自己呢？无论她要不要这个孩子，她都不可能做回到原来的尚芳剑。

"我给你带了礼物呢。"尚芳剑笑盈盈看着他。

"什么什么？在哪儿？"

尚芳剑买了两尾金鱼。红龙睛，身躯洁白如银，唯有头顶朱红如血，飘忽而美丽。她用塑料袋装着，小心翼翼地擎了一路。

谭少宇欢天喜地抢过，放进鱼缸养着。

"谭少宇，有个问题在我心里装好久了，我第一次，也是最后一次问你——你到底喜欢我什么？"

谭少宇说："太深奥了，我解释不清。似乎是一种特质，或是相吸的灵魂。就像你单眼皮，鼻梁那么低，肤色也不怎么白——可如果让我编纂一部词典，你的容貌就是我词典里独一无二的漂亮。还有你犯糗的时候、你发呆的傻样、你恨得让人直咬牙的慢性子……太多太多了，没一样是我不喜欢的。这么回答你，行不行？"

尚芳剑呵呵地笑："那你还不如直接说'我就是喜欢你的丑陋和难

堪’我听着会更踏实一些。”

“那你呢，你喜欢我什么？”

“太快了，我根本来不及想，”尚芳剑说，“就像没有闪电预警的雷声一样，轰的就在你眼前炸开，火树银花似的。”

“你还不是一样说不清？”谭少宇说，“这本来就是毫无道理的东西。”

尚芳剑暗暗地想，通常，没有道理的开始，都会遇到个言之凿凿、振振有词的结局。

“我给你讲个故事吧。”她一边把菜夹到他的碗里，一边慢悠悠地说。

谭少宇笑了：“你这么寡趣的一个人，居然也会讲故事。”

尚芳剑也笑：“嗯，长这么大，就指这一个故事活着呢。”

她说：“我给你讲个‘鱼只有七秒钟记忆’的故事。”

“你知道吗？鱼只有七秒钟的记忆，它们只能记住七秒钟之内发生的事。一条鱼在深海里遇见了美丽的异性，它们相对游过，点点头，彼此say hi，正甜蜜地思考着要不要向它发出约会——愣神的工夫，前面七秒钟的记忆已被抹掉。它失忆了，它忘了自己遇见了谁、正在做什么，只得悻悻地游走。所以你看鱼的眼神通常是茫然的，它们毕生的时间都在茫然里度过。”

谭少宇捧腹大笑：“别开玩笑，照你的说法，一条鱼岂不是一辈子也没办法爱上另一条？”

“可以的呀，它们也可以一见钟情，也可以速配，可是一转身，那种感觉就瞬间淡漠。鱼的一生可以一见钟情无数次，可怜的是，它自己都记不得到底爱上过多少条别的鱼；幸运的是，它一辈子都活在专情的自诩里，每一次都是海枯石烂，每一次都是至死不渝。”

谭少宇默默地想了几分钟：“你是不是变着法地说我会变心？我不是那条傻了吧唧的鱼！”

“没有没有，我只是有感而发讲个故事罢了。”尚芳剑笑着摆手，“可你知道吗？人的记忆和鱼又有多少区别？该被抹掉的终究会抹掉，只不过时间长短不同罢了。”

“尚芳剑，你这故事一点儿都不好笑。”

“我知道，”她说，“我让你一边思考一边吃了饭，同时还把自己讲开心了。这难道不是一个上好的故事吗？”

“忘了告诉你，这两尾金鱼是有名字的，公的叫‘天长’，母的叫‘地久’，它们俩在一起，才能长长久久。”

谭少宇扑哧乐了：“真土，还不如公的叫‘旺财’，母的叫‘小强’。”

“如果觉得土气，那就叫它们‘小天’和‘小久’。”

“我还有一个请求，”尚芳剑说，“你可不可以把‘小天’和‘小久’永远养着？”

谭少宇笑了：“永远？不可能不可能，鱼的记忆我不知道，可鱼的寿命我知道，即便是养鱼的高手，也只能把金鱼养到六七龄左右。”

“那就养到它们寿终正寝。”

“嗯，没问题。”

“那……能不能把它们放进一只小一点的鱼缸？”

“这是什么道理？小一点的鱼缸不利于生长。”

“七秒钟可以游一个来回，它们就不会忘了彼此。我想让它们永远爱着对方。”

“可鱼总得睡觉，发呆，闭目养神吧？”

“我送你的鱼，不会睡觉不会发呆也不会闭目养神，它们只会彼此注视着，穷尽一生。”

“对对对，你送我的是两条神鱼。行了吧？”

谭少宇乐不可支。可隐约地，他觉出尚芳剑的话里暗藏了一种莫名的情愫。

18

十七年的资助与抚育，我用我的孩子和我的清白一起还给你

○ ● ● ●

临走的时候，尚芳剑找到周静宜。

她说："我同意把孩子打掉，也会配合您安排少宇出国。只有一个条件，请您付给我五万块钱。"

周静宜用复杂的目光打量着这个瘦弱而倔强的女生。"能不能说说，你要这笔钱来做什么？"

"用作心理平衡，"尚芳剑说，"谭家的骨肉，怎么也值这个数了吧？我不是每时每刻都有机会怀一个这么值钱的孩子。"

周静宜沉默了半晌，终于点头："好，这笔钱不算什么，但是——"

听到这句但是，尚芳剑的心已经快跳出了嗓子眼儿。她正策划着平生最大的赌局。比的不是心智，而是贪心——谁更贪心，谁就输了。

"但是——"周静宜补充道，"空口无凭，我希望和你立一张字据。只要签上你的名字摁上手印，我就打钱给你。"

尚芳剑笑了："字据怎么写？因尚芳剑打掉谭家的孩子，谭家支付她五万元营养费？"

周静宜面如铁青："谭家愿意支付尚芳剑五万元青春损失费——你

看这样如何？”

“是不是……还要告诉少宇，因为我和他上过床，所以我主动找上门，拿这个讹了你们家五万块？”尚芳剑头也不抬，慢腾腾，清晰地吐出这些字。

周静宜如临大敌地看着她：“真没想到，你有这么多的心机。我小看你了。”

尚芳剑含着泪抬起脸，给了周静宜一个出其不意的微笑：“您没小看我——贪心的人只有这么大本事。我同意，只要您把钱汇给我，我就签字画押。”

尚芳剑知道自己赢了。有了这张字据，加上周静宜的巧舌，一定能在谭少宇面前将她诋毁得一无是处，劝说他离开自己赴美读书再也不是什么不可能完成的任务。可是——周静宜那么聪明，却忘了五万块是个多危险的数字，它足够尚芳剑把一个孩子生下来，再抚养他直到断奶为止。

“您花钱买我的清白，您可以在他面前把我形容成蛇蝎一样的人，是这样吗？”

“我这也是被逼无奈，阿姨对不起你。另外，还请你……”

“请我守口如瓶？”尚芳剑笑盈盈地说，“我什么都不说，我欠谭家的。这一次就算我们两讫了，十七年的资助与抚育，我用我的孩子和我的清白一起还给您了。”

周静宜咬了咬牙：“好，两清！明天我会接你去银行，你只需带一支笔。”

翌日上午，周静宜跟尚芳剑完成了这笔交易。周静宜当着她的面把五万块存到她的账户，在那张“周静宜替子谭少宇支付尚芳剑五万元青春损失费”的字据上，尚芳剑用她的小方块字一笔一画地写上“钱已收到，尚芳剑”，拇指用力地蘸着印泥，哆嗦着，盖了上去。

周静宜毕竟老到，签了这份协议之后，她就派了两个用人牢牢地看住尚芳剑，只要谭少宇一上飞机，就马上带她去手术。

那天下午，尚芳剑在用人的监视下给谭少宇打了最后一个电话。按照周静宜的办事效率，谭少宇应该见过那张字据了。她想。

电话通了，话筒的那头，是谭少宇近乎麻木的声音，不疾不徐，没有一点点温度。

“你知道吗？昨晚我一直在翻看杂志，上面有名家设计的特里洛尼鸢尾婚纱，金丝银线，裙摆镶钻……那一套婚纱要五十万。我对自己说，尚芳剑从小就没人关爱，她过得苦，没拥有过什么好东西。等我娶她的时候，一定要让她穿这样的婚纱。后来我就在一张草纸上演算：工作的第一年我要赚十万，第二年二十万，第三年我就能娶你了……”谭少宇在电话里几乎微不可闻的一声叹息，有着一针见血的锋利，“我妈对我讲述了原委，她给我看了字据和汇款单，我认识你的字，但我还是不甘心。尚芳剑，我要你亲口告诉我，你去找过她，你拿那件事做筹码，一次一万，五次五万——你要我妈付钱给你，还给它起了个悦耳的名字叫什么青春损失费，是不是这样？”

半晌，那声“是的”从尚芳剑的声带里艰难地发出来，通过电波清晰地传到谭少宇的耳朵里。

在那之前，尚芳剑还抱着最后一点希望——谭少宇信任她，一口咬定她不是那样的人，她一定有隐衷——结果就是他信她，但他的信任并非坚不可摧，一份签字，一个手印，一个“悦耳”的名词就把他的信任隔空夺走。她除了承认哪里还有回旋的余地？

大段的沉默过后，是谭少宇如梦方醒的声音：“原来那些都不是偶然。你先认识了鼎鼎大名的周静宜，而后才是谭少宇。我告诉你我妈是保姆，你就哀求我留着你的完整，后来你得知周静宜是我妈，你就放心大胆地奉献了，主动得像只发情的小狗。为什么！为什么你是这样的人！”

“我给你一个机会解释——你告诉我这一切都是误会，告诉我你是个单纯的可怜的女生，告诉我你真的是被阔太资助的孤儿，告诉我那个给你生活费的司机跟你没关系，告诉我我是你的第一个，告诉我你爱着我——尚芳剑，你告诉我啊？你说啊？”

知道什么才是痛彻心底的悲伤？

尚芳剑张大了嘴，眼泪急速地下落，生怕声带一不小心发出嘶哑的不能承受的哀号。

他说的这些，都是真的；他说的这些，她都无力承认。

谭少宇在吼出这句话之后，终于痛哭失声：“我喜欢的人可以自私、可以爱财，可我不能容忍她是个最最低能的弱智！伸手要钱的时候，你难道没想过最贵的东西已经攥在手心了吗？尚芳剑，为什么连你都会做这么蠢的事？你傻不傻……你傻不傻呀……”

谭少宇哭得就像个噎到的小孩子，尚芳剑要把话筒捏碎了一般，似乎那样才能转嫁她的撕心裂肺。

“谭少宇，你不是我，你没受过穷，没经历过那种孤单和恐惧，我需要这笔钱。”

“别跟我找借口！”谭少宇说，“你需要的我会给你！哪怕你亲自问我要，你都能得到那五万块！因为我喜欢你，因为我喜欢……”

“好吧，”尚芳剑幽幽地说，“告诉你真相吧谭少宇，因为我不相信。”

“鱼的记忆只有七秒。”她说。

电话的另一端彻底没了声音。

尚芳剑一度想把电话挂断，可一想到这也许是最后一次和他通话，她的心无声无息地化成一摊水。哪怕再听听他的声音，哪怕多听一秒，她求之不得。

“所以，我再也没资格去奢望那件五十万的婚纱了，对吗？”她问他。

“也许吧，谁知道呢？”谭少宇轻蔑一笑，“如果你肯再让我玩四十五次，如果你没涨价而我又恰好没腻的话。”

尚芳剑倚在电话亭上，笑着笑着就出了眼泪："那谢谢你了，还给我留份这么大的希望。"

"也谢谢你，"谭少宇清了清哭干的嗓子，"我的第一个女朋友，伪装和演技都堪称一流的小婊子。没错，你就是个丑陋不堪一无是处的小婊子，我居然喜欢上这样一个人，我真他妈感到恶心……"

之后的话尚芳剑再也没能听下去，她把话筒松开了，任它像钟摆一样荡在空气里，她蹲下去双手掩面，用尽力气号啕大哭。不知过了多久，话筒里已是模糊不清的忙音。这就是他们最后一次通话。

谭少宇出国的那一天，尚芳剑央求周静宜带她去送机，她要看他最后一眼。她保证不节外生枝。那一天，姆妈和尚芳剑跟在谭少宇的车后面，机场里，她倚着柱子偷偷地巴望他。谭少宇消瘦的影子无比落寞，他背着一个大包，机械地朝家人挥手。他走向安检的途中蓦地站住，心有灵犀般转了个一百三十五度的身，朝着尚芳剑的方向凝望。她赶紧缩回去靠在柱子上。他再次落寞地扛起大包进了安检口，与此同时，尚芳剑紧紧咬着手指，流尽了所有的眼泪却没发出一声。

周静宜刚把谭少宇送上飞机就马不停蹄地送尚芳剑去了医院，她被推进了二楼手术室，这是多少天来尚芳剑第一次有机会甩开那两个形影不离的用人。她孑然一身，唯有身份证和一张五万元的存折被她缝在了衣服里。医院的二楼，足足有五米多高，她默默地祷告上苍：大慈大悲的观世音菩萨，如果您可怜我，请留下我的孩子，请保佑他安然无恙吧……然后，她怯生生地冲着医生举起手："大夫，我想先去趟厕所……"

那天的妇幼医院传出惊人的消息，一个女孩从二楼的洗手间跳了下去，摔成重伤。正当围观群众准备救助的时候，她挣扎着从地上爬起来，跌跌撞撞地分开人群逃离了医院。

19 女人像一盏茶，三道之后方知清雅留香

○ ● ● ●

天边泛起鱼白。

一夜未睡，床边的米薇早已泣不成声。

“你为什么要把孩子生下来？你根本就没有生下她的资本！为什么呀？就为跟个老婆子置气？还是因为你孤单，你让伊恋陪着你做伴？知不知道，你这个莽撞的决定害得你们母女多受了多少苦？你傻得可以……”

为什么？是呵，为什么？

我不为置气。周静宜毕竟对我有恩。如果没有她，我会断了给养活活哭死在襁褓里。

也不因为孤单。孤单是我的家常便饭，孤单早已流淌在我的身体里，就和我的血液一样，是O型的。

伊恋固然是我身上的一块肉，可我连自己都养不起，又如何有资格让她陪我来这世界上受罪？

我卑鄙地搜索着答案，发现唯一讲得通的，是一种不甘心的爱。

我爱着谭少宇，我不相信他能记得我直到地老天荒，一如那两条金鱼，我断定它们早已不知所终。放弃这个孩子，我便永远失去了正名的机

会。我不是什么伟大的角色，我只是个寄人篱下看人脸色长大的卑微女生，我可以去做仇恨的客体，被男人骂作骗子婊子，我只是不愿意那个仇恨的主体是谭少宇，那个像闪电一样劈开懵懂，给了我一份别开生面爱情的男孩子。终有一天，我会带着我们的孩子站在他面前，告诉他，那一年，那些我不敢承认的事，都是真的。我是个单纯的可怜的女生；我是被他妈妈资助的孤儿；我和那个司机没关系；我是他的第一个；我爱他。

不得不说，深爱一个人，爱得失去自己，是件多么残忍的事。

孩子安然无恙，八个月之后在宁波出生，六斤四两，是个女孩。

分娩的时候，我疼到了休克。恍惚中，我回到了一年前那个看急诊的晚上，看见了谭少宇在医院条凳上的拥吻。他在我脸颊上轻柔地一啄，就像一个燎开天地的火种。还有他的奚落声，他笑嘻嘻地说："一点小病就疼成这个样子，将来生孩子你还不得疼得痉挛……"

我微微笑了，泪在眼角滑下来的一刻，婴儿开始了啼哭。

女儿没有名字，我一直都叫她小丹尼。

我隐姓埋名，用仅有的五万块将女儿抚养到两岁。我就像蒸发了一样，从学校，从周静宜的眼皮子底下消失了。其间，我背着女儿当街发过传单擦过皮鞋卖过早点，也曾被扣上盲流的帽子进过收容所。我把身份证剪个粉碎，我宁愿做一个黑户口的女孩也不敢承认自己是尚芳剑，我躲着周静宜，害怕她真的会斩草除根。那张借记卡被我贴着肉揣在衣服里，五万块，唯一的资本，我从取款机里取了不下几百次。

我从未想着联系他。我没法联系到他。

起初我觉得这就是自己选择的幸福，我有了唯一的亲人，我生下了那个男生的孩子，即便天各一方，爱情的果实终究无法抹杀。就像那部电影，伊芙琳带着小丹尼抱残守缺地度过下半生，只要我觉得幸福就足够了。可渐渐地，我觉得这"幸福"不足以抵抗生活的艰难。在小女婴夜以继日啼哭的时候、在我背着女儿哆嗦着一双冻裂的手把顾客的小羊皮靴打理得油光锃亮的时候、在我住最便宜的地下室每餐只吃馒头和咸菜仍不足以糊口的时候，我后悔过。

我必须后悔。我的意气用事就像那些愚蠢的顾客选购的劣质皮靴，虚伪的光泽禁不住冷风的摧创。我也曾努力地向心尖上敷着油，盖住了细小的皲裂，却难掩狰狞的沟壑疮孔。我明白了——我的幸福原本就是低档的残次品。

女儿两岁的那个中秋夜，我一狠心将她放在河堤上，涕泪横流地撇下她一走了之。

我去了商场，用最后的八百块钱买了瓶上好的干邑。只有这瓶酒能带我回到三年前那个最幸福的夜、那种滋味、那道温情……我准备一口气喝干它，喝干了我就去投江。

买了酒，付了钱。我却怎么都打不开。我压根儿不知道喝红酒还要开瓶器的。

我沿街寻找卖开瓶器的店。街上的妈妈们怀抱着婴儿，我的怀里抱着一瓶酒。

卖酒的售货员从身后追上我。

“顾客，”她说，“你忘了拿这个。”

那是一个100ml的干邑赠品，她说：“我们在搞买一送一的活动啊，你买了酒妈妈，却忘了带走酒娃娃……”

我说：“谢谢，我不要酒娃娃。”

她笑得那么灿烂：“那可不行，这是早就搭配好的嘛，酒妈妈就得搭配酒娃娃，不然你让我给谁啊……”

我突然转回身撒腿就跑，弄得服务员一脸茫然。

我呼号着奔向江边寻找我的女儿。

幸好，孩子在一个姓孙的民警手上，安然无恙。

那个四十多岁的民警算是我的贵人，他丧偶，和母亲住在一起。他可怜我，把我接到自己家里雇做保姆照顾他卧床不起的老妈妈。

直到那时，我狼狈不堪的生活才有所缓解。

这份保姆的工作我一直做了三年，并在孙民警的帮助下取得户口。恰好当地有一对姓伊的姐妹煤气中毒身亡，孙民警动用了关系令我们母女两个顶替了死者的身份。我有了户口有了新名字，伊冉。

我喜欢这个名字，喜欢“伊”这个姓氏。

我也喜欢女儿的名字，伊恋。

伊恋，依恋。究竟那是一份怎样的“依恋”，只有上千个夜晚的低绮户照无眠才知道答案。

三年过后，孙老太故去。伊恋已经快五岁了，特殊的境遇让我五岁大的女儿尤其懂事。我也找了份会计的工作，每月有两千元的固定收入，晚上回家，我为孙民警做饭洗衣，体贴而不失疏离。我二十四岁，生活趋于稳定，逐显女人的光彩。照镜子的时候，我觉得女人像一盏茶，三道之后方知清雅留香。

终于，孙民警婉转地表示了想娶我过门的意愿。我委婉拒绝了。这层心思一旦如窗户纸般捅破，我就再也没了住下去的理由。之后的两年，我带着伊恋再度漂泊，几经辗转，我们回到了那个让我恐惧又思念了八年多的地方。

我整了容，把当初被谭少宇讽刺为丑陋的地方全部修整一番，如今我是双眼皮高鼻梁的伊冉，我有足够的底气面对周静宜。

结果就是，我带着伊恋回了A市，明察暗访了几个星期，谭家别墅早就不复存在，周静宜也在四年前搬去了外地。我扑了个空。

二十五岁的我感觉累了。且不说到哪里去寻谭少宇，即便找到了又能如何？只怕他早就被哪个身家显赫的大人物选作乘龙快婿了。八年前我们初识的晚上，我走失过；八年过去，我学会了原地等待。

我用了整整一夜来讲这个故事。

后来我和米薇小睡了两个小时，护士拉开窗帘，满目晨光。

几天后我决定提前出院。住院费太贵了，我已经欠了米薇不少的钱，更何况公司人手奇缺，一个私企断然不会给我这样的低级员工太长休假。

再就是，我的伤不在腠理，而在膏肓，治与不治都是那个样子了。苯甲二氮卓没给我留下任何后遗症，可但凡我一想起那个昏天黑地的酒店，和一副副脸孔，就会不自觉地头晕目眩。

我像一株突兀的沙漠植被，我求了八年的雨，最终在一场像极了降雨的风暴里，吹折了腰。

出院的那天阳光明媚，我和米薇一同去退掉病服，结算费用。米薇笑眯眯地邀我去她的公寓住上一段时间，算作第二个康复疗程。我有一搭没一搭地跟她对着话，直到年轻的配药师把病历从窗口塞出来，递在我的手里。

我看了一眼，那不是我的名字。

“大夫你拿错了，我不叫苏澈。这不是我的病历。”

米薇的笑容在那一瞬变得僵硬。

她抢在大夫的前面把病历拿在手里。苏澈，男，三十五岁，病历的右上角贴着俊朗的照片。

米薇的眼角不自然地抽搐着。

“你怎么了？”我关切地问。

米薇怔了几秒钟：“我没事。”

“没事把病历给我。”大夫有些不耐烦了。

米薇犹豫地做了个递的动作，又停住了。她的表情瞬间起了变化，仓促而焦急，说话微微带着颤音。

“大夫，你告诉我，这个人，这个苏澈，他人呢？他在哪里？求你告诉我！”

“我怎么知道？”大夫白了她一眼，“方才还在这里，不然哪儿来的病历……哎？哎——你去哪？你把病历给我留下呀……”

米薇像丢了魂魄一样，径直朝出口通道而去。起初是小碎步，接着一路奔过去。她左右地顾盼，寻找着病历的主人。

我和伊恋面面相觑，顾不得医生的呵斥，赶紧追了上去。

这是我所陌生的米薇。她失却了往日的从容和优雅，像只惊弓的小兽，冲撞在人群里。她拨开通道里的行人，凡是中年男人她通通扳过来看一眼，她大叫着苏澈的名字，最后生生变成了嘶喊。所有人都把目光聚集在米薇的身上，就连伊恋都惊恐地问我“薇薇阿姨怎么了”。

我不了解个中因由，但我知道米薇正在经历着生命中最为重要的时刻。我从没见过米薇这样，确切地说，我从不敢想象米薇可以因为一个男人紧张成这副样子。那种气场甚至让我和伊恋不敢靠前。我们帮着她一起喊，一路找，差不多二十分钟，一无所获。我怯怯地把手扶在米薇的肩膀上。她安静地转过身，平素里玩世不恭的脸上竟然满是清泪。

“伊冉，”米薇扑在我怀里，声音嘶哑，“我没找到他，我还是没能找到他。”

半个小时后，我和伊恋坐在医院外的拉面馆里面面相觑地看着米薇哭着吹干了三瓶啤酒。

我小心翼翼地问她：“这个苏澈，是个什么人？”

“他不是个人！”米薇狠狠地瞪过来。

我说：“那我就明白了。”

在米薇心目中，这个苏澈可能是个神，是个禽兽，或者神兽，总之，他不是一个凡体。

我觉得我这个朋友很不称职，朋友需要酩酊大醉，而我却只能遵从医嘱，小口小口地啜着清茶。

米薇到底喝醉了。精致的脸上粉底和睫毛膏花里胡哨地糊成了一片。

“伊恋，”米薇含糊地唤过她，“给阿姨买一盒冰激凌可不可以？最小最小盒的那种就好。”

那一瞬，米薇的眼睛里没了往日的跋扈，清澈得只剩憧憬。那是一种近乎纯粹的女孩的甜美。

她用那样的眼神央求着伊恋买一盒冰激凌给她。

我几乎看见了米薇高中时的样子。

直到伊恋将一杯飘着奶香的和路雪递在米薇眼前，那双热切的眼睛以不可思议的速度黯淡下去。她胡乱地挥了下手，那杯冰激凌就被打在地上，慢腾腾地滚在下水井旁颓败地倒扣在地上，雪白的奶糕沾了黑漆漆一团沙土。

伊恋吓得哭了起来。而我，很轻易就原谅了身边这个故作高傲但却脆弱到骨子里的女人。

她说过，冰激凌太甜，她受不了的。

不怕苦痛来得生猛，只怕甜美突然降临。女人如此，妖精不外如此。

20 酩酊芳酒鸿蒙醉，刻骨暗花虚无开

○ ● ● ●

从那天起，米薇变了。时常沉默，轻易发呆。偶尔也会妖气大发流连夜店，只是再也没了浑然一体的保护色。整夜high下来，一干人等面如土灰，就只有米薇出奇精神，哈着气在早点摊前跺脚等待，然后捧着热腾腾的豆浆坐在街边的长凳上发呆。

一个苏澈，竟然让米薇从一个妖精变成了像极了妖精的天使。

我问她，要不要找那个苏澈来一诉衷肠。米薇淡淡一笑："我一直在找，我从北京千里迢迢回到这里就是为了找他，不然你以为公司那么丁点儿的小庙能让我米薇折腰？他几个月前的住处和电话号码我都查到了，我还知道他最近撞上一摊倒霉事搞得众叛亲离，可我就是找不到他这个人。或许是我当年做得太绝情，老天爷都不给我悔过的机会。"

我说："如果我能帮你找到苏澈，你会不会比现在快乐？"

米薇把烟蒂弹出一道弧线，笑了："我发动了两个市委办公厅的朋友和三个做传媒的铁瓷，你的意思是，你比他们还神通广大？"

我就没再言语。

天气渐渐转凉，我和伊恋的生活又恢复到从前一样。吃得简单，用得简单，一切都回到了原点。酩酊芳酒鸿蒙醉，刻骨暗花虚无开。有时候我甚至会忘记自己身在何地、身处何时。有一次我落款时写错了年份引来了伊恋的嘲笑。我抱过女儿，梳理了她光洁的头发，告诉她：这是我们的元年。

我们的，幸福元年。

谭少宇再度出现在我的生活中是因为一通电话。

中心医院急救中心打电话告诉我，有一个叫谭少宇的病人止在抢救，希望见我一面。我问她谭少宇得了什么病？要是神经病就免了。她说，她只负责病危通知，病人并没有交代别的。

我知道这是个恶作剧，可我还是去了。

有一种愚蠢是刻在脑子里的，无药可医。

为了表示我对所谓的“病危通知”有多不屑一顾，我连高跟鞋都懒得换，穿着公司的拖鞋就去了。

结果可想而知，当我推开高护病房的门，看见谭少宇穿着整洁的病员服正撑着窗台晒太阳。

他回过身看我，身后是万丈阳光。

他笑了，笑得很特别，如同武林高手在那笑容里暗暗运功一样。

我的双手攥成拳头，浑身发抖。

我没冲谭少宇说话，但不等于我姑息养奸。我冲上去就把一个精美的热水瓶抓在手里，再让它自由落体砸在地上。热气袅袅，碎片炸得满地都是。小护士们闻声冲了进来。

我说：“你们，谁下的病危通知！给我滚出来！”

我一下子就哭了。真的，好歹也是穿白衣的天使啊，不带这么逗闷子的。

小护士们面面相觑，没说话，慢慢退出了病房。

谭少宇揽过我的肩膀："是我，让她们下的通知。"

他盯着我的眼睛，目光里透着温和："我……我得了……"

"偏头疼。"他说。

好半天，我说："偏哪一侧呢？"

"左侧。"

我也温和地盯着他，然后猛地抓起暖瓶塞儿，狠狠砸在他左半边的脑袋上。

我也不知道运了多大力道，总之我把谭少宇砸趴下了。小护士们又一窝蜂地冲了进来。

谭少宇龇牙咧嘴地打着手势央求她们退出去。

"好吧伊冉，"谭少宇抱着头缓了许久，慢腾腾说，"我说实话吧，我真的得了病，不过没那么严重而已，我只是想试试看，你舍不舍得来见我最后一面。"

我一字一句地说："谭少宇，人可以无耻，但是不能无耻到这个地步！你该不会惊讶吧——前几天我也住过一次院，差点儿脑瘫成了植物人，你会不会对我的起死回生扼腕痛惜？"

我忍着眼泪不想过分狼狈，可我还是哭了。我说："谭少宇，你放过我吧。八年前是我对不起你，如果你非得玩死我才解恨我可以干净利落地死在你面前。我不过就黑了你五万块而已，如果你还对那笔钱念念不忘，我可以按照央行最新颁布的二套房商业贷款利率连本带利还给你，你看行不行……你到底要我怎么样……"

"到此为止……"谭少宇面露痛苦地站起身，又摇摇晃晃地扶住了窗台。

"到此为止吧，伊冉，尚芳剑，对不起！"他说，"是我误会你了。"

“你误会我什么了？”这一次轮到我不可思议了。

“我看见了真相……那二十片安定还有你脚上跑掉的拖鞋。”

我低下头，左脚上套着拖鞋，右脚的粉色袜子上沾满了污泥。

“这一次我只相信我的眼睛。”他费力地吐字，看得出他的偏头痛很厉害。

我垂着头，窘迫地盯着脚尖儿，这身行头和整洁的高护病房格格不入。

“我大概会住院观察一周，你会不会来护理我？”他说。

我顿时就笑了：“又来这一套，谭少宇，你又来这一套！我就像你罐子里的蛐蛐儿，你捉了放，放了捉，你觉得有意思，上瘾了是不是！”

谭少宇攥住了我的手：“如果我是那只蛐蛐儿，我甘愿赖在你的罐子里不出来，这样就相安无事了。如果你觉得我危险，我可以和你交易——我送你一样东西或是实现你一个心愿，条件是你留下来陪我一周……”

“我护理你一周，你送我一栋豪宅？”

“不是不可以。”

“然后你再告我巨额诈骗，把我送到局子里保都保不出来？！”我真的怒了，“姓谭的，你想都不要想！”

我把门摔得山响，索性把左脚的拖鞋也甩掉，光着脚出了病房。借着玻璃的反光，我看见了谭少宇抿起的嘴唇，神色绝望而无助。

我停顿了几秒钟，又重新站在他面前。

我说：“我可以来做你的陪护，条件是你帮我找一个人的下落。”

我把苏澈的描述写在纸条上，告诉谭少宇我要这个人的手机号码和确切地址，交易能否达成就看你有没有这个本事了。

我知道谭少宇有能耐不假，可我绝不相信他有柯南的本事，也不认为他的侦查能力敌得过一个米薇+两个市委办公厅大员+三个小报记者，所以我回去的路上昂首阔步根本没报任何指望，顺便找回了那只遗失的拖鞋。

这件事就这么过去了六天，杳无音讯。谭少宇一贯的作风就是向你的心湖里投块大石头，再抱着肩膀等着你心里的小浪花轻飘飘地跃起来自己却视而不见。我懒洋洋地趴在工位上，周末值班，黑漆漆的一层楼里只有一台电脑是亮着的，把我的一张脸照得混沌不明。手机屏幕的小方块亮了，我几乎在看清了“谭少宇来电”几个字的同时把手机抓了起来。打电话的是谭少宇的用人，他给我送来了一个档案袋。

五分钟后我把档案袋取了上来。里面一张A4打印纸将苏澈的全部资料一网打尽，就像儿时风靡的港台明星个人档案一样，从身高血型到最喜欢的厕所文学一应俱全。我看清了苏澈的职业一栏里写着老师。确切地说，他是米薇高中时的语文老师，大米薇九岁。现住址是北京，后面附带着手机号。

这就是米薇铭刻于心、苦苦找寻的男人——苏澈。我不知道九年前的始末原委，我断定那是一段九曲回肠生关死劫的爱恋。九年了，米薇因为这个名字百炼成妖，又为了这个名字而现出人形。九年的修为原来皆是伪装，妖精和天使的根本区别在于是否被爱拥有。那满满一箱的冰激凌就是她最大的弱点。

这一刻，我平生以来第一次怀疑了我的论点。

鱼的记忆，到底是不是只有七秒？

我拦了一辆车赶往米薇的公寓，把这张价值连城的A4打印纸交在她手上。米薇用二十分钟就打点好全部行装，她把公寓的钥匙交给我，她要去北京见她的男人了。

“下次再见时，你该结婚了吧？”我一边往后备厢里装行李，一边打着趣，“婚姻就如一场美式九球，我一直在想，到底哪个幸运的公子哥能把你稀里糊涂地击落却不想结局是这样。”

“其实你早就该告诉我，”我笑盈盈地看着米薇，“重逢苏澈之前，你的球手根本就没登场。”

米薇靠在车子上，熄灭了最后一支烟。她说苏澈不吸烟，也不喜欢她吸烟，所以从今天开始她得戒烟了。

“关键是，”米薇说，“激情过后，我坐床边点上一支事后烟，他裹在被子里目光隐忍地盯着我后背……这个场景，太富喜感。”

话音落下，我从离别的悲伤里忍不住笑出声，米薇则在放声大笑之余怆然泪下。

我知道，告别了香烟的米薇也不会孤独，她重回冰激凌的怀抱。

第二天阳光很好，我早早收拾利落去了医院。我知道谭少宇的陪护肯定少不了，他是什么人？只要他打个喷嚏，就可以掀起一个女人的裙子；他要掀起一个女人的裙子，律师界和商界就能齐刷刷地打个喷嚏。何况他不是打喷嚏，是偏头痛！更何况他家里还有正室名曰梅兰妮！

我只是去完成任务，不想授人口实罢了。

高护病房安静得出乎我的意料，谭少宇不在房间里，午后的阳光在窗子上一漾一漾，我这才发现，桌子上放着一个狭长的鱼缸，一条硕大的红色金鱼在缸里游动。我发呆的时候，一个七八岁的小男孩从我腋下钻进病房，来到鱼缸前，有滋有味地欣赏。

我放下背包走过去问他：“这是你养的鱼？”

小孩子怯生生地摆摆手，指了指谭少宇的床位：“他养的，我每天都来看。”

鱼缸里是一尾八龄大小的红龙睛。

我和男孩并排伏在鱼缸前，看着狭长鱼缸里的红龙睛从一端缓缓游向另一端。

“知道吗？”小男孩扁了扁嘴，忽而说，“鱼的记忆只有七秒呢！”

我有片刻的迷茫。

小男孩接着说："它们只能记住七秒之内发生的故事。一条小鱼在大海里遇见另外一条，它们相对游过，点点头，彼此say hi，正思考着要不要向它发出约会，愣神的工夫，前面七秒钟的记忆已被抹掉。它失忆了，它忘了自己遇见了谁、正在做什么，只得悻悻地游走。"

我点头赞同："对啊，所以你看鱼的眼睛都是茫然的，它们毕生的时间都在茫然里度过。"

他不说话，扬起脸看我，一脸认真地摇头："不对，这条鱼就不会。"

他说："住在这儿的叔叔说了，他养的这一条是神鱼，它就不会忘记七秒之内的事，它还有名字呢，它叫小天。你看它长得多大呀！"

他说："阿姨，你怎么哭了？"

我笑了笑，拭干眼里的泪："没有啊，阿姨今天看见了一条神鱼，阿姨此前从不相信这世界上有神鱼的存在，今天阿姨相信了。"

小男孩露出无邪的笑，蹦跳着离开了。

我独自坐在床边发呆，想起我用一个塑料袋把它们盛去谭家别墅的那天，也想起了我说过的每一句狠话。最狠的那句莫过于我用决然的口气告诉他："我不信，鱼的记忆只有七秒。"

我给谭少宇的鱼就是最平凡的鱼，我给他的爱也是最普通的爱，就连我编的故事和骗他的借口都那么拙劣。可是蠢到极致的谭少宇，他竟然真的孜孜不倦地养到它八龄，就算是谎言，他也要顽固不化地把它变成奇迹。

我靠近了看它，我把脸凑在玻璃鱼缸上面，我轻轻吹着口哨逗弄着它，我浑身上下都笼上了层莫名的幸福。

直到房门出其不意地被推开，我吓得一抖，鱼缸晃了一晃，我伸手去扶，却情急之下将它打翻。

狭长的鱼缸清脆地掉落在地上，四分五裂，那条畅游的红龙睛离开水顿时开始挣扎。

谭少宇的一只脚刚刚跨进房门，就那么不知所措地目睹我做了一系列蠢事。

我慌乱着把鱼拾在手心里，忙不迭地冲谭少宇喊着："脸盆呢！你的脸盆放在哪里？"

谭少宇也慌了手脚："这个……我……不知道……"

"那水房呢！水房在几层？"

谭少宇摊开的双手让我明白了这样的提问统统是鸡同鸭讲。

我顾不得许多，捧着金鱼就朝楼下跑，他跟在我身后追了出来。我依稀记得楼下有一大片人工池塘，是活水，连着溪流。

我急得眼前发黑。谭少宇养了八年的鱼，刚到我手里就要归位，即便是跳楼我也要把它放进水池里。

两分钟之后，红龙睛一息尚存，我已经奔到了水池边。刚要把它捧进去，谭少宇一把扯住我。

他难以置信地问："你确定你想的办法就是把它放进池塘？"

我这才恍然大悟，一旦放进去，鱼儿就会跑得无影无踪，谭少宇八年的心血也就白费了。

眼看着金鱼的挣扎愈发微弱，谭少宇叹息了一声。

"你送的鱼，还是你下决定吧。"

我站在原地想了三秒钟，抬起头告诉谭少宇："咱们把它放生吧。"

最后的结局就是，谭少宇捧着我捧着鱼的双手，我们的四只手将它轻轻地送入池塘。红龙睛甩了甩尾，游走不见。

我苦笑了一下，嘟囔了一句："这算什么？还以为是个神话，就这么破灭了……"

谭少宇出奇的好脾气，耸了耸肩，望天微笑。

这个阳光明媚的下午，我和谭少宇并肩坐在池塘边的长凳上。我不依不饶先发制人："都是你不好！你进屋都没个动静，还弄了个又窄又长的破鱼缸来养它，如果是圆的我才不会把它碰翻在地上……还有，我问你谭少宇，你怎么不按约定把它们养在一个小鱼缸里？还有还有，怎么会只有一条鱼？小久呢？"

谭少宇不疾不徐地说："你都不问问我是怎么把鱼空运到美国养了八年又运回来的，你当我养它们容易吗？"

"小久刚到美国就死了，不到一龄，确切地说，我只把这一条鱼养了八年。后来我就给它换了个鱼缸。"

两个人沉默不语。

我喜欢在这样的长凳上过一个暖洋洋的下午，面前走动着等待康复的病人，永远挂着知足常乐的微笑。黄昏时分，漫天丹霞，我知道短暂的快乐对于苦行僧的我无异于杯水车薪，可我满足了。毕竟，谭少宇把一个承诺揣了这么多年，原原本本地捧回到我的面前。

谭少宇若有所思地看了我一阵，忽而笑了："怎么，你觉得我把一条鱼养了八年就算神话？"

我点点头，算作默认。

谭少宇掸了掸病员服上的灰，笑眯眯地站起身居高临下地看着我："等我一下，换了衣服我带你去一个地方。"

谭少宇驾车载我去了一栋别墅。

我说："资本家，你到底有几栋别墅啊？"他神态自若地扬起脸，微微挑起唇角不语。

谭少宇的车子驶入一座月白色拱门，两侧花团锦簇绿荫葱茏，他缓缓地绕了一圈，才在花园一样的院落里停稳。那所别墅，满目西式雕花，高低错落，气宇不凡，精美得完全胜过他的谭家公馆。

他没有下车，半晌，幽幽地问："还是那个问题，你老实回答。"

他侧过脸，眉宇间隐现一丝柔和："这么多年，你过得好不好？"

我一下子乐开了："费了这么大周折，原来是为了向我晒幸福。"

他没笑，还是那副稳健的样子，眼神里似有穿刺的力度。终于我停了笑，一本正经地叹了口气："我过得一般，真的，很一般。"

我一下一下地抠着自己的指节："也许你希望我回答你'过得很好'，但事实上，我让你失望了。"

"你错了，"谭少宇扬起头，目光扫过我的脸，"你觉得我从美国回来，发动了我所有的关系寻找尚芳剑，就为了看一眼你'过得很好'的样子？"

"你找过我？"

"嗯，"谭少宇说，"可是我怎么也想不到你会蠢到连名字都更换了。"

"我怕你报复我。"我实话实说。

"你错了，"谭少宇迈步下车，又为我打开车门，"你应该相信的，鱼的记忆维持不了那么长时间，爱，或是仇恨。"

打开那扇银色金属门，别墅的花香扑面而来。

"你呢？你过得好不好？"我知道这个问题很愚蠢，可我还是问了。因为我总是不经意看见他眉心的结霜，没有一点温度。

"我不知道。"谭少宇去挂衣服，头也不回，留下这样一句。

"哈——"我笑笑，"看样子，你是身在福中不知福了，你有身份、有地位，有比原来更豪华的别墅。你变得成熟也有情调了，连走廊里都摆着这么多的鲜花。羡煞人了。"

"嗯，"谭少宇点头，"百合花。"

"每一季我都会买新的花瓶，三十几个，常年都插着新鲜的百合花。枯萎了就换新的，每一个角落里都有花香。”他说。

我放眼一望，竟然有了片刻的恍惚。

“好容易来了，你愿意参观一下吗？有些东西，也许你会喜欢的。”

我跟着他来到一个朝阳的大房间，随着谭少宇转动门把手，我就有种堵住嘴惊叹的冲动。

那房间，是一个女孩子的卧室。漆成了鹅黄色，床上是粉红的床单与抱枕，淡紫色的窗幔随风轻漾。最醒目的要数深蓝色的顶棚，还有纷繁的满天星状的吊灯。那一年，我曾对他撒欢儿地说：“我要一个那样的吊灯，躺在床上就像在仰望星空一样。”

“这些年，不论我在哪里安家，都会装一个这样的房间。每天打扫却从来不住，偶尔喝多了，我就在这床上静静地躺一会儿。”谭少宇说，“这是我的醒酒房，可是说起来有点好笑，我在这房间里从来没有醒过酒。”

“走吧，再带你看一个地方。”

谭少宇把我带到了三楼。三楼并非卧室更不是客厅，推开厚厚的带着隔音层的门，扑面而来的是一片漆黑。谭少宇打开一盏橘红色的壁灯，我这才看清，整个三楼都是电影院。整整八排座位！第六排的最中间是两个显眼的红色VIP座席，谭少宇慢慢走过去，坐在右手边的位子，打开遥控器，巨大的屏幕上有影像闪动，投在他萧索的脸侧。

那一晚的酒后，我随口的几个愿望，谭少宇居然把每个细枝末节都记得一清二楚。

“八排座位的私家电影院，宽银幕和最好的音响设备，那边的是爆米花机，还有酒廊，柜子里只存了干邑和雪碧。”谭少宇背对着我，语速慢而平静，就像是一个人对着大海娓娓地讲述一个故事，“这卷胶片是

《珍珠港》在北美首映时的那一版，拍卖时被我买下，我一个人看了不知多少遍，一直看到再也放不出影像为止。后来我就只听声音，一边听一边回忆着那个晚上，回忆那个人在哪句旁白过后露出好看的笑，又在哪处情节里哭得死去活来……”

“尚芳剑，我的确恨过你，我恨不得把我对你的仇恨从东半球铺到西半球，可我一下飞机就后悔了。我知道，无论我怎么央求家人他们也不可能再把我送回去，我只能求他们把那两尾金鱼运来给我。小久死掉的时候我像疯了一样骂人摔东西，我差点儿把鱼缸店砸了，他们卖给我一只那么小的鱼缸，却没教我怎么打氧。后来我就把小天放进一条狭长的缸里，独自生活。每一段新的记忆都只有它自己，狭长的通道，就连场景都是相似的。一梦八年，没有一见钟情也没有海誓山盟，每一次醒来都只有它一个，它全部的生活就是义无反顾地向前游着。”

谭少宇喃喃地说：“八年了，到今天，整整2998个日夜，你说鱼的记忆只能有七秒，可我不知道这条鱼究竟哪里出了问题……尚芳剑，我记着你，不是普普通通的记，是惦记，是铭记，是明知道痛苦还非要逼着自己把一整套的容颜从脑海里描下来一刀一刀刻在心里，连灰尘都不允许落进去。”

我觉得我已经拿出了最大程度的坚强，可还是难以抑制地湿了眼眶，在一面看不清画面的巨大银幕下，在那首《there you will be》的经典歌声里，我慢慢滑坐在地上。

“我试着用你教给我的方式忘掉你，可终究不灵。”他说，“尚芳剑，你又把我骗了。”

谭少宇坐在那里，被一大片光影团簇，兀自说着那些话。从我的角度望过去，他脸上的骨骼都带着淡淡的清冽。

21 如果有一天我们再相遇，便永远是天真无邪的初见

○ ● ● ●

夜幕渐渐降下，偌大个别墅里灯光炫目，不禁令人生出时光流淌得很慢的错觉。

“我能不能问你一个问题……”

我和谭少宇默契依旧，一同沉默了半晌，却又异口同声地发问。

“女士优先。”谭少宇做出个谦让的笑容来。

我抿了半天嘴唇，下了好大决心似的问道：“那么，你依然会和梅兰妮履行婚约，对吗？”

谭少宇不说话，一张淡漠的脸浸泡在绚烂光影之中。

“会的。”没有任何的表情修饰，简洁而明快的答案。我笑了，和我预想的一般不二。

“轮到我问你了，”他说，“也会嫁给乐天，对不对？”

我笑眯眯地扬起脸：“如果他愿意娶的话，嫁他是肯定的。”

“为什么？”半晌，谭少宇冷不防地追问了一句。

“什么为什么？”

“为什么嫁他？”

我的心里顿时啼笑皆非。为什么嫁他？他居然在坦言要和梅兰妮完婚之余问我为什么会嫁乐天！我的神，是什么让这个男人拥有如此鬼斧神工的思维？我真想问他一句——那么你想要我怎么回答？要我实事求是告诉他“我怕等不来你退而求其次的一天，所以我抢先去退而求其次了”？

我告诉他：“因为乐天对我很好，至少没有一丁点儿的不好。嫁男人就要嫁这样的，靠谱。”

为了加些真实性，我还故作深沉地背了段昨晚连续剧里的歌词：“长歌当哭，为那些无法兑现的诺言，为生命中最深的爱恋，终散作云烟……谭少宇，咱们那一段终归是过去的老皇历，由来只有新人笑，有谁闻得旧人哭……那个啥，天也不早了，我得回去了。我看你也不像久病不愈的样子，该出院就出院，出了院好去民政局办手续。”

我觉得我给足了他台阶下。

事已至此，我以为他会二话不说放我走。最多会像电视剧里演的那样，微微一怔，猛地抬眼，然后无可奈何地垂下头摆弄指甲，二话不说放我走。

结果谭少宇却不住地苦笑、摇头、叹息，韩剧里男主角的标配表情。他说：“你为什么不问问我为什么会娶梅兰妮？”

我说：“啊？”

我终于理解为什么那么多优秀的外国作家都没法将一句“当婊子还要立牌坊”译成传神的英文，因为这些人的想象力没法支持他们去理解一个东方男子口口声声说他死去活来地爱了一个平淡无奇的女人八年却要和另一个倾国倾城的美人结婚，末了还逼着她去讨问一句为什么。

我笑了：“嗯，我猜，因为她有美丽的容颜、显赫的身世、良好的教育和一口文艺腔。”

谭少宇一本正经地摇头：“我选择娶她，不是因为这些，这些通通不是理由。”

我又笑了：“好吧好吧，因为她有做贤妻良母的潜质。未来的她可以烧一手好菜；她能像王宝钏一样苦守寒窑十八年；她吃苦又耐劳，几万块人民币她就可以把你们的孩子喂得白白胖胖；要是婆婆想让她做哑巴，赐她杯毒酒她都能调着蜂蜜喝……”

谭少宇微微皱眉：“你那么理性的一个女人，能不能好好和我说话？”

“你大爷的谭少宇！”

我突如其来地吼在他脸上。他吓得一惊，再也不语。

“你英语那么好，知不知道什么叫‘pretend to be an innocent bitch’？”我说。

我是跑出别墅的，金属大门被我带得哗哗作响。我一口气跑到公路上，过往的车灯一闪，我的眼泪立刻就下来了。

命运总是爱和我开这样的玩笑。就像八年前的那夜，我无牵无挂地躺在谭少宇的怀里刚刚打了个盹，他妈妈就黑着脸站在我眼前；就像我含辛茹苦地把伊恋拉扯大，刚在相亲桌上碰见一个靠谱的男人，谭少宇就阴魂不散地跟着出现；就像我刚刚听了个美丽动人的童话故事，以为做了把山盟海誓的女主角就永远告别了流离失所的日子，谭少宇就明晃晃地砸碎了我的黄粱梦。

如今看来，山盟海誓这一档子事儿，忒复古了。

我擦了把眼泪，看见手机屏幕在闪，我把电话接了起来，听见谭少宇在电话一端说“你能不能听我解释下原因”，我就抢着说“不能”。

我的脸紧紧贴着话筒，顾不得眼泪还在倾泻路人还在旁观。我说：“我不听你解释原因，因为我不需要原因。谭少宇，你别告诉我原因，什么情投意合、企业联姻、家族双赢，我都不管，我只知道你不能娶我，这就够了！没错，你险些缔造了一个神话，你珍藏了一段感情，养活了一条金鱼，还有百合卧室电影院，你把我的愿望通通实现了，可别以为你就兑现了所有的承诺，你就伟大了！你忘了八年前你是怎么说的？你说即便有一天，我选择了另外一个男人，我穿上婚纱站在结婚殿堂里接受宾朋的道贺，你也会披头散发地冲到现场去劫我的婚！你说过的话究竟算不算话？”

我一口气哭诉了这些，等着他的答复。而我听到的，只是大段大段的沉默和叹息，以及末了的一句“对不起”。

他说：“对不起，这一次，我真的无能为力了。”

我失掉了所有力气，蹲在了路旁。长驱直入的风可以轻而易举地把我吹个透心凉。

我知道，谭少宇为我做的这些，已经足够。可一句息事宁人的“原谅”，终归说不出口。那一个晚上，所有经过那条马路的行人都会看见一个哭得蓬头垢面的女人毫无自尊地对着电话说了无数句“我爱你”。连白痴都能猜到，电话一端的那个男的定是位大款或者帅哥，否则哪里去寻一个哭得这么贱的姑娘？

我到底没有告诉谭少宇伊恋的秘密。这是我留给自己的唯一一点自尊。

快入冬了。这里的空气质量素来很差，风沙粉尘就喜欢在不死不活的冷阳里肆虐地揉搓这个城市。谭少宇很快就要飞赴上海跟梅兰妮的父母会面，然后，在东方明珠，在黄浦江畔，举行一场盛大的中西合璧的结婚仪式。

伊恋快上小学了，我想给她找一个合适的学区，暖一点的，比如南方。我和她已经很久没有体验过某种温暖顺着脊背慢慢爬到胸膛的感觉了。

立冬的那一天，我和伊恋坐火车去北京和米薇辞行。或者可以说，我下了这番功夫去和她当面辞行，多少抱了些把她带到南方的希望。

比照两个月之前，米薇苍老了许多。大眼睛美女在卸了妆之后多半是憔悴的，可米薇的憔悴更多来自心里。米薇找到了苏澈，尚在她来不及回味几多酸楚的时候，不测风云就降到了他们俩的身上。就在他们重逢后没几天，米薇眼睁睁地看着苏澈出了车祸。他和她之间，所有不合情理的隐瞒和欲拒还迎的欺骗都变得不再重要，重要的是，这个男人性命垂危。

我带着伊恋赶到协和医院的时候，米薇已经衣带不解地在床边陪了他一个星期。本以为能见到苏澈的真面目，结果我看见的只是一具颓败的木偶，更确切地说，是尊只剩呼吸的木乃伊。

见到我们的到来，米薇只是略微地笑了笑。没有拥抱，甚至没有起身。她的一只手牢牢地握着病床上的那一只，十指交叉，环环相扣。我惊愕了。不管米薇是小心翼翼地藏起了她的邪恶还是她大大咧咧地释放着自己的本真，我都不得不佩服，这个女人爱起来和她的疯癫是一样的，生冷不忌。

我觉得我没必要再问她是否愿意随我们去南方了，答案就写在她眼睛里。她嘴角荡开的满足和她眼睛里的怜爱是一样的，雪白而晶莹。

我和伊恋在病房里只待了一个小时不到就从北京返程了。有一种女人好像天生就为某一种男人而生，他们在一起的时候，外人会生出耳目昭彰的突兀感，宛若茫茫戈壁上的一棵孤树，广袤得听不见自己的叹息声。

米薇摩挲着苏澈的脸，旁若无人地跟昏迷中的苏澈讲话，像妈妈对儿子的细语，又像古词牌里的咏叹：“年轻的时候，你那么盼望我中规中矩喊你苏老师，现如今我规矩了，我听你的话。我可以不厌其烦地喊你一千一万遍。如果你的灵魂还没睡着，就撩开眼睛应一声。嗯……你不答应？你是在怪我吗？其实我一直都没离开，我像个电影导演一样构想——如果有一天咱们再相遇，便永远是天真无邪的初见……”

良久，米薇转过头惨淡地冲我们笑了下：“酸吧？不酸他不会往心里去的。”

“伊冉，”她说，“我想好了。要是苏澈一辈子都醒不过来，我就永远坐在这儿，守着他。”

我觉得米薇是幸福的，至少比我幸福。二十六岁，女人青春的迟暮期，她终究还可以捧得出一点像样的爱情。

回南方的火车票买好了，时间就在谭少宇启程赴上海完婚的三十六小时后。

我跟谭少宇做了个简短的告别。没有任何复杂的形式，就是在北风里随便走了走。

我甚至提不起任何勇气向乐天告个别，去告诉那个浓眉大眼的男生我们不合适。虽然我只大他几个月，但是他还处在坐在窗台边拄着下巴期待爱情的时代，而我却已经有了风烛残年的疲惫。

我再也拿不出什么像样的爱情了。

我犯了一个不可饶恕的错误，就是我和谭少宇在北风里轧了几遍马路之后，莫名其妙地滚到了床上去。似乎忘记了谁主动在先，但至少没人抵触。这个年龄的，尤其是有着渊源的一对男女，所有纷繁的告别仪式，终归要落实到那件不二的事上。

那天下午我好像受了什么启发，只要一想到生命中余下的三五十年里，我爱的这张生动的脸孔将永远成为一个模糊的符号，我就犯了一个也许是所有女人都曾犯过的唯心主义错误。我固执地想把他凝重的表情连同投入的汗珠永远刻在我的胸口。

窗外飞沙走石，窗子里横陈了两具鬼魅。

后来，有人旋开了大门，乐天抱着伊恋出现在卧室门口的时候，我已然来不及从鬼魅变回人形。

伊恋失声地哭了，乐天白着一张脸，眼睛里的火焰跳跃了几下，终究凝固成浑浊的冰潭。

八年前教室里发生的那一幕故事如镜头回放般再度出现。只不过这一次我连一件遮羞的背心都没有。

乐天一声不吭，抱起伊恋就走。孩子悲戚的哭声弥漫在楼道里，把我的错乱的心一下子哭碎了。明明我可以用最体面的方式离开，却一念之差成就了一场承受不来的耻辱。我套上一件衣服就追了出去，却在门口的衣帽镜里窥见了谭少宇满眼无助的悲凉。

我生命里最亲密的三个人，被我伤透了。

乐天背着伊恋回来的时候已经是九点多了。

伊恋在他背上甜甜地睡着，我笨拙地把她接过来抱在床上盖好被子。回过身看见乐天冷若冰霜地注视着我："去楼下说吧，伊恋好不容易睡了。"

星子满天。我的头发没有拢，随着凛冽的夜风飘动着。我已经不要任何形象了。我本能地想对乐天解释这一切，手指触到了口袋里的火车票，又改变了主意。对于一个萌生去意的女人来说，没什么比全身而退更重要。我不想再惹任何的麻烦。

我说："你要不要听我解释？"

他笑了："也好。"

我扬起脸，下了很大决心般地说："我是个坏女人，我也有欲望，我想要男人。可我不能找你，咱们在一起十几个月都没那样，我不想用发生关系这种办法来加速你娶我过门。于是我想到了谭少宇，所以我勾引了他。”

我顿了顿，接着说：“但我要说明的是，他是无辜的。天底下没几个男人可以禁得住女人的诱惑，即便他是富二代，即便我是再普通不过的女人；还有，不管你是否相信，我们只是初犯。如果你能给我次机会，我不会有下一次。我保证。”

乐天笑吟吟地不说话，等着我继续解释。脸上是看戏一样的表情。

“请你原谅我，不要记恨我。我和你的律师同学……我们没有感情。这本来……就是一件寂寞的人在寂寞的时候做的事。我只是……空虚而已。”

他冷不防地说：“如果我不原谅你呢？”

我哑口无言。

“要不这样？”他说，“机会我可以给你，可你好歹成全我一次吧？我是个坏男人，我也有欲望，我想要女人。咱们在一起十几个月都没那样不是我不主动，而是你根本就没给过我任何暗示。要么就今儿晚上吧，正好伊恋睡了，你带我上楼，我们也做一次寂寞的人才有权做的事。”

我不说话了。他这样一副不阴不阳的模样完全出乎我的意料。

他接着说：“真的真的，我不是开玩笑。我不光原谅你，也会原谅他。真的，我不会拎把菜刀去和谭少宇拼命，也不会向他没过门的小媳妇揭发他的种种罪行。不过，你得拿出些道歉的诚意来。你看，行不行？”

我紧紧地攥着小拳头哀怨地看着他。半晌，我从牙关里挤出一个“行”字，努力地扬起脸望天，可眼泪依旧从火烧火燎的脸颊上淌了下来。

息事……宁人。我行。

这个“行”字终于刺痛了乐天最后的神经。他指着我的鼻子说：“你演得真不赖。你把尚芳剑演成了伊冉，你把八年前的惯犯演得跟纯情少女一样。可我不明白，伊冉，咱们两个人不过就是说散就散的草台班子，你至于演这么逼真吗？”

我的眼神里终于有了真实的恐慌。我用力地咬着下唇，好像牙齿可以分担我的慌乱一样："你知道了？你什么时候知道的？"

乐天慢慢拿出一张照片，举在我的面前："我刚刚带着伊恋回了趟学校。这是一张八年前光荣榜上的照片，你看，有没有照镜子的感觉？诚然你换了名字割了双眼皮垫高了鼻梁，可你的冷傲和眼角的泪痣还是会出卖你。"

"你还知道什么？"我问。

"你和他约会。"

"还有呢？"

"你们开过房。"

"没了吗？"我继续问他。

"还不够吗！"平静的乐天突如其来地咆哮，"八年前是他，八年后还是他！既然你对旧情念念不忘，何苦拉我蹚这档子浑水！"

我笑了："既然你什么都知道，为何憋在心里不说？为何甘愿受这份委屈？"

"为什么？哈——你竟然还大言不惭地问我为什么？我是这么认真地喜欢你、追你，想娶你过门，可你见了老情人还是投怀送抱！你用两个月的工资给他买衣裳，你一边和他幽会还一边跟我扯这样那样的谎，你来了例假还要跟他去开房！你以为我什么都不知道？你以为我什么都不知道！我告诉你我什么都知道！我就是怕伤到你自尊心，怕你面儿上受不了！我什么都了如指掌可还是没跟你说！我伤心，我忍着，我伤心到极点，我他妈玩儿命忍着！我知道小姑娘都爱做梦，只要梦醒就没事儿了，我守在你身边，等你那一天……可是他谭少宇就快飞去上海完婚了，你这场梦到底什么时候能醒过来！"

乐天狠狠地摇晃着我的肩膀，本来就濒临虚脱的我滑了个趔趄，我勉强站稳，那两张火车票却从口袋里掉了出来。

乐天拾在手里，犹自不信。可那上面明明白白地标出了时间和地点。我的不辞而别终于将他击得奄奄一息。

“为什么是这样……”他的脸成了一败涂地的僵石。他终于明白了，即便没有了谭少宇，我的选择也不是他。

我说了。我全说了。

“乐天，还有件事是你不知道的。伊恋，她不是我妹妹，她应该叫谭伊恋的。”

“这就是我全部的秘密。”我说。

22

他说我们就像俩蠢蛋在斗地主，都想着让对方去赢，每人握着一张王牌装㞞

○ ● ● ●

谭少宇飞赴上海完婚了。

我约乐天去了我们初识的那家西餐厅。在那里，我把和谭少宇的种种过往原原本本地告诉了他。讲完了最后一句，我叮嘱乐天，求他一定不要让谭少宇知道这一切。路是他选的，他最终没有站在通往尚芳剑的世界入口，我也就没必要像个卖票员一样兜售着我那个世界里的辛酸和精彩。

乐天笑了。

“可巧，”他说，“谭少宇也有一个不为人知的秘密，恰好被我发现了，并且他求过我不能让外人知道。他向我强调了不可以告诉任何人即便是你，如今我大概明白了他的用意。”

“如果你要我尽职尽责地保守你的秘密，那么我也就没立场再告诉你他的事了。”乐天说。

我的眼睛里闪过好奇，可终究又黯了下去。我说：“也罢，那就两不相闻。”

乐天把玩着咖啡杯，面露难色：“可你们都把对方不能承受的秘密交给我来保管，就不怕我难为得吐血？”

“咳咳，”乐天清了清嗓子，露出了久违的坏笑，“听完了你们的故事，我特希望自己变身成一个婚礼牧师。你说，如果我站在你们俩的中间，执手新郎，问他‘谭少宇先生，如果伊冉当年生下了你们的女儿伊恋，独自带大了她，你愿不愿意娶她？不论生老病死，永不变心’……他会怎么回答？”

我笑眯眯地看着乐天耍宝，不置可否。

他意味深长地看了我一眼，脸色凝重说：“如果我再执手新娘，问你‘伊冉小姐，如果谭少宇得了脑癌，时日无多，很可能给不了你一个永久的依托，你愿不愿意嫁他’……你又会怎么回答呢？”

我放声大笑。笑罢我说：“乐天啊，你这笑话一点儿意思都没有，我完全是给你面子才笑的。”

我说：“我最不喜欢你这种讲笑话的人，背地里先给自己讲十遍，笑够了再板着小脸儿讲给别人听，装什么泰然自若啊你！”

乐天的头微微垂下：“自己笑够了才讲给你？呵——为这事儿，我差点儿哭了。”

我推了他脑门儿一把：“没劲了啊，我都识破了你还装什么装！”

乐天抿着嘴唇做了半天就地捡钱状，然后猛地扬起脸，憋出了一个如沐春风的微笑：“伊冉，我没装，我说的都是真的。不信你可以去中心医院查他的病历。”

我突然想起《天下无贼》的结尾处，王丽一边往嘴里扔酱鸭，一边听着警察论王薄的挂掉。

酱鸭是个好东西，它可以遏制绝望。

我觉得我就没这个运气，乐天毫无征兆地跟我唠叨了这些，根本就没顾及餐桌上是否有足够油腻足够不好下咽的食品去供我消化悲伤。

我只好去抓杯子喝水，颤颤巍巍的指尖却将杯子扫在了地上。

我疯了似的跑去了中心医院，乐天趁着这个空当把事情的因果分析得头头是道。他大彻大悟地说谭少宇这么做的用意很明显；他说谭少宇不想牺牲掉我后半生的幸福；他说谭少宇跟我的初衷是一模一样的；他说我们就像俩蠢蛋在斗地主，都想着让对方去赢，每人握着一张王牌装灰……

我脚下生风地赶到高护病房，找到了下病危通知的那个小护士。

我语无伦次地抓过她，气喘吁吁地问："前几天，那个姓谭的病人，他到底因为什么住的院？是脑瘤还是偏头痛？跟你说我精神不好，要是不说清楚我还砸你们暖壶……"

小护士厌恶地推开我，丢下一句："我们这是高护病房，床位紧张，偏头痛那种病症不予办理住院，你自己寻思去吧。"

我终于寻思明白了。回去的路上，眼泪难以抑制地淌了一脸。

乐天的感慨还在继续，他说："据我所知，谭少宇此番先在国内举行婚礼再去国外登记注册，婚礼就在明天，所以说你还有机会……还是那句话，我，婚礼牧师，我恳请你把手放在《圣经》上……伊冉小姐，如果谭少宇性命堪忧，如果他是为了你的幸福才放弃跟你结婚，你愿不愿意……"

"机票！"我猛地转过身，抓住了乐天的袖口。

"给我订最早的一次航班，两张！我要带伊恋去上海！"

这是我平生第一次坐飞机。航班缓缓降落在浦东机场停机坪上时，伊恋兴奋得手舞足蹈，拉着我不停地叽叽喳喳："妈妈，我都不知道你会带我来旅游，否则我一定事先告诉小朋友们，那样才够威风……"

我说："乖乖，妈妈不是带你来玩的，妈妈这次带你来找爸爸。这次咱们来真的！"

伊恋不说话，眼圈红红的。我的女儿，这个没得到过父爱，没看过

《咪咪流浪记》，不会唱“我要我要找我爸爸”的小女孩居然也会像模像样地感动着。这深深鼓舞了我。我同样也没读过艾青的《我爱这土地》，不知道郑大世是谁，也不看中央台的《朝闻天下》，可此刻我的双眼也不自控地噙满泪水。我们终究敌不过“亲情”二字。

我苦苦地笑了一下，谭少宇，你没有兑现的承诺，让我来帮你兑现吧。

上海。高架桥两边林立着高楼广厦，玉兰花的香气在暖风里纷至沓来。这才是真正的国际都市，这是开在我和伊恋想象力边缘上的繁华。我和伊恋坐在出租车上，一知半解地听着电台DJ用别样的口音播报着路况。司机不时地回过头跟我们拉着家常，他说我们要去的地方可是个闻名遐迩的富人区啊。后视镜里一闪而过的目光仿佛在窥探这对外来的母女到底和那个华贵的世界有着怎样的交集。我不卑不亢，我迎着风用手指梳理了一下头发，我笑眯眯地告诉伊恋：你的祖父叫谭玖光，待会儿见到他要问好，礼貌的事不用妈妈教你吧。远处一望无际的徐家汇躺在我的瞳仁里像一座沸腾的城，那些耀眼的片段，如同十丈红尘扬起的喧嚣。我不是那个世界外的路人，我和那里的软红香玉有着血肉模糊的交集。如今，我来了。

出租车在谭家公馆外停住的时候连司机都有过片刻的惊呆。大红的地毯覆在绿地之上，宾客穿梭在香槟的酒气里。这样的婚礼也许只有电视里才能一见。

我并非要谭家难堪要新娘受辱，可事实上，这场西式婚礼就像是一场上流社会的派对，男人都是西装革履，女人都是珠宝白纱。我一身朴素地带着女儿远远地站在树下寻找，直到婚礼开始的号声吹响，才看见男女主角迈着步子执手出现在绿地上。

我还不太习惯西式婚礼的肃静，在南方的冬阳里，略微发黄的草坪上，寒光闪烁的餐具，并不温馨的号声，很难说这样的气氛更适合喜结连理还是分崩离析。

婚礼牧师开始了照本宣科，谭少宇的目光里有种说不出的寂静，在新娘带着笑意频频向观礼的嘉宾示意时，新郎只是象征性地点了点头，没有任何生息。我站在树下笑眯眯地看着他，就像八年前的篮球场边，我在一团尖叫声和火辣辣的眼神里欲拒还迎地送上自己局促的目光。

他是那么令人神往，而我是那么爱他。

在我和新郎的眼睛对在一起的刹那，我看见那双瞳仁开始回暖。他诧异地皱着眉，坏笑地看着我。而我只是轻描淡写地点头，告诉他，我就在里。考试那天的球场外、登机时分的柱子后面、除夕夜的焰火之下，还有此去经年的目光里，我，一直都在。只要那个叫谭少宇的傻瓜微微转一个四十五度的身，就能看见。

一直紧握的那只手被新郎放开，梅兰妮不解地望了他一眼，与此同时，新郎示意婚礼暂停，他的声音从扩音器里娓娓传来："抱歉，请给我一分钟时间。"

十几秒之后，谭少宇已然迈着大步走到了我的面前。观礼的人群里开始有了不小的骚动，树下的母女成了全场的焦点。

"你怎么来了？"谭少宇仿佛不相信似的。我极力从他眼睛里捕捉诸如"紧张""尴尬""焦虑"这样的神情。所幸的是谭少宇的眼里只有微笑，甚至还带着一点点期待中的羞涩。

我说："我来给你随礼啊。"

我指了指他的头："也许你的新娘、父母、宾朋通通被你隐瞒了，但是我知道你的处境——是不是觉出了人生苦短？是不是感到了儿女情长？是不是想创建一个三口家庭享受天伦之乐却又有种力不能及的苍白感？"

谭少宇迟疑了片刻，释然地笑了："你到底想说什么呀？"

我说："我是来给你幸福的。谭少宇，我宁可让自己抱残守缺地过下半生，也不容许你余下的生命里有一丁点儿的遗憾。咱们有现成儿的，七岁，女孩儿。”

我把伊恋抱起来，她怯生生的眼神和谭少宇的犹自不信交相辉映。只有我，像个若无其事的中间人，挥着伊恋的小手说“乖乖，这是你的爸爸，谭少宇”，又云淡风轻地看了眼木雕一样的男主角，尽可能平稳地告诉他：“这是你的亲生女儿，谭伊恋。”

于是，谭少宇向嘉宾们申请的一分钟超时了，一秒一秒地延续，整个世界成了一片寂静的背景。我满意于自己制造出来的安静，我望着瞠目结舌的孩子爸，天真地笑了。笑得幸福洋溢，笑得泪流满面。

谭少宇颤抖着接过伊恋，凝视她的眉心时，我已然不疾不徐地来到观礼团中间一位女士身前。

我当着谭少宇的面，当着满座宾朋的面，向她深施一礼。

“周阿姨，谢谢您的五万块，我和我的女儿都活下来了。”

一袭红色纤衣的周静宜紧紧闭着眼睛，手里的佛珠快速捻动，松弛的眼角上有一滴明澈的泪，摇摇欲坠。

谭少宇和梅兰妮的婚礼因为我和伊恋的到来而告取消。

我很庆幸谭家那位定海神针一样的老爷谭玖光没有大发雷霆，因为他无暇顾及他的私生孙女，因为谭少宇患脑癌的消息不胫而走。转瞬之间，谭家就从喜气洋洋变成了死气沉沉。我在谭家暂住了一周，我不知道谭少宇是怎样力排众议退了婚。那几天里，屋外犹如暴风骤雨，梅兰妮的父母和亲戚差一点儿没把谭家府邸付之一炬。作为这场风暴的始作俑者，我紧紧地缩在屋子里，给伊恋讲完了《格林童话》上的所有故事。

我收到了梅兰妮的信。

我想你已经猜到了，这场婚礼是谭梅两家交易的衍生物。我不知该仇恨你还是该谢谢你，你的到来让我本已明朗的前途变得黯淡未卜，我兜售了自己长达一年的结局就是灰头土脸地离开这所豪门，可你也给了我自由。我早就知道你和谭少宇的勾当，我和他私下里草签过协议，结婚前互不干涉对方的生活。不妨告诉你，我同样有爱的人，那人不是他。你的搅局也变相解脱了我。我就快离开谭家离开上海了，以失败者的姿态，需要说明的是，我输给的不是你，而是你那些骇人听闻的作为——十八岁的小妈妈竟然独自养了一个女孩长达七年，你甚至还要忍辱负重地维系这个错误——这样的女人我惹不起。伊冉，你是一个疯子。

我给她回信，只有简单的一句话——如果我是你，我就感谢这个夺你丈夫还你自由的疯女人。

原因她都替我说了，而且我断定，“她会感谢我”这个结论会随着时间的推移愈发根深蒂固。

风波随着梅兰妮的退出渐渐告一段落。某一天醒来，谭少宇告诉我，他爸爸想见见我和孩子，他还准备了一个颇具规模的认亲仪式。在那个仪式上，年近六旬的谭玖光意气风发，不仅自始至终地把伊恋抱在怀里，还穿了一身大红的锦缎，很有一番“喜得孙女”的意味。木已成舟，顺水人情，这样的道理见多识广的谭玖光怎么会不懂？

他把我叫到身边，郑重地为过去的八年致歉，一句“不周到”把其间所有不能承受的酸楚周到地一泯而过。

他说：“伊冉，我的儿媳。你想要公婆拿什么补偿你？我这里有南非的天然真钻、沿海的房产，还有一家刚刚装修一新的店铺……只要你提出来，公公绝不会半分吝惜。”

我笑盈盈地回答：“我能回去考虑考虑再选吗？这么贵重的礼物，我得先核算下价值才不亏啊。”

一句话，大家捧腹。宾客们无孔不入地溜须说：“到底是谭老爷的儿媳，里里外外都透着精明，真是不是一家人不进一家门啊。”

我突然很想去阳台上透透风。

中天的月亮升起在人工湖面上，风一吹有着隐隐的波光。我端了一杯酒靠在栏杆上，风把刘海托了起来，凉丝丝的。那是上海发艺届的大师给我设计的别致发型，如果我不说，谁也不知道那些枯草一样的头发能盘成如此精美的发髻，艺术品一样。十几步之外的用人们垂手站立，我总是能觉察出那目光里的复杂。凡此种种，让我神伤。

身后有了响动，谭少宇尾随而来。

“我知道你不习惯，但是很高兴你遵守了我家的规则。”

我“噗”地笑了：“我不习惯？我干吗不习惯啊，有用人伺候、有宾客追捧、有媒体宣扬，看我这身行头，我都舍不得再换下去。你说，钻石、地产、商铺，哪一个最值钱呢？”

谭少宇不无忧伤地说：“我知道这些东西通通没法抵青春的值，但是请相信我家人的诚意，他们是认真的。”

我粲然一笑：“我知道，我不想要这些不是标榜我的清高，而是——我有更大的胃口，更难以满足的要求。”

谭少宇惊愕地瞪大眼：“那……你说……我听。”

我面向窗外的风景，细细思量，好半天，我垂下的眼睛重新抬起来凝视他的脸，指尖滑过他细腻的完美无缺的面颊。我说：“我要你做手术。”

我说：“我知道你和你的家人有意选择保守疗法，那样你可以有稳定的一至三年的寿命。可是，谭少宇，我带着女儿嫁给你不是为了过几天少奶奶的舒坦日子再分你一笔巨额遗产走了再嫁。我要一个完好的老公，我女儿要一个健康的爸爸。我不能由着你让癌细胞继续扩散下去，即便希望很小，小到渺茫，我也祈求你在渺茫之中捧出一个惊世骇俗的圆满出来！诚然，我现在有了名分，有了好日子，可你能想象我在这金碧辉煌满目阳光的别墅里坐等你大限的到来是多么的绝望？谭少宇，我求你别这么残忍。”

谭少宇无奈地锁了锁眉头：“你要知道，如果我下不来手术台，我家老爷子一定会像碾死一只臭虫一样惩罚那个撺掇他儿子手术的女人，你……不怕？”

“我不怕，”我说，“这一次，你得听我的。”

谭少宇擦掉我眼角上的泪，语气温和地说：“还有吗？”

“这么说，你是答应了？”

他调皮地模仿着我的口气说：“我能回去考虑考虑再选吗？这么重要的抉择，我得先核算下我的遗产。”

我如释重负地展颜一笑：“既然这样你慢慢算好了，我还有下一个要求。”

谭少宇错愕地瞪大眼：“我可能……有点点……吃不消。”

我决定痛宰这个资本家一刀。

我说：“你那么有钱，给我们娘俩放一场焰火吧。”

元旦刚过，春节未至。谁也不曾料想上海外滩会在这一夜举办焰火秀。

我只是想要谭少宇满足下伊恋的小愿望，结果他操持了一场焰火派对作为订婚礼物。我私下里对谭少宇说：“其实你没必要这么铺张的，也许是我表达有问题，我的初衷是找一处空地，燃放几颗彩弹，让伊恋过一过放焰火的瘾就行了，谁料想你把大厦的顶楼包下来……对了对了，放焰火的钱，算是咱们的婚前财产还是婚后？”

谭少宇不屑地瞅了瞅我：“婚后财产，而且是你的那份儿。宝贝女儿好不容易提一次要求，我们得尽力满足。还有，我问你——咱们女儿什么时候会喊我一声‘爸爸’？我可以容她一段心理过渡的时间，只是她能不能别直呼我的大名？”

我说：“我们闺女明理又懂事，怎么可能？”

晚上七点钟，外滩建筑物亮起了所有的灯光。绝伦璀璨，像是浮起一层明若琉璃的梦。整个夜上海像一卷精雕细琢的美工画铺开在眼底。

伊恋一边朝手心里哈气，一边奶声奶气地发泄着不悦：“谭少宇，你骗人，不是说有好看的焰火吗？我都冷死啦，焰火到底在哪儿啊？”

谭少宇和我面面相觑。

他好脾气地弯下腰，点了支安全烟花递在伊恋的手里。谭少宇亲吻她的脸颊：“乖乖，你拿着它，冲对面的高楼上挥一挥。”

伊恋专心致志地挥了一阵，待到烟花熄灭，再度噘起小嘴儿。失望之情溢于言表。

少顷，对面的高楼上射出三枚彩弹，急速升空，中天之上发出沉闷的声响。“嘭嘭”的几声，瑰丽无比的花朵适时地爆开在夜幕上，正在发牢骚的伊恋匪夷所思地扬起脸，流光溢彩在她幸福的脸上一闪而过。这孩子开心得几乎失语。

数秒过后，又是连着几声，更大更璀璨的彩焰硕然绽放，每一次华光熠熠的升空都有人驻足凝眸；每一束琉璃碎丝割裂夜空都赚取惊叹声一片。外滩的人流在焰火里停止攒动，作为这场焰火的发令官，伊恋深深地沉浸在焰火雨之中，她目瞪口呆的神情和忍着欣喜的嘴角成就了我这个当妈妈的最大的满足。

在伊恋的雀跃中，花盏一轮又一轮地升空，夜的上海在灯火烟火里像幅燃烧的油画愈发精彩起来。夺目的丝线在黑色的巨幕下华然而陨，又一轮潋滟的弧光蹿上天去争芳斗艳。团团焰火包裹着我们三个，谭少宇抱着女儿站在栏杆前，就像站在梦幻的情歌里，用动人的音符弹奏出上海最炎热的寒夜。

我面向他，大声说："谢谢你。"

声音刚出口，就湮没在震天动地的回声中。

"什么——"谭少宇大笑着冲我嘶喊，"我听不见你在说什么！"

我凑近他的耳朵，把双手拢成一个喇叭："谭少宇——我——谢谢你——"

一朵最大的烟花正从我们的身前升上去，我下意识把脸埋进他的围脖里，谭少宇恰到好处地腾出一只手，于是我们母女齐齐被他揽于一怀。

我闭上眼睛，感觉着烟花降下的温暖，风华漫天，如丝、如雨。

直到春节过后，我们举家去了日本上野，伊恋还对那场焰火念念不忘。她嘟着小脸蛋儿说："妈妈，早知道有这么好看的焰火，我就把张嘉昊一起带去上海了。"

谭少宇半皱着眉头笑眯眯地问："这个叫张嘉昊的，我听伊恋提过好多次了，谁呀？"

我说："是咱闺女的梦中情人。"

我回头瞥了一眼他脱线的表情："我是无辜的，闺女深得你的真传。"

我吓唬谭少宇说："嘉昊那孩子不错，配得上咱们伊恋。尤其是他古道热肠的爸妈，平日里没短了照顾我们母子。我正替女儿自卑，正愁我买不起韩国文具盒回赠人家的时候，哎——你就及时地出现了。"

谭少宇说："成。等手术完毕，咱们做父母的约上嘉昊爸妈吃个饭，如果全方位满意就跟婆家把这事儿定下来得了。"

我厉声叫道："滚蛋。"

"什么婆家娘家的，我女儿才七岁，我还得看着她茁壮成长呢。"

他低下头，讪讪地笑了："其实，我也想。"

我一见谭少宇有触景生情的意思，赶紧打岔说：“哎，上野的景色不赖啊，日本女人好漂亮，我最喜欢看她们穿和服唱《桔梗谣》了……”

谭少宇泪光闪闪地喊我的名字：“冉冉……”

我倒吸了一口冷气。每每听他喊我“冉冉”，我就感觉像淘宝店主喊我“亲”一样没由来的肌无力。

我知道谭少宇动情了。他没理由不动情。八年的苦守，短暂的相聚，我们一家千里迢迢来到上野，只为了明天的开颅手术。

我抽了抽鼻子，忍住了眼泪。我抓着他的手一路狂点头：“嗯，我在听，你的冉冉在听。”

好半天，谭少宇说：“那个，日本女人不唱《桔梗谣》，你搞错了。”

我：“……”

手术那天的天气很好，阳光无遮无挡地铺开在整个房间里。谭少宇抱怨说伊恋不但没喊他爸爸，还对他实施了冷暴力。

“你没看见吗？通常都是我说上一串长长的句子，女儿只爱搭不理地回答两个字。”他说。

结果就是手术当天伊恋送了谭少宇一件礼物。一个狭小的鱼缸里游了三条红龙睛。氧气泡缓缓地从水里升腾，它们一家游得甚欢。

“这三条金鱼不是普通的金鱼，妈妈说了，它们是神鱼，还有名字呢！”伊恋眉飞色舞地向病房里的医生护士介绍着。

谭少宇抱起她，鼻尖怜惜地嗅着她的脸颊：“宝贝说说看，它们都叫什么呀？”

“这条最小的叫……”

“伊恋。”

“这条稍大的叫……”

“妈妈。”

谭少宇忍俊不禁，指着那条最大的红龙睛问她：“那么它呢？它叫什么？”

谭少宇期盼着“爸爸”两个字能破口而出。

伊恋看了他一眼，吐了下舌头：“它叫谭少宇！”

一时间，除了一脸茫然的某人，屋子笑声一片。

手术就快开始了，医生通知我们离开病房。伊恋伏在谭少宇的耳边，悄悄地说：“我有个秘密告诉你。”

我知趣地退出去，给了父女两个述说秘密的空间。我顺着窗子偷窥着他们，我看见女儿在他耳边窃窃私语，少顷，谭少宇笑得无所顾忌。

我也笑了。我靠在走廊的窗边，深深嗅着阳光的味道。

晨光熹微下的汽笛。

夜雨凄迷中的灯光。

夕阳西落时的寺庙。

寺庙里深情款款的风琴。

那个秘密——

伊恋用谭少宇的方式说了个长长的句子：“等到手术完毕，我喊你‘爸爸’的时候，你一定要睁开眼睛答应的。一定哦。”

而谭少宇，他像伊恋一样羞涩地回答了两个字：“拉钩。”

（全文完）

图书在版编目（CIP）数据

用鱼的方式爱你八秒 / 卓越泡沫著 . — 成都：四川文艺出版社，2016.8
ISBN 978-7-5411-4310-6

Ⅰ．①用… Ⅱ．①卓… Ⅲ．①言情小说－中国－当代 Ⅳ．① I247.5

中国版本图书馆 CIP 数据核字（2016）第 115105 号

YONG YU DE FANGSHI AI NI BAMIAO

用鱼的方式爱你八秒

卓越泡沫　著

策划出品　磨铁图书
责任编辑　龙　青　周　轶
装帧设计　46 设计　刘珍珍

出版发行　四川文艺出版社（成都市槐树街 2 号）
网　　址　www.scwys.com
电　　话　028-86259285（发行部）　028-86259303（编辑部）
传　　真　028-86259306

邮购地址　成都市槐树街 2 号四川文艺出版社邮购部　610031
印　　刷　北京嘉业印刷厂
成品尺寸　146mm × 210mm　1/32
印　　张　8　　　　　　　　字　　数　210 千
版　　次　2016 年 12 月第一版　　印　　次　2016 年 12 月第一次印刷
书　　号　ISBN 978-7-5411-4310-6
定　　价　32.80 元